ハヤカワ・ミステリ文庫
〈HM⑸⑻-2〉

インフルエンサーの原罪
〔下〕

ジャネル・ブラウン
奥村章子訳

hm

早川書房
8968

PRETTY THINGS
by
Janelle Brown
Copyright © 2020 by
Janelle Brown
Translated by
Akiko Okumura
First published 2023 in Japan by
HAYAKAWA PUBLISHING, INC.
This book is published in Japan by
arrangement with
RANDOM HOUSE,
an imprint and division of PENGUIN RANDOM HOUSE LLC
through THE ENGLISH AGENCY (JAPAN) LTD.

インフルエンサーの原罪

〔下〕

登場人物

ニーナ・ロス……………………………詐欺師
ラクラン…………………………………ニーナのパートナー
リリー・ロス……………………………ニーナの母
アレクセイ・ペトロフ…………………ロシア人の富豪の息子
エフラム…………………………………イスラエル人のブローカー
リサ………………………………………ニーナの隣人
ヴァネッサ・リーブリング………………資産家の娘
ベンジャミン・リーブリング……………ヴァネッサの弟
ウィリアム・リーブリング四世…………資産家。ヴァネッサとベンジャミンの父親
ジュディス・リーブリング………………ヴァネッサとベンジャミンの母親
サスキア・ルバンスキー…………………ファッション・インフルエンサー

ニーナ（承前）

20

シャワーを浴び終わると、雨が降りだす。湿気をおびたバスルームに裸で立って、屋根を叩く不気味な音に耳をすます。母屋へディナーを食べに行かずにすむのなら、そうしたい。暖炉に火を入れて、雨の音も風の音も気にすることなくカウチに寝そべって本を読んでいたい。しかし、もちろん、そんなことはできない。ここへ来てからずっと待ち望んでいたチャンスだからだ。（それにしても、チャンスは意外と簡単に訪れた。ハイキングから帰る車のなかで、ラクランが「明日、あなたのところで一緒に夕食を食べませんか？」と水を向けただけで、こっちの思いどおりになった。）

なのに、なぜか気が進まない。鏡を見つめてアシュレイを呼び出そうとするが、そこに映っているのは、髪からぽたぽたとしずくを垂らし、ひとりでいくつもの役を演じ分けることに疲れて目のまわりに隈をつくった女だ。やさしい娘に仕事の相棒、ガールフレンド、ヨガのインストラクター、友人、そしてペテン師、詐欺師と演じているが、どれがほんとうの私なのだろう？

ラクランがバスルームを覗きに来る。カシミアのセーターと新品のきれいなジーンズにさっさと着替えた彼は、私の全身に視線を走らせる。「その格好で行くのか？　ポケットのついた服を着ていったほうが便利だぞ。カメラを大事なところへ隠していくのならそれでもいいけど」

「くだらないことを言わないで」

私たちが、ポケットにカメラと練りに練った今夜の作戦を（ラクランがヴァネッサの気を惹いているあいだに私がカメラを仕掛けるという作戦を）詰め込んだときには、雨も風もかなり激しくなっていた。コテージのドアを開けて外に出ると、壊れてしまうのではないかと思うほどの勢いで風がドアをコテージに叩きつける。私は、横殴りの雨が顔に突き刺さるのも気にせずに明かりのともった母屋に向かって走り、ポーチに着く前にずぶ濡れになる。

ヴァネッサは、マティーニのグラスを手に私たちを待っている。顔がほんのり赤いのは、すでにひとりで飲んでいたからだろう。私はまつ毛についた雨を拭って、さっそくグラスに口をつける。強烈なマティーニで、オリーブも塩辛い。「かなりきついですね」そう言って、咳き込む。

ヴァネッサが心配そうな顔をする。「ほかの飲み物のほうがいい？　緑茶とか、青汁とか？」

「いいえ、そんな。とってもおいしいわ」私はヴァネッサにほほ笑みかけて、もうひと口飲む。けれども、すぐに後悔する。アシュレイはマティーニを飲むんだったっけ？　なぜか今日は調子が悪い。でも、いまさらどうすることもできないので、もうひと口ごくりと飲んで気合いを入れて、緊張をやわらげる。

ヴァネッサはフランス料理っぽいシチューをつくっている。テーブルに出してある食器を見ると、ダイニングルームで食べるのではなさそうで、しかも、キッチンはニンニクとぐらぐらと煮え立つワインのにおいが充満している。ヴァネッサは、ひとつの鍋からべつの鍋へとせわしなく移動して、スパイスを振りかけたり慣れた手つきでコンロの火の大きさを調節したりしながら、早口でぺらぺらとしゃべる。

「本格的な鶏肉のワイン煮込み（コック・オ・ヴァン）は、雄のひね鶏でつくらないといけないのよね。でも、このお肉屋さんはひどくて、平飼いの鶏の肉は置いてないし、雄のひね鶏の肉もないの。だから、胸肉にしたわ。もちろん、ワインはフランス産で、ボージョレか……ブルゴーニュでもいいかしら。ことことと弱火で四時間ほど煮込めば出来上がりよ。でも、六時間だともっとおいしくなると思うし、時間をかければかけるほどいいんじゃない？　あははは！」

ヴァネッサが料理をするとは知らなかった。以前は、家政婦のローデスがせっせと料理をつくっていた。ベニーの母親はほとんど口をつけなかったらしいのだが。ヴァネッサはローデスに料理を習ったのだろうか？

ラクランはヴァネッサのあとをついてまわり、鍋を覗き込んで、やけに熱心に調理法を訊いている。私はひとりでキッチンのテーブルに座って、苛立ちを募らせながら静かにマティーニをすする。ラクランは料理のことなどなにも知らないはずだが、知らなくても知りつくしているように見せる才能にはいつも驚かされる。私はマティーニですでに酔っぱらい、焦げた油のにおいで気分が悪くなる。

そのうち我慢できなくなって、鶏肉に濃い焼き色をつけるこつをラクランに伝授しているヴァネッサの話を遮る。「できれば、ストーンヘイヴンのグランドツアーを実施してもらえませんか？　ほかの部屋も見てみたいんです」

ヴァネッサは目の上に垂れた髪を手の甲で払いのけると、私が手にしている、ほぼ空になったグラスをちらっと見る。「わかったわ。もうすぐ料理が出来上がるから、食事のあとでね。マティーニはもう飲んじゃったみたいだし……ワインはどう？　ワインセラーで見つけたドメーヌ・ルロワを開けたの。けっこうしっかりしたワインで、味が抜けてなければいいんだけど」

「ドメーヌ・ルロワ！　それはすごい。レスター伯爵に招かれてホウカムホールに逗留していたときに一度飲んだことがあるんです。レスター伯のことはご存じですか？　ご存じない？　レスター伯は立派なワインセラーをお持ちだったんですよ。伝説的と言ってもいいほどの」ラクランは、目を見開いてまくしたてる。伯爵だなんて、いいかげんにしてほしい。そんな見え見えの嘘をヴァネッサが信じるわけがない。それでも私はにっこり笑い、ふたりのワイン談義を理解しているようなふりをしてうなずく。ワインはいつも近所のリカーショップの十ドルコーナーで買っているのに。ヴァネッサは料理と一緒にデカンタをテーブルに運んできて、私たちのグラスにワインを注ぐ。ラクランは、わざとらしくグラスをまわしてひと口飲む。「ああ、ヴァネッサ。ぼくたちにこんなすばらしいワインを飲む資格はありませんよ」

「あるわよ、もちろん」ヴァネッサは、ラクランをうならせることができて喜んでいるようだ。「友人との夕食においしいワインを飲まずして、いつ飲むの？　あなたたちが飲まないのなら、私がひとりで飲むことにするけど、それではもったいないでしょ？」

「あらたな友情に」「そういうことなら」マイケルがグラスを上げる。

私は頭がぼうっとしてやる気をなくし、早くコテージへ戻りたくなる。今夜はアシュレイを演じる気力がない。たぶんマティーニのせいだ。ヴァネッサは、うっすらと目を潤ませてマイケルを見る。また泣くのかもしれない。

グラスを持ち上げるのにすら苦労する。「ヴァネッサ、あなたにも乾杯。ときには、天が会うべき人に引き合わせてくれることもあるんですよね」私は、アシュレイらしく中身のない感傷的なことを言う。

ヴァネッサが私に笑みを投げかける。彼女の目は、キャンドルの光を浴びてきらきらと輝いている。「じゃあ、地球の引力に。そして、不思議な出会いに。で、ワインは――お口に合う？」

舌が肥えていないからかもしれないが、ワインはガソリンのような味がする。私は適当にワインをほめて、目の前の料理に注意を向ける。油のなかで泳いでいる鶏肉と、その脇に添えられた、ソースが染み込んで端がピンク色になった山のようなマッシュポテトと、黄土色に近いアイオリソースにまみれたぐにゃっとしたアスパラガスに。めまいを覚えながらもマッシュポテトをひと口たべるが、即座に胃が激しく抵抗する。

額に汗がにじむ。いつのまに、こんなに暑くなったのだろう？　それに、テーブルの上のペンダントライトがまぶしい。息苦しくなって椅子を引くと、胃が反乱を起こす。吐き気が込み上げてくるのがわかる。

「バスルームはどこですか？」と、やっとの思いで訊く。

ヴァネッサが私を見つめている。よほど具合が悪そうなのだろう。立ち上がって廊下を指さしながらなにか言っているが、聞き取れないままよろよろと部屋を出る。そして、バスルームにたどり着くやいなや、まだ消化されていなかった昼食の残骸をぶちまける。お昼はなにを食べたんだっけ？　そう、近くの雑貨店で買ったツナサンドだ。パンの縁が硬くなっていて、妙に魚臭かった。賞味期限を確かめるべきだった。やがてバスルームが回転して、冷たい大理石の床に膝を、続いて便器に頬を打ちつける。喉の奥から酸っぱいにおいが込み上げてくる。

立て続けに何度も吐いているうちに、喉を焼きつける胆汁しか出てこなくなる。

ドアをそっとノックする音がして顔を上げると、ラクランが立っている。彼はそばにしゃがみ込み、私の顔にかかる髪をそっとうしろに引っぱって片手でつかむ。「どうしたんだ？」

「ツナサンドのせいだと思うの」私は便器のほうに顔を向けて、もう一度吐く。

「なんてことだ。悪いのに当たってしまったんだな。おれはターキーサンドにしておいてよかったよ」

旧式のトイレで、引っぱって水を流すチェーンがついているが、手を伸ばしても届かない。私はそのまま倒れ込み、大理石の床に顔を押しつけて目を閉じる。「今日はだめ」と、か細い声で言う。「中止よ」

ラクランがトイレットペーパーをちぎって額の汗を拭いてくれる。「大丈夫だ。おれひとりでなんとかする。カメラをよこせ。あんたはコテージに戻ればいい。おれはここに残るから」

「あなたが私を放ってここに残ったら不自然よ。ひどいボーイフレンドだと思われて、嫌われるかも」

ラクランは、トイレットペーパーを丸めてゴミ箱に投げ入れる。「いや、彼女はおれとふたりきりになれて喜ぶはずだ。ついて来なくていいと、彼女の前でおれに言え。大げさに言えばいい。せっかくのディナーを台無しにしたくないからと。そうすれば、あんたは気配りのできるやさしい女性ってことになる。ああ、それでいい」

「じゃあ、そうするわ」私は、熱っぽさを感じながらふらふらと立ち上がる。ラクランに支えてもらってキッチンに戻ると、ヴァネッサが座って待っている。何事が起きたのかと言わんばかりに目を見開いていて、私のことを心配してくれていたのか、グラスには口をつけていない。

「アシュレイは横になったほうがいいようなので、申しわけないんですが、ぼくたちはコテージに戻ります」ラクランはテーブルの手前で足を止め、私の腰から手を離して、〝ほら、いまだ〟と言わんばかりに背中を叩く。私は、口を開くとテーブルの上に吐いてしまうのではないかと不安になる。

「ううん、あなたはここに残って」私は懸命に吐き気をこらえる。「ヴァネッサがこんな豪華な食事をつくってくれたのに、悪いし、もったいないわ」

ヴァネッサがかぶりを振る。「ううん、いいのよ、マイケル。気にしないで。アシュレイを介抱してあげて」

「大丈夫です」と、私はあえぎながら言う。少しも大丈夫ではないのに。「すぐに寝ますから」

ラクランは、眉間に深いしわを寄せて私を見る。「わかった。きみがそう言うのなら。そんなに長居はしないよ。たしかに、こんな豪華な料理を無駄にするわけにはいかないからな」

私は、ふらつきながらも足早に廊下を歩いて玄関にたどり着く。外は寒いし雨も降っているが、ヴァネッサの反応を見ずにすんで、ほっとする。ラクランが残ることになったのがうれしくて笑みを浮かべていようが、私の行動を怪しんで眉をひそめていようが、かまわない。外に出て雨が顔に当たると、額に触れる母の冷たい手を思い出す。コテージに向かってよたよたと歩いているうちに、歳月が消え去って子ども時代の自分に戻る。助けを求めて暗闇のなかから母を呼ぶ子ども時代の私に。

コテージにたどり着くなりベッドに潜り込むが、なかなか眠れない。熱のせいで体が震え、口のなかに残る苦みを消そうと思って水を入れたグラスを手に取るたびに吐き気が込み上げてくる。ベッドとトイレを五、六回往復しているうちに、とうとう私のなかのなにかが壊れて、急に泣きだす。体は脱水状態におちいり、心のなかも空っぽで、ひどく孤独だ。そもそも、私はどうしてここへ来たのだろう？　毛布の下に手の汗で濡れたスマートフォンがあるのを見つけて、母に電話をかける。

「ママ」

「マイベイビー」母の声は、ラベンダーのバスソルトを入れた温かいお風呂のように悩みを溶かしてくれる。「元気にしてるの？　声がおかしいけど」

「元気よ」そう言って、すぐに言い直す。「じつは、具合が悪いの」

母の声に警戒心がにじみ、語気が鋭くなる。「どうしたの？」

「食あたりだと思うんだけど」

母は一瞬黙り込んで、そっと咳をする。「ああ、ダーリン。食あたりなの？　それならたいしたことないわ。ジンジャーエールを飲めばいいのよ」

「ここにジンジャーエールなんかないわ」母が悪いわけではないのに、私は子どものように八つ当たりする。ここがどこか母にはわからないことに気づくが、母はなだめるように相槌を打つだけで、詳しいことを訊こうとはしない。「大丈夫よ。ママの声を聞きたかっただけなの」

グラスに氷が当たるかすかな音が聞こえてくる。「電話をかけてくれてよかったわ。あたしもひとりでさびしかったから」

私は恐る恐る訊く。「あれから、また警察が来た？」

「ああ、一度」と、母が言う。「ドアを開けなかったら、帰ったの。電話もかかってきたけど、出なかった」

熱とめまいのせいで、ふらふらする。警察はなにをつかんでいるのだろう？　ここまで追ってきたら、どうすればいいのだろう？　また家へ帰れるだろうか？　いや、もちろん帰る。帰らないわけにはいかない。「ママはどうなの？　大丈夫？」

母はまた咳をするが、袖で口を押さえているのか、音がくぐもっている。「大丈夫よ。

けど、食欲がなくて、またお腹が張ってるの。それに、一日中、体がだるくて。マラソンを走り終えてくたくたになってるのに、気がついたらつぎのレースのスタートラインに立っていて、走り続けるしかないって感じなのよ。わかる?」

なおも吐き気が込み上げてくるが、母の苦痛と比べるとたいしたことはないと思って我慢する。「ママ」と、か細い声で呼ぶ。「そばにいてあげられたらいいんだけど」

「そんな必要はないわ。おまえは自分のことだけ考えていればいいんだから。わかった?」と、母が撥ねつける。「ホーソーン先生はとっても親切で、感謝祭が終わったら治療をはじめようと言ってくれてるの。放射線治療の一クール目を。そのあとで新しい薬を試してみるって話で。でも、やめておいたほうがいいような気がして……なんとなく」

「なにを言ってるの? 試したほうがいいに決まってるでしょ?」

「でも、お金がかかるから。あたしはおまえがいまどこにいるのか知らないし、訊く気もないわ。どうせ適当にごまかすつもりだろうけど、こっちのアンティークショップも開店休業状態のようだし……どうやってお金を工面するの? 放射線治療とべらぼうに高い薬のほかに、訪問診療代やらヘルパー代、それに、入院費用やなんかを合わせると、五十万ドル近くかかるのよ。保険会社とも、もう一度話をしたけど、やっぱり基本的な化学療法の費用だけしかカバーできないって言うのよね。試験段階の治療は認められないと」また、くぐもった咳が聞こえる。治療費の話をしているうちに疲れたのか、母の声が弱々しくなってくる。「けど、抗癌剤代は払ってくれるんだから、それで充分」

「だめよ」と、私が言う。「一回目は効かなかったじゃないの。だから、医者がすすめる治療はなんだって受けたほうがいいわ。年末にはお金が入るから。もしかすると、もう少し早く手に入るかも。治療費はそれでまかなえるはずよ。だから、医者の言うとおりにして」

母はしばらく黙り込む。「なにをしてるのか知らないけど、用心したほうがいいわ。ちゃんと教えたつもりだけど、つねに三歩先のことを考えるのよ」

母を安心させる言葉をかけたかったが、胃になにか恐ろしいことが起きて、我慢できなくなる。「じゃあね」とだけ言って電話を切り、バスルームに駆け込んでまた吐いたあとは、熱でほてった体をベッドに横たえて眠る。

湖面から射し込むかすかな光を目ざして、タホ湖の湖底の冷たい水のなかを必死に泳いでいるのに、湖面はどんどん遠ざかって、肺がつぶれそうになる夢を見る。青い湖面の近くを泳いでいる黒い人影に気づいて助けを求めようとするが、その人たちは私を助けに来たのではなく沈めに来たのだと気づく。ようやく目が覚めるが、全身汗まみれで、自分がいまどこにいるのかもわからない。体の震えやめまいはまだ残っているものの、吐き気は収まっている。

ベッドに体を横たえたまま耳をすます。雨は雹に変わって、ガラスが割れるのではないかと心配になるほど激しく窓を揺らしている。スマートフォンを手に取って時間を確かめると、コテージに戻ってきてから三時間経っているのがわかる。ラクランはまだ母屋にいるのだろうか？　ヴァネッサとふたりでなにをしているのだろう？

答えは簡単だと、すぐに気づく。ベッドを抜けてふらふらと居間へ行き、ラクランのノートパソコンを手に、倒れ込むようにカウチに座って電源を入れる。

パソコンが起動すると、十一台の隠しカメラからラクランのデスクトップに映像が送られてきているのがわかる。そのうちのひとつには、一階の書斎にある大きな机が映っている。二階のロビーの、廊下が見渡せる場所に取り付けたカメラから送られてきている映像もある。読書室や、ビリヤード台のある娯楽室や応接間のほかに、私が見たことのない部屋の映像もいくつかある。それに、主寝室とおぼしき部屋の映像も。その映像に目を凝らす。主寝室を覗いたことはない。その部屋もほかの部屋と同様に広くて暗いが、緋色の布で覆われた天蓋付きのベッドと、ベルベットの古風な長椅子と、戦車ほどの大きさのタンスが置いてある。石造りの暖炉の両側には真鍮製のグレイハウンドがどっしりと鎮座していて、番犬特有の鋭い目でベッドを見張っている。ここは、前世紀の新興成金が王族気取りでつくった部屋だ。

博物館で展示できそうな部屋だが、ひとつ目障りな点がある。奥の壁際に、茶色いダンボール箱が四箱ずつ三段に積み上げてあるのだ。拡大して、箱の側面に貼ってあるラベルを見ると、〝ドレスコート セリーヌ&ヴァレンティノ〟、〝プリーツスカート〟、〝クラッチバッグ&ミニバッグ〟、〝薄手のセーター〟、〝普段着〟、〝ルブタン〟、〝シルクのブラウス〟などと書いてあるのがわかる。私は、それを見たとたんにふたつのことに気づく。ヴァネッサの服だけでブティックが開けて、ネットショップで売ればかなりの額になるということと、ここへ越してきてすでに数カ月経つのに、ヴァネッサがいまだに荷物の整理をしていないことに。

しばらく画像を見つめてラクランかヴァネッサの姿が映るのを待つが、ふたりは姿をあらわさない。たぶんキッチンにいるのだろう。ほかの部屋は静まり返っている。ラクランは、ヴァネッサと三時間もなんの話をしているのだろう？ 奮発してマイク付きのカメラを買っておけば、カメラを仕掛けていない部屋の物音や話し声がかすかに聞こえたかもしれないと悔やまれる。

そのうちカウチで眠ってしまい、何時間眠っていたのかはわからないが、気がつくと、ラクランが目の前に立っている。ラクランの息は甘酸っぱい。ワインのにおいだ。「カメラはぜんぶ設置した」と、ふらつきながらラクランが言う。かなり酔っているようだ。

「見たわ。楽しかったようね」

「やきもちを焼くな。みっともないぞ」ラクランは、部屋の大部分を占領している家具を巧みによけながら寝室へ向かう。

私は、体を起こしてラクランのノートパソコンを膝の上に置く。「隠しカメラから送られてくる映像を見なくていいの？」

「明日の朝見る」と、ラクランが言う。「へとへとなんだ」

アンティークの家具に毒づきながらラクランがドタドタと廊下を歩いていってベッドに倒れ込む音に耳をすます。夜が更けると気温が下がり、嵐の前触れか、風も強くなってコテージがきしむ。

一度目を覚ますと、眠れなくなって、しかたなくノートパソコンを開いてまた母屋の寝室の映像を見る。さがしものをしているのか、ヴァネッサが寝室を歩きまわっている。やがてバスルームに姿を消すが、戻ってくると、ベッドの足元に立ってしばらくなにかを見つめる。なにを見つめているのかはわからない。彼女はショーツとキャミソール姿で、肋骨が透けて見える。目の下に三日月形の目元シートを貼っているので、なんとなく気味が悪い。しばらくするとベッドに座り、脇のテーブルに置いてあったスマートフォンを手に取って画面をスクロールする。が、すぐにやめて明かりを消し、体を横たえて天井を見つめる。

天蓋付きのベッドがあまりに大きいので、ヴァネッサが人形のように小さく見える。かつてそのベッドで眠っていた、いまは亡きリーブリング家の先祖の霊を感じることはないのだろうかと、ふと思う。他人事ながら、新しいベッドを買ったほうがいいような気がする。ヴァネッサの胸がゆっくりと上下に動くのを見ていると、そのうち胸の動きがわずかに速くなって、時おり不規則な動きがまじるようになる。やがて両手で顔を覆うのを見て、泣いているのだとわかる。最初はしくしく泣いているだけだったのに、いまは胸を激しく波打たせて泣きじゃくっている。人に見られているなどとは夢にも思わずに枕の上で髪を振り乱し、孤独に苛まれて真っ暗な部屋で身もだえている。これほど深い絶望を目のあたりにするのは、はじめてだ。

嫌悪感を覚えるが、ヴァネッサに対してではない。もし誰かが私を隠しカメラで撮影していたら、私はその映像を見てどんなふうに思うだろうと考える。もちろん、そこに映っているのは、ほかの女性のもっとも無防備な姿を覗き見している哀れな女だ。自らの憎悪を掻き立てるために人の悲しみを利用する、吸血鬼のような女だ。

私はなぜ正体を偽ってカモや餌食をさがすことに明け暮れるようになったのだろう? なぜ、楽観的な性格がこんなにひねくれた性格に変わってしまって、人にはなにも与えずに奪うことばかり考えているのだろう?(どうしてアシュレイのようにはなれないのだろう?)そう思うと、急に自分が憎くなる。心の狭い卑屈な人間になってしまった自分が。自分自身に対する憎悪は、リーブリング一族やほかの大金持ちに対する憎悪より強くなる。

こんな人間になったのは、彼らのせいではなく私自身のせいだ。

二度と見るまいと自分に誓いながら、隠しカメラから送られてくる映像を閉じる。もう、こんなことはしたくない。母のいるエコーパークの家に戻りたい。今回の仕事でたんまり稼いで、きっぱり足を洗いたい。しかし、かつて夢見ていた輝かしい未来を手にするために一からやり直すには、今回の稼ぎでは足りない。それ以上の額が必要だ。

映像が消える直前にヴァネッサが両手を下ろし、とつぜん顔が映し出される。緋色のベッドカバーとは対照的に彼女は顔色が悪く、暗いので表情まではよくわからないものの、なにかが私の動きを止める。映像が消えるまでの半秒足らずのあいだに、私はヴァネッサが泣いているわけではないと確信する。

彼女は笑っている。

21

雨は夜のうちに雪に変わった。翌朝、ベッドを抜け出して居間の窓際へ行くと、十五センチほど積もった雪があたり一面を美しい銀世界に変えているのがわかる。いまもなお十セント硬貨ぐらいの大きさの雪がしんしんと降り積もり、緑の芝生は冬の到来を告げる真っ白な毛布に覆いつくされている。

ここ数年、雪を見ていなかった私は、パジャマ姿のままポーチに立って、雪を舐めようと舌を突き出す。すると、毛布を肩に巻いて紅茶を入れたカップを手にしたラクランがそばに来る。疲れと二日酔いのせいで、ラクランの目の下にはしわと隈ができている。彼が年相応に見えるのは――まさしく四十代手前に見えるのは――これがはじめてで、軽いショックを受ける。

「冷たい空気が入り込んでくるじゃないか」ラクランが、ちらっと私のパジャマに目をやる。「なんだよ、その格好は。うっかりしてると凍死してしまうぞ」そう言いながら、私を毛布のなかに引き寄せて体を押しつけてくる。彼の体は、乾いた汗や口臭に似た、酸っぱいにおいがする。

「私たち、雪に埋もれてしまうと思う？」

「それはごめんだ」ラクランは、毛布をきつく巻きつけて体を震わせる。「ダブリンを離れたときに、寒い土地には二度と住まないと誓ったんだ。子どものころは、いつも寒い思いをしてたからな。貧乏で、暖房なんてなかったから、冬になると、毎年凍えてたんだ。親は、三部屋に十一人の子どもを詰め込めば、おたがいの体温で温め合えると思ってたんだろう」そう言って、舞い落ちてくる雪をうらめしそうに見る。「家のなかでも手袋をはめて宿題をしてたからしもやけにならずにすんだけど、字が汚いから、書写の宿題はいい点がもらえなかったよ」

私は、真っ白な雪を見ていると希望が湧いてくるとラクランに伝えたくなる。十代のころにこれと同じ光景を目にして、おとぎの国にやって来たような思いを抱いたのを覚えている。当時は、あらたに移り住んだこの土地でなら幸せになれるかもしれないと思っていた。けれども、ラクランにそんな話はせず、彼の腕のなかから抜け出して暖かいコテージに戻る。「感傷に浸っている余裕はないわ。さっさとはじめないと」

私は、しばらくしてから雪に覆われた庭を横切って母屋へ行く。積もったばかりの雪の上には転々とブーツの跡がつき、そこだけ雪が解けて、踏みつけられた芝生が顔をのぞかせている。裏口のポーチに立ってドアを三回ノックすると、ようやくヴァネッサが姿をあらわす。ヴァネッサは目を丸くして私を見る。彼女の目は充血していて腫れぼったく、顔には疲れた笑みが貼りついている。彼女も昨夜は飲みすぎたらしい。

「もう大丈夫なの？」ヴァネッサは驚きの表情をあらわにする。「回復が早いわね」

「すぐによくなったんです。人間の体って、不思議ですよね。生涯をかけて理解しようと努めてきても、びっくりするようなことが起きるんですから」

「たしかに！」ヴァネッサは、眉根を寄せて私の言葉の意味を考える。「で、なんだったの？　食あたり？」

「すぐそこのデリで買ったツナサンドのせいだと思います」

「まあ。訊いてくれれば、あそこのサンドイッチはやめておいたほうがいいと教えてあげたのに。冷蔵庫が怪しいのよ」ヴァネッサは戸口に突っ立ったまま、私がまっすぐ立っているのが信じられないと言いたげにまじまじと見つめる。「昨夜のディナーは、あなたがいなくて残念だったわ」

「せっかく豪華な料理をつくってくださったのに、ごめんなさい。厚かましいお願いだけど、また誘ってくださいね」私はそう言ってにっこり笑う。

ヴァネッサは、私の肩越しにコテージのほうへ目をやる。人と一緒に食事をする楽しさと、昨日招いたばかりなのに、また時間をかけて準備をしなければならないわずらわしさを天秤にかけているのだ。「もちろん」

「いつ？」

ヴァネッサは、私のぶしつけな態度に驚いて目をぱちくりさせる。「明日にでも」

「よかった」私はドアの隙間につま先を押し込む。「ちょっとなかでお話ししてもいいですか？　じつは、お願いしたいことがあって」

なかに入ると、キッチンは犯罪現場のような状態になっている。カウンターの上には汚れたままのフライパンや鍋が並んでいて、壁のタイルにはワイン煮込みのソースが飛び散っている。こぼれた赤ワインが持ち手にこびりついたグラスもある。テーブルの上に置いてあるのは昨夜の食べ残しだ。コック・オ・ヴァンをよそった皿には固まった黄色い油が浮かび、フォークの歯には料理のかけらが、白いナプキンには口紅の跡がつき、グリーンサラダはドレッシングの海のなかでしなびている。

「ゆうべは楽しかったようですね」と、私が言う。

ヴァネッサは、自分のせいではないと思っているかのように惨憺たる有様のキッチンを見渡す。「朝から家政婦が片づけに来てくれることになってたんだけど、雪で来られないの」こんなに雪が降ったのも家政婦のせいだと思っているような口調で言うと、ヴァネッサは半分ほどワインの残ったカウンターの上のグラスを十センチほどシンクのほうへ移動させる。まるで、自分にできる片づけはこれだけだと言わんばかりに。

「マイケルに片づけさせます。こんなことになったのは彼にも責任があるので」私は、ラクランがいやがるのを小気味よく思いながら言う。

「ううん、それはやめて。きっと雪はもうすぐやむわ。そのうち除雪車も来るでしょうし」ヴァネッサは窓の向こうの湖に目をやって、雪に反射する光に目を細めながら椅子に座る。「なにか頼みごとがあるんじゃなかったの？」

私はヴァネッサのとなりの椅子を引き、深呼吸をしてアシュレイになりきる。「ええ。マイケルはまだあなたに話してないかもしれないんですけど──彼は、自分のことをあまり人に話そうとしないので……」そこまで言って、恥ずかしそうな笑みを浮かべる。「じつは、彼にプロポーズされて、婚約したんです」

ヴァネッサは、タイムラグが生じたかのように、一瞬、ぽかんと口を開けて私を見つめる。が、すぐに顔をほころばせて、耳をつんざくような甲高い声を出す。演技だというのは明らかで、滑稽な感じがする。私たちのことでこんなに興奮するなんて、あり得ない。

「おめでとう！　すばらしいわ！　彼はなにも言わなかったのよ！　ほんとうによかったわね！」そう言いながら、興奮をあらわに胸の前で両手を組み合わせ、私に身を寄せて寝起きの臭い息を吹きかける。いささかやりすぎだ。「ねえ、詳しく話して。どこでどんなふうにプロポーズされたの？　指輪を見せて！」

「ここへ来た最初の夜に、コテージのポーチでプロポーズされたんです。湖の上に浮かぶ満月を眺めていたら、彼が片膝をついて……まあ、そういうことで。あとはご想像におまかせします」私はおもむろにミトンをはずして、よく見えるように左手を突き出す。左手の薬指には、親指の爪と同じぐらいの大きさの四角いエメラルドを長方形のダイヤで囲んだアールデコ調の婚約指輪が光っている。本物なら十万ドルはするはずだが、本物ではない。母が何年も前にラスベガスの〈ベラージオ〉で酔っぱらった女性の指から抜き取った指輪だ。以来、私の宝石箱で眠っていたのだが、こういうときは大いに役に立つ。

ヴァネッサは、私の手をつかんでハトのような声を出す。「ヴィンテージね！　代々受け継がれてきた指輪なの？」

「マイケルの祖母のものだったんです」

「アリスだったわね」ヴァネッサは親指でそっと石を撫でる。

私は、その名前を思い出すのに一分かかる。「ええ、アリスです。とっても気に入ってるんですよ。すごくゴージャスで」左手を持ち上げてエメラルドの輝きを愛でようとすると、石が指の付け根に当たる。「でも、ほら。ぶかぶかで、くるくるまわってしまうんです。サイズを調整してもらわないと、落としてしまいそうで。それに、ここだけの話だけど、こんなに目立つ指輪をはめるのは恥ずかしくて……」そう言って、わざと顔を赤らめる。「私は、もともと地味な性格なんです。受講生の前で見せびらかすわけにもいかないし。ほんとうは、これをどこかに寄付して、もっと小さい指輪を買いたいんですけど」

「そうよね」ヴァネッサは、理解を示すかのように真剣な面持ちでうなずく。けれども、私はインスタグラムの写真を見て、ヴァネッサ・リーブリングは派手な宝石が大好きなのを知っている。

「いずれにせよ、これをコテージに置いておくのは心配で。気にしすぎかもしれないけど、コテージは誰でも簡単に忍び込めるので……」泥棒が夜中に雪の積もった湖岸をうろついているとは思えないが、ヴァネッサはそういうこともあり得ると真剣に考えているかのように眉間にしわを寄せる。私は、彼女が警報装置を取り付けるなどと言いださないことを祈る。「それで、ふと思いついたんですが……ここには金庫があるんですか?」

ヴァネッサが私の手を離す。「金庫? ええ、もちろん」

「厚かましいお願いなんですが、万が一の場合のために、ここにいるあいだ指輪を預かってもらえませんか？」私は指輪をはずし、考える時間を与えずにヴァネッサの手のひらにのせる。ヴァネッサは、赤ん坊がおもちゃをつかむように反射的に指を閉じる。私はその上に自分の手を重ね、感謝をこめてそっと握りしめる。「これでもう心配せずにすむんだと思うと、ほっとします。だって……」一瞬、先を言いよどむ。「あなたのことは信頼しているので」

ヴァネッサは、私の宝物だと思っている指輪を握りしめた自分の手と、その上に重ねた私の手に視線を落とす。「あなたの気持ちはよくわかるわ」彼女はそう言って顔を上げるが、私は彼女の目が潤んでいるのを見て驚く。まただ。今回はなぜ泣いているのだろう？が、Ｖ−Ｌｉｆｅにアップされていた婚約指輪の写真を思い出す。ヴァネッサが、突き出した手の指の隙間からカメラにはにかんだ笑みを向けている写真を。写真には、〝みなさんにお知らせがあります〟というキャプションが添えられていた。しかし、その指輪は消えた。それも、気の毒なヴァネッサの悲劇の一ページだ。いったい、なにがあったのだろう？アシュレイになりきっているからか、こんな状況のもとでも、心の奥では彼女と人間らしい触れ合いを求めているからか、とにかく真相が知りたくなる。

「あなたも今年の春に婚約したんですよね？」と、やんわり訊く。

ヴァネッサは驚いているような表情を浮かべる。「どうして知ってるの？」

「インスタグラムで知ったんです」

ヴァネッサは、わずかに口を開けて考え込む。あらかじめ考えていた公式見解か、あるいは、自分が逆境に強くて、なんでもひとりで解決できることを示す例え話を思い出そうとしているのだろう。けれども、思い出せないようだ。手を開いて指輪をあらわにし、まるで自分の指輪のように手のひらの上で転がしてさまざまな角度から光を当てる。「彼は私のライフスタイルが好きじゃなかったの」きらきら輝く指輪を眺めながら、ようやく打ち明ける。声はすっかり平板になっている。「彼は母親と同じ政治家になりたがっていて、人生の目標を達成するには私が障害になると判断したのよね。私は受けがよくないってことで。政治家がプライベートジェットに乗っているのを見られるのは都合が悪いでしょ？　とくに、昨今の風潮では軽薄だと思われてしまうから。そういうわけなの」ヴァネッサが肩をすくめる。「彼を責めることはできないわ」

私の想像は完全にはずれる。浮気とか麻薬とか、もっと下劣で低俗な理由だと思っていたのだ。さらなる驚きは、ヴァネッサも一応は自己分析ができていることだ。軽薄？　彼女の口からそのような言葉が出てくるとは思ってもいなかった。「相手は、婚約したあとで別れる決心をしたんですか？」

「彼は、父が亡くなった二週間後に別れを切り出したの」

私も、それをひどいと思わないほど冷酷ではないので、彼女のほうへ身を寄せる。「そんな男をかばうのは時間の無駄ですよ。なんの慰めにもならないし、先々のことを考えれば、結婚しなくてよかったんだと思います」私は本心からそう思う。「だからニューヨークを離れたんですね」

「ええ、そうよ」ヴァネッサはそう言って、散らかったキッチンを見まわす。「環境を変えたほうがいいと思ったときにストーンヘイヴンが頭に浮かんだの。タイミング的にもちょうどよかったのよね。父がここを私に遺してくれて、私も……代々受け継がれてきたこの屋敷で暮らせば気持ちがやすらぐんじゃないかと思って。なにか運命的なものを感じたの」ふたたび私を見るヴァネッサの目からは表情が消え、窓の向こうの湖のように冷ややかな光を放っている。「この屋敷を嫌っていたことなんて、すっかり忘れてしまって。ここでは、つぎからつぎへと家族に悲惨なことが起きたのに」「ストーンヘイヴンは私の家族の悲劇の聖地よ。母と父と弟の身に起きた悲劇は、すべてここが元凶なの。弟が統合失調症を患っているという話はしたかしら？　それも、ここからはじまったし、母はここで自ら命を絶ったの」

私は、ヴァネッサの変わりように驚いて黙り込む。彼女は、読書室で泣いていた暗くて哀れなヴァネッサでも、私たちをもてなそうと張りきるヴァネッサでもなく、怒りを秘めた、冷静で、やけに物わかりのいいヴァネッサに変わっている。それに、母親が自殺したというのは初耳だ。「そんな。自ら命を？」

ヴァネッサは、なにかを探ろうとしているかのように、表情のない緑色の目で私を見つめる。めずらしいことに、私は難なく同情しているふりをすることができる。ヴァネッサは、視線を下げて肩をすくめる。「もちろん、新聞にはそう書いてなかったわ。父が手をまわしたから」

新聞には、操船ミスで死亡したと書いてあった。私は、中年の女性がヨットの操船ミスで死亡したという記事になんの疑問も抱かなかったが、自殺だったのなら動機が知りたい。でも、そんなことを訊いてはいけない。アシュレイなら訊かないはずだ。「お母さんはずいぶん思い詰めてらしたんでしょうね」急に疑問が頭をもたげ、読書室のカウチに座っていた、ガリガリに痩せた気位の高そうな女性を思い出しながら、つぶやくように言う。あの日は、ほかになにも気づかなかったのだろうか？「お気の毒に。まったく知りませんでした」

「当然でしょ？」ヴァネッサは大きく肩を揺する。「誰も知らないわ。私は、くそいまいましいヴァネッサ・リーブリングよ。自分が人から羨ましがられているのは、よくわかってるわ。だから、悩んだり愚痴をこぼしたりしてはいけないし、自分の置かれた環境を呪うわけにもいかないの。恵まれてるってことに罪の意識を感じながら生きていかなきゃいけないのよ。何をしたって——たとえ、すべてを手放したところで——それがどうしたと言う人もいるはずよ。世間の人たちは、つねに私を憎む理由を見つけるから」ヴァネッサは、光が当たるように手のひらの上の指輪の向きを変える。「でも、その人たちは正しいのかもね。たぶん、私は欠点だらけの人間なのよ。同情にすら値しない人間なの」

あろうことか、私は心の底からヴァネッサを哀れに思う。これまで、ヴァネッサのことを誤解していたのではないだろうか？ 彼女を憎むのは見当違いで、今回は、ラクランも私も標的選びを間違えたのではないだろうか？ そもそも、あの日、裸の私をベッドから追い出したのはヴァネッサではない。母と私を街から追い出したのも彼女ではない。彼女は私とベニーが付き合っていることさえ知らなかったはずだ。親の罪を子どもに押しつけるのは酷な気がする。

ヴァネッサは、アシュレイなら、悲劇に見舞われても心を平静に保つ方法を教えてくれると期待しているかのように私を見つめる。けれども、それは無理だ。「なにもかも放り出せばいいんです」と、私は言う。これまでと違って、声がとげとげしい。アシュレイではなく、私自身の言葉だからだ。「この屋敷にいい思い出はないんでしょ？ 人にあれこれ言われて、うんざりしてるんでしょ？ それなら、すべてを捨てて逃げ出せばいいんです。あなたにストーンヘイヴンは必要ないわ。逃げ出して、なんのしがらみもない土地でやり直せばいいんです。写真を撮るのをやめて、心静かに暮らせばいいんです。しっかりしてくださいよ。それに、人がほめてくれるのを期待するのはやめないと。人がなんと言おうと、かまわないじゃないですか。糞食らえと思えばいいんです」

「糞食らえ？」ヴァネッサの顔に希望がよぎり、わずかに明るくなった目で私を見る。「面白いことを言うのね」

私は化けの皮がはがれかけていることに気づく。なにをしようとしているのだろう？

「冗談です」アシュレイなら口にしそうな、ありふれた慰めの言葉をさがす。「この一年はたいへんだったようだから、自分を労(ねぎら)ってあげてください。なんなら、マインドフルネスのレッスンをしてあげますよ」

「マインドフルネス？」ヴァネッサは興味を示して私を見つめる。「なんなの、それは？」

「要するに、心の洗濯です」滑稽なのはわかっている。自分が誰かにそう言われたら不愉快な思いをしていたはずだ。「大事なのは、〝いま、ここにいる〟ことです」

ヴァネッサが手を引っ込める。よけいなことを話さなければよかったと後悔しているのは明らかだ。「私はいまここにいるけど」抑揚のない声でそう言うと、ヴァネッサはとつぜん立ち上がる。「とにかく、指輪を金庫にしまってくるわ。箱は?」

「箱?」私は自分のミスに気づく。もちろん、指輪はベルベットの箱に入っていたはずだ。

「いけない。コテージに置いてきたわ」

「大丈夫よ」と、ヴァネッサが言う。「ちょっと待ってて」

ヴァネッサの姿がキッチンから消えると、廊下を歩く足音が聞こえてくる。耳をすますが、物音は屋敷に呑み込まれてしまう。ヴァネッサが二階へ行ったのかどうかもわからない。私は胸をどきどきさせながら静かにキッチンのテーブルに座り、隠しカメラが彼女の動きをとらえてくれていることを祈る。この屋敷には四十二の部屋あるが、カメラは十二台しか設置していない。

ヴァネッサは数分後に戻ってきて、私の正面に立つ。「しまってきたわ」彼女はすでに落ち着いて、顔を洗ったのか、額の生え際が濡れている。

私は椅子から立ち上がる。「なんとお礼を言っていいのか」

「気にしないで。友だちじゃないの」音を長く引き伸ばす気取ったしゃべり方も復活する。

「指輪が必要なときは言ってね」

私は、先ほどちらっと姿をのぞかせたもうひとりのヴァネッサを――傷ついて卑屈になったヴァネッサを――薄っぺらいお粗末な仮面の下から引きずり出したい衝動に駆られる。

腕を伸ばし、彼女の手に自分の手を重ねて、「あなたがここでつらい思いをしてるのは、ほんとうにお気の毒だと思います」と言う。「ここを離れることを真剣に考えたほうがいいかもしれませんね」

ヴァネッサは目をしばたたかせながら私を見て、手を引っ込める。「あら、あなたは誤解しているようね。私は、戻るべくしてここへ戻ってきたような気がするの」彼女は、完璧に揃った真っ白な歯を見せて笑う。「いえ、そう確信してるの」

コテージに戻って髪に積もった雪を払いのけていると、ラクランがダイニングテーブルに座っているのが見える。開いたノートパソコンには、隠しカメラからデスクトップ経由で届く映像が映っている。戸口に私が立っているのに気づくと、ラクランはとなりの椅子の上に両脚をのせて、にやにやしながら背もたれに体を預ける。

「わかったぞ」と、ラクランが言う。「金庫は書斎の絵の裏だ」

22

三人の男女が——ブロンドの女性とブルネットのカップルが——山のなかにある屋敷のダイニングルームで二十人掛けのテーブルの端に座っている。テーブルはフルコースのディナー用にセッティングされている。三人の前には金の縁取りをほどこした食器が重ねて置いてあり、料理が運ばれてくるのを待っている。皿の両側と向こう側には紋章を刻んだ銀のナイフとフォークが並んでいる。クリスタルのワイングラスは、天井のシャンデリアの光を浴びて虹色の光を放っている。部屋は、暖炉の薪と、サイドボードの上に置いてあるアレンジフラワーのバラのにおいがする。

ホステス役のブロンドの女性は、かなり気合いを入れて準備をした。

彼女は、グリーンのシフォン生地で仕立てたグッチのドレスを着ている。目と同じ色のドレスを選んだのだろうが、カジュアルなジーンズ姿でやって来たカップルは居心地の悪い思いをしている。フルコースのディナーがふるまわれるとは予想していなかったのだ。

ケータリング業者がキッチンを動きまわり、制服を着た女性がワインを注いで、テーブルの上に落ちたパン屑をすくい取ろうと、家政婦がうしろで待ち構えているとは。二日前の食事会とは様子が違うのは明らかだが、ブロンドの女性がなぜ急にここまでしようと思ったのか、ふたりは理解に苦しむ。

けれども、雰囲気はなごやかで、会話もはずむ。おたがいにデリケートな話は(政治や家族やお金の話は)避けて、人気のテレビ番組や有名人の離婚、三十日間続けると腸内環境をリセットできるというダイエット法など、世間で話題になっている話をする。ワインが注がれ、スープが出てきて、またワインが注ぎ足され、つぎはサラダが出てくる。三人ともほろ酔い気分になっているが、注意して見ていると、カップルはブロンドの女性よりはるかにゆっくりしたペースで飲んでいるのがわかる。ふたりは時おりテーブル越しに視線を交わすが、すぐに目をそらす。

天然鮭のローストにブラッドオレンジを添えたメインディッシュのシトラスサーモンが運ばれてくると、とつぜん電話が鳴る。ブルネットの女性がジーンズのポケットに手を突っ込んでスマートフォンを取り出すと、顔をしかめて画面に目をやる。女性が電話に出ると、しばし会話が中断する。女性が口だけ動かして連れの男性に「ママよ」と伝えると、ふたりとも、それ以上の説明は必要ないかのようにうなずき合う。女性は席を立ち、すまなさそうに肩をすくめると、電話の主と話をしながら廊下に出る。

残ったふたりは、ぎこちない笑みを交わす。ブロンドの女性は、きれいに盛りつけられた皿に視線を落として、待つべきかどうか考えるが、空腹に耐え切れなかったのか、男性はすぐに食べはじめる。それを見て安心したのか、女性もフォークを手に取る。ブルネットの女性の鮭は冷めて硬くなる。

一方、ブルネットの女性は足早に廊下を歩く。あとのふたりが食事をしているダイニングルームから遠ざかれば遠ざかるほど、廊下は暗くて寒くなる。電話の主と大きな声で話をしながら歩き続けて、もう大丈夫だと思える場所まで来ると、女性はとつぜん演技をやめる。もちろん、電話などかかってきていない。着信音を鳴らすアプリがあるのだ。

いま自分がいるのは、この家の先祖が肖像画のなかからいかめしい顔をして見下ろしている応接間だとわかると、素通りして書斎へ行く。書斎は屋敷の中央にそびえる丸い小塔の一階にある円形の部屋で、湾曲した壁には象嵌をほどこした木製の本棚が設けてあって、どの棚にも、青磁の花瓶や陶磁器製の牛、丸いランプ、丸い置き時計などが飾ってある。磨き込まれたマホガニーの大きな机の上には、ペンとインクをのせた古典的なペン皿と、二、三十年前に撮った、母親と幼い子どもふたりの写真を入れたフォトフレームが置いてあるだけだ。

女性は机のそばまで歩いていくと、ゆっくり体を回転させて部屋を見まわす。そして、机の正面に掛けてある一枚の絵に目をとめる。何匹もの犬がキツネを追う、イギリスの狩猟風景を描いた油絵だ。女性は、そばに行って観察する。その絵は壁からほんの少し浮いていて、一カ所だけ、額の金箔が薄くなっているところがある。女性はポケットからラテックスの手袋を取り出し、それをはめて金箔の薄くなったところをつかむ。そっと手前に引くと、絵が壁からはずれて金庫があらわれる。

女性は動きを止めて耳をすます。屋敷のなかは静まり返っていて、時おり静寂を針で突き刺す程度のかすかな笑い声が聞こえてくるだけだ。よく見ると、金庫は、それを覆い隠していた絵と同じ、テレビほどの大きさで、それほど古いものではなく、キーパッドがついている。ただし、最近買い替えた最新式のものではない。

女性は、手袋をはめたまま慎重に062889と打ち込む。このあいだ、出生届のデータベースで誕生日を調べたのだ。耳をすまし、カチッという音がしてロックが解除されるのを待つ。が、なにも起きない。誕生日をべつの並びの数字に替えて打ち込んでみる。061989、280689、198906と、立て続けに三通り試すが、なにも起きない。0昔の映画に出てくる金庫破りの真似をして鉄の扉に耳を押し当てるが、どんな音に耳をすませばいいのかわからない。キーパッドを押しているうちに苛立ちが募る。金庫についてあれこれ調べたので、番号を入力できるのが五回までだというのは知っている。気を取り直し、両手を振って、今度は892806と入力する。するると、金庫がウィーンと哀れっぽくうめき、カチッという音とともにロックがはずれる。それまではびくともしなかった扉を両手でつかんで開けて、暗い金庫のなかを覗き込む。

なかにはなにも入っていない。空っぽだ。

私は、信じられない思いで目を凝らす。アールデコ調の指輪は手前にある。ヴァネッサは、あの偽物の指輪をわざわざ小さな銀の皿の上にのせていたが、暗がりのなかで見ると、ソープディッシュの上に置いたまま忘れ去られた、哀れな安物の指輪のように見える。その奥にはなにもない。札束も、ベルベットの宝石箱も、金貨や銀貨もない。

気絶しそうになる。すべては無駄だったのだ。

いや……そうでもない。金庫は空ではない。奥に、書類の束とアコーディオン式のファイルフォルダーが数冊押し込んである。そっとフォルダーを取り出してなかを覗くが、入っているのはただの書類で、かなり古いものらしく、大半は黄ばんでいる。ざっと目を通すと、会社の書類や屋敷の権利書、国債、出生証明書、それに、さまざまな契約書だとわかる。けれども、じっくり目を通す時間も興味もない。ストーンヘイヴンと、ここで暮らしてきた人たちの歴史を物語る大事な資料なのかもしれないが、私にはなんの価値もない。ファイルフォルダーを金庫の奥に戻してから、書類の束をそっと手前に滑らせる。しかし、それも、私にとってはどうでもいい古い手紙ばかりだ。

それでも、念のためにぱらぱらとめくっていると、一通の手紙が目にとまる。アメリカ中の子どもがバインダーにはさんでいる三つ穴のルーズリーフにボールペンで書いた手紙で、ていねいな筆跡を見れば、女性が書いたものだとわかる。

私のなかのなにかが止まる。その紙には見覚えがある。そして、その字にも。

その手紙を抜き出して、スマートフォンのライトを当てる。手紙を読みながら、〝考えすぎよ〟と自分に言い聞かせる。けれども、ヘビが胸に巻きついて、きつく締めつけられているような錯覚におちいる。

二〇〇六年十月十五日

ウィリアム――

私が町を離れたことであなたはすべて片がついたと思ってるでしょうけど、なんのためにこの手紙を書いているかわかる？　気が変わったの。口止め料にしては安すぎると気づいたの。六月にもらったお金では足りないわ。

知ってのとおり、あなたとの情事の証拠は揃ってるのよ——写真も、領収書も、手紙も、電話の通話記録も。それを五十万ドルで売りたいの。本気だとわかってもらえるように、写真を一枚入れておくわ。五十万ドル払う気がないのなら、奥さんに写真を送るから。それに、会社の投資家にも、新聞社やゴシップネタを流しているウェブサイトにも。

十一月一日までにバンク・オブ・アメリカの私の口座に振り込んで。ニーナにも私にも、それぐらいの借りはあるはずよ。

真心をこめて
リリー

ヘビはますます強く私の胸を締めつけ、ついに息ができなくなって、目がまわりだす。頭のなかで警報が鳴り響く。いや、違う。置き時計が時を告げているだけだ。ダイニングルームを出てから、すでに八分近く経っている。手紙は、ほかの書類のあいだにはさんで金庫に戻し、震える指で扉を閉めてロックする。かすかに聞こえてくる話し声を頼りに薄暗い廊下を引き返しながら過去のさまざまな出来事を頭のなかで整理しようとするが、うまくいかない。どういうことなのか、まったくわからない。いや、もしかすると、これですべての謎が解けるかも。

謎の鍵を握っているのは母だ。当時の母はセクシーだった。スパンコールのついた青いドレスに身を包んだ母がウィリアム・リーブリングのたくましい腕に抱かれている光景を想像すると、体が震える。

母と話がしたい。会って、問い質したい。

ふらつく足でようやくダイニングルームに戻ると、照明の明るさと暖炉の熱気に襲われて目をしばたたかせる。いっせいにふたりの視線を浴びるが、私は口角を上げておだやかな笑みを浮かべる。それでごまかそうとするものの、ラクランは私の様子がおかしいことに気づいている。私の顔を見るなり、ほんのわずかに顎をこわばらせて警戒心をあらわにする。

ヴァネッサはなにも気づいていないようだ。「やっと戻ったのね！　マイケルが執筆中の小説の話をしてくれて、どうしても読みたくなったの。ちょっとだけでいいから読ませてもらえない？」彼女はえくぼを浮かべてラクランを見るが、ラクランが返事をしないでいると、諦めたのか、私に視線を移して眉根を寄せる。「ちょっと待って、アシュレイ。

なにかあったの?」

サーモンのにおいを嗅ぐと、吐き気が込み上げてくる。私が風を起こしたのか、テーブルの上のキャンドルの炎が揺れる。自分が無防備で危険な状況におちいっているのを感じながら、手紙のことを知っているのかどうか探るようにヴァネッサを見つめる。ヴァネッサは、血統書付きのペットのような、邪気のない澄んだ目を見開いて見つめ返す。私は、自分がアシュレイだということをすっかり忘れてしまっている。たとえヴァネッサが父親の書類を整理しているときにあの手紙を見つけていたとしても、手紙を書いた〝リリー〟と、いま目の前にいる女性を結びつける根拠はない。私はアシュレイの覆いをまとい、ぶるっと身震いして即興劇を演じる。

「電話は母からだったんです。入院したらしくて。だから、帰らないと」

ラクランは怒り狂って首に青筋を立て、カールした髪を両手でぐしゃぐしゃにしながら居間を歩きまわる。「マジかよ、ニーナ――空っぽだと? じゃあ、金はどこにあるんだ?」

「わからないわ」と、私が言う。「たぶん、どこかほかの場所にあるんでしょうね。べつの金庫のなかとか、銀行とか」

「そんなばかな。金庫のなかに大金が入ってると言ったよな」

「十二年前はそうだったと言っただけよ。時が経てばいろいろ変わるわ。一か八かの賭けだというのはわかっていたはずよ」

「そんな話は聞いてないよ。確実だと言ったじゃないか。ぜったいにうまくいくと」

私はラクランに椅子を投げつけたくなる。「暗証番号はかつてのコンビネーションの番号と同じだったから、金庫を開けてなかを確認することはできたわ」

ラクランは、険しい表情を浮かべて倒れ込むようにカウチに座る。「で、どうする？」

「金庫が空っぽだったからと言って、まったくなにもないわけじゃないわ。あそこには何十万ドルもするものがごろごろしてるんだから。あの箱時計もそのひとつよ。今度また母屋へ行ってチェックしてから作戦を立て直すことにするわ。手ぶらで帰るつもりはないから」

ラクランは不満そうな表情を浮かべる。「そいつはかなり面倒だぞ。ここからものを運び出す方法を考えるのは。それに、あらたなブローカーもさがさないといけないし。連中にマージンを取られたら、おれたちの取り分なんて微々たるものだ。今回は楽にがっぽり稼げると思ってたのに、マージンを気にしないといけないとはな」そう言って、私をにらみつける。「それはそうと、さっきの、お袋さんのところへ戻らなきゃいけないって話はなんだ？」

「話をもっともらしくするためよ。あれで、電話の真実味が増したわ」ラクランがそう思っていないのは明らかだが、手紙のことは話せない。それに、あの手紙は私たちがここでしようとしていることに関係があるだろうか？　まったくない。しかし、なにかが変わったのは確かだ。長いあいだ信じてきたことのすべてがとつぜん崩れて、自分がどこにいるのかわからないまま荒野を見まわしているような心境におちいる。

ラクランのとなりに座って彼の脚の上に手を置くが、ラクランはなにも言わない。「もちろん、母のことは気になってるの。あなたも、途中で様子を見に帰ってもいいと言ってたわよね。そもそも、カリフォルニアから離れなかったのは、母のことがあったからでしょ？」ラクランはまだ黙り込んでいる。「二、三日で戻ってくるから」

「ヴァネッサは、当然、おれも一緒に行くと思うだろうな。おれは、あんたのフィアンセってことになってるんだぞ」

「ううん、あなたはここに残ってあらたな計画を立てて。なにか、ここに残るもっともらしい理由を考えればいいのよ。私があなたに執筆を中断してほしくないと言ったとか、母はそこまで具合が悪いわけじゃないとか」

外はまだ雪が降っていて、コテージを静寂で覆っている。ヒーターが古いので温度調節が機能せず、すでに室内はかなり暖かくなっているのに、ますます温度が上がる。ラクランは、顔をしかめてセーターを脱ぐ。

「それはないよ、ニーナ」と、ラクランがつぶやくように言う。「あんたがいないあいだ、ひとりでなにをすればいいんだ？　すでに嫌気が差してるのに」

私は肩をすくめる。「情けないことを言わないで。あなたなら、きっといい方法を思いつくわ」

23

翌朝、私は車でロサンゼルスへ向かう。タイヤを雪に押しつけ、フロントガラスに泥のまじった茶色い雪を跳ね散らしながら、まずはゆっくり峠を越える。峠から谷へ下る道は雨に濡れて滑りやすくなっていて、しかも、霧が出ているのに、ほかの車は猛スピードで走っていく。そこから先は、冬のあいだ休作している農地を抜けてさらに南へ向かい、靄(もや)にかすむぶどう畑が連なるなだらかな丘を越える。九時間車を走らせても、まだタホ湖にいるような感覚が消えず、ロサンゼルスの家の前に車を駐めながら、まばたきをして自分を現実に引き戻す。

家のなかに入ると、饐(す)えたにおいが鼻をつく。母の香水の残り香か、そうでなければ、しおれて花びらが変色した、サイドボードの上のユリのにおいだろう。家のなかは暗くて、ゆがんだ木製の窓枠の隙間から湿った夜気が入り込んでくる。数週間の留守中に容態が急変するはずがないとわかっていても、もしかすると何日も前に息絶えて、ベッドの上にあおむけに横たわったままひからびているのではないかと思って、息を詰める。

が、キッチンで物音がして勢いよくドアが開き、母が黄色い光のなかに姿をあらわす。キッチン以外は暗いので気づいていないのか、痩せ細った体をサテンのガウンに包んだ亡霊のような母が、無言で廊下のほうへ身を乗り出す。

「ママ」と呼ぶと、母はおぞましい声を出す。スイッチを入れるカチッという音とガラスの割れる音がして、廊下の電気がつく。母は、きらきら光るガラスの破片に囲まれて壁のスイッチの前に呆然と立ちつくしている。

「びっくりするじゃないの、ニーナ。どうして家のなかをこそこそ歩きまわってるの?」

思いのほか険しくて、しかも震えた声でそう言うと、母はつま先でグラスの破片を押しのけて安全な足の置き場を確保しながら、ゆっくりうしろに下がる。

「だめよ、動いちゃ。ケガをするから」私は母の横をすり抜けてキッチンに入り、ほうきとちり取りを取りに行く。戻ってきても、母はまだ小刻みに体を震わせながらスイッチの前に立っている。私は、ガラスの破片をはき集めながら母を観察する。母の青白い額にはうっすらと汗がにじんでいて、数週間前よりさらに痩せたように見える。悪性リンパ腫が体中に広がっている証拠だ。私は、早く治療をはじめてくれと電話で主治医に頼まなかった自分を叱る。放射線治療がはじまるまで一週間待ってなどいられない。いますぐ受けないと。

家に帰ると、ストーンヘイヴンの金庫が空っぽだった番狂わせがますます堪える。母の治療費を稼ぐつもりだったのに、一セントも手にせずに帰ってきたことが悔やまれる。アドベクトリクスとかいう名前の新薬は一クール分一万五千ドルで、ブラックマーケットで売買されているデルフトの花瓶も、ひとつそれぐらいの値段だ。私は、寒い部屋に置き去りにされているストーンヘイヴンのアンティークを思い浮かべる。立派な箱時計や、居間にあったグスタフ・スティックリーの椅子二脚、それに銀器……ガラスの破片をはき集めながら頭のなかでストーンヘイヴンの部屋を歩きまわり、家具に値札をつけて母の命の値段と比較する。ラクランと知恵を絞れば、ストーンヘイヴンの家具を盗む方法も、エフラムを通さずに売る方法も見つかるはずだ。信頼できるブローカーは、たぶんほかにもいる。ただし、かなりの点数を盗まなければならず、これまでにない危険がともなうのは明らかだ。まずは、ストーンヘイヴンからどうやって運び出すかだ。気づかれずに運び出すにはどうすればいいのだろう？

かならずいい方法が見つかるわ、と私は自分に言い聞かせる。どうしても見つけなければならないのだ。ほかに大金を手にする当てはない。

うまくいっていないのを見破られるのが怖くて、母と目を合わせることができない。

母は、私の肩を両手ではさんで立ち上がらせようとする。立ち上がると、母のグラスに入っていた液体でジーンズが濡れているのに気づく。ジンだ。ジンのにおいがする。

「お酒を飲んだらだめじゃないの。放射線治療を受ける前なんだから」

「お酒を飲んだら死ぬとでも言うの？」母は笑うが、自分でもわかっているようで、まつ毛をしばたたかせながらガウンの胸元をかき合わせる。

「死期が早まるかもしれないでしょ」

「うるさいことを言わないで。さびしかったの。話し相手もいないし、退屈で。お酒を飲むと、時間が早く過ぎるから」母は私を抱き寄せて、冷たい頰を押しつける。サクラソウエキスの入ったローションと、息にまじった薬っぽいジンのにおいがする。「帰ってきてくれて、うれしいわ」

母が、体を引き離して私の顔を見つめる。「陽焼け止めを塗るのを忘れて出歩いてたみたいね」そう言いながらも、どこへ行っていたのかとは訊かない。訊かないほうがいいと思っているのだろう。ゆっくりと視線をそらして、私の肩越しに暗い部屋に目をやる。

「ラクランは一緒じゃないの？」

「うん」

「でも、ロサンゼルスには一緒に帰ってきたんでしょ？」

「ううん」

「そうだったの」母は、家具をつかみながらふらふらと居間へ行く。体力が弱っているからか酔っているからか、よくわからない。ランプをつけて倒れ込むようにカウチに座るのを見て、たぶん両方なのだろうと思う。母が座ると、クッションがため息のような音を立て、カウチのスプリングがきしむ。私はとなりに座って体を倒し、子どものように母の膝の上に頭をのせる。そのときはじめて、くたくたに疲れていることに気づく。久しぶりに、素の自分に戻ったような思いがする。母は、私の頭に手を当てて髪のもつれをほぐしてくれる。

「なぜ帰ってきたの？」

「ママに会いたかったからよ」と、私はささやくように言う。

「あたしも会いたかったわ」母を抱きしめたくなるが、強く抱きしめると壊れそうな気がする。中身を抜いたイースターエッグのように、すぐにひびが入ってしまいそうで怖い。私は母の手を取って自分の頰に当てる。「戻ってきても大丈夫なの、ダーリン？」と、母がおもむろに訊く。「帰ってきてくれるのはうれしいけど、ここにいるのはまずいわ。また警察が来るかもしれないから」

母のことしか頭になくて、それをころっと忘れていた。けれども、なかなか実感が湧かず、いまのところは、頭の片隅でひっそりと脈打つぼんやりとした危険にすぎない。

「どこへ行っていたか話すわね、ママ。じつは、タホ湖へ行ってたの」

急に母の様子が変わる。はっとして体をこわばらせ、息遣いも荒くなる。体を起こして顔を見ると、母は安全な場所をさがすかのように、きょろきょろとあたりを見まわしている。なんとか私の顔を見ないですむようにしているのだ。

「ママ」心のなかでは怒りがたぎって、爆発しそうになっているのに、私はおだやかな声で言う。「じつは、リーブリング家の屋敷に滞在してたの。リーブリング家のストーンヘイヴンに」

母は大きくまばたきをする。「えっ、誰の屋敷に？」

かつての母は嘘をつくのが上手だった。いまでも他人なら騙せるかもしれないが、私を騙すのは無理だ。「知らないふりをするのはやめて」と、私が迫る。「で、いくつか訊きたいことがあるんだけど」

母は、グラスがあると思っているかのようにコーヒーテーブルのほうへ手を伸ばすが、そこにはなにもない。結局、手は膝の上に戻してガウンの紐をつかむ。私の顔を見ようとはしない。

「私たちがタホ湖にいたときになにがあったのか教えて」と、私が言う。「ママとウィリアム・リーブリングとのあいだになにがあったのかを」

母は、私のうしろにあるテレビの真っ黒な画面に目をやる。部屋は静かで、母の荒い息の音しか聞こえない。

「ママ？　話してくれてもいいでしょ？　ずいぶん昔のことじゃないの。怒らないから」

もちろん、自分が腹を立てているのはわかっている。私はなにも知らされず、この十年以上のあいだ、そんなことがあったとは夢にも思わずに世の中を見ていたことが腹立たしいのだ。それに、母とは親密な関係を保っていると――力を合わせて世の中に立ち向かっていると――思っていたのに、とつぜんそうではないとわかったのも腹立たしい。私の人生の何パーセントが母の描いたフィクションだったのだろう？

カウチに体を預け、腕を組んで母の反応を見守る。

母は、口を引き結んだままテレビの真っ黒な画面を見つめている。

「じゃあ、訊くから答えてね」私は我慢の限界に達しつつある。「タホ湖で暮らしていたときに、ママはウィリアム・リーブリングと関係を持ってたんでしょ？」

母がすばやく私に向き直って、「ああ」と、小さな声で言う。

「彼と知り合ったのは、おそらく……ノースレイク・アカデミー？　保護者会で出会ったの？」母の顔に面白がっているような表情がよぎるのを見て、私は自分の間違いに気づく。

学校の行事に参加していたのはジュディスで、ウィリアムではなかったはずだ。そこで、ふたたび想像力を働かせる。「ううん、カジノね。カジノのVIPルームで出会ったんでしょ？　ギャンブルをしに来たウィリアムにママが飲み物を運んだのよ」

母が立て続けにまばたきをするのを見て、正解だとわかる。「ニーナ。頼むからやめて。古い話をほじくり返さないでよ。どうでもいいことなんだから」

「どうでもいいことじゃないわ」私は、考えながら母を見つめる。「なにをするつもりだったの？」母は私に視線を向けたままゆっくりとかぶりを振り、どこまで隠し通せるか見極めようとする。「なりすまし詐欺？　クレジットカードを盗むつもりだったの？」母はふたたびかぶりを振る。「じゃあ、なに？　なにが目的だったの？」

「目的なんかなかったわ」と、母はきっぱり否定する。「彼のことが好きだったの」母は、手のひらが白くなるまでガウンの紐を手にきつく巻きつける。

「嘘ばっかり。私は彼に会ったのよ、ママ。ひどい男だったわ。ママがあんな男を好きになるわけないじゃない」

母は悲しげな笑みを浮かべる。「でも、請求書がたまったときは面倒をみてくれたわ」

私は、急にお金の心配をしなくてよくなったのを思い出す。〈フォンデュラック〉のVIPルームで母がたんまりチップをもらうようになったからだと思い込んでいたことも。

けれども、母の話を真に受けるつもりはない。わずか数百ドルの光熱費のために母が大物の実業家をたぶらかすとは思えない。もっと大きなことを企んでいたはずだ。

「それだけ？」母はなかなか答えない。「教えて。大金を騙し取るつもりだったんでしょ？」

母の目がいたずらっぽく光るのを見て、ほんとうは話したくてうずうずしているのだとわかる。理由はわからないものの、自分を誇らしく思っているのだと。母は口角を引き上げて笑みを浮かべる。「妊娠したことにしたの。産むと言って脅せば、中絶代と引っ越し代を出してくれると思って」

泣きたくなる。じつに下劣でさもしい手口だ。「でも、どうやって？　妊娠検査の結果やエコーの写真は必要なかったの？」

「カジノで一緒に働いてた若い女の子が、たまたま妊娠してお金を必要としててね。だから、検査結果を見せろと言われた場合に備えて、その子に尿をもらったの。その子は、私になりすまして病院でエコー検査を受けて、私の名前が書いてある写真をもらってきてくれることになってたの。うまくいったら五千ドル払うという約束で」

〝ことになってたの〟という言い方は不自然だと、ようやく気づく。「でも、そうはならなかったのね」

「状況が変わってしまって……とつぜん、思いもよらない方向に」

私は、そのころのことを頭のなかによみがえらせる。母がシルクのスカーフを巻いていたことや、遅番だったと言って明け方に帰ってきたことや、髪の色が微妙に変わったことを。すると、恐ろしい考えが頭に浮かぶ。「ベニーと私のことを知っていてそういうことをしてたの？」

母がかぶりを振る。「最初は知らなかったわ。それに、そうじゃないかと思った程度で、確信はなかったの。おまえは話してくれないし……なにを考えてるのか、わからなかったから。秘密をわんさとかかえたティーンエイジャーだったわけよね。カフェでベニーに会ったときに、もしかして、とは思ったけど……おまえたちが視線を交わしているのを見て。でも、気づかなかった。気づいたのは……」母は先を言いよどむ。

「リーブリング家から電話がかかってきたから？ 町から出ていけと言われたから？」

「違う」母はしばらく黙り込む。「ストーンヘイヴンで……」母の目が曇り、また視線をそむける。ストーンヘイヴンで？ 私は、やっとおぞましい事実に気づく。そもそも、ミスター・リーブリングはなにをしに屋敷守りのコテージに来てベニーと私が一緒にいるのを見つけたのだろう？ ローデスが告げ口したのだろうか？ それとも、自分自身の逢い引きのためにコテージに来たのだろうか？ 「ママは、あの日ストーンヘイヴンでウィリアム・リーブリングと会ってたのね？　彼がベニーと私がコテージにいるのを見つけたときに、ママも一緒にいたのね？」

母がまばたきをする。目には涙がにじんでいる。

「知らなかったわ」急に気分が悪くなる。コテージの外の木陰に隠れてウィリアム・リーブリングが私を罵っているのを聞いている母の姿が目に浮かぶ。見も知らない男の前で無防備な裸体をさらすことになったときの気持ちを――力を持った男に、〝きみは何者でもない。取るに足らない存在だ〟と、吐き捨てるように言われたときの気持ちを――思い出し、母が助けに来てくれなかったことにとつぜん激しい怒りを覚える。私はカウチから立ち上がり、コーヒーテーブルの前を歩きまわる。「どうして彼を止めなかったの？」

母は、かろうじて聞き取れる小さな声で言う。「恥ずかしかったの。彼と一緒にいるところをおまえに見られたくなかったの」

私は一瞬足を止める。「なぜ彼と一緒にいたの？」

母はまた黙り込む。

「お願い。私に質問ばかりさせないで、さっさと教えて」

母は、手にきつく巻きつけたガウンの紐を見つめ、さらに引っぱったり緩めたりする。そして、口に出す前に言葉の重みを吟味しているかのように、ゆっくり話しはじめる。

「奥さんは町を離れてたの」と、母が言う。私は、思い出しながらうなずく。「あたしは、彼に連れられてあのコテージへ行ったのよ。ストーンヘイヴンへ行ったのはあのときがはじめてだったんだけど、彼はあたしを母屋へ入れようとしなかった。あたしは、あの日、彼に言うつもりだったの。妊娠したってことを。検査キットと、同僚にもらった尿も容器に入れて持っていっていた。彼が信じない場合に備えてね。ところが、彼がコテージのドアを開けたとたんに……おまえたちの声が聞こえて」母の声がわずかに震える。「あたしはコテージから飛び出して、てっきり彼もあとを追ってくると思ったんだけど、追ってこなかった。だから、隠れて待った。神に誓って言うけど、おまえがあそこにいるなんて、知らなかったの」母は、すがりつくようなまなざしで私の目を見る。「彼が激怒して外に出てくるまでは」

「彼は私に激怒してたの？」

母がごくりと唾を呑み込む。「あたしたちによ。彼は……おまえとベニーが……おまえがあたしと組んでるんだと思ったみたいで。あたしたちが共謀して彼の家族を狙ってると。被害妄想におちいってたのよ。それでもう、妊娠しているふりなんてできなくなってしまって」母が平板な声で非難がましく言うのを聞いて、金儲けの邪魔をしたと私を責めているのかもしれないと気づく。「とにかく、そういうことよ。それでおしまい。彼はあたしを捨てたの」

「そして、私たちを町から追い出したのよね」また長い沈黙が続く。「そうなんでしょ？　ママ？　だから、急に引っ越したんでしょ？　彼は、私とベニーの仲を裂くために私とママを追い払ったんでしょ？」そう言いながらも、私はそれが真実ではないのを知っている。そういうことではなかったのだ。私は、タホ湖を去った日に母が無口だったのを――リーブリング夫妻がなんと言って私たちを町から追い払ったのか、詳しいことは話したがらなかったのを――覚えている。母は、私ではなく自分を守ろうとしていたのだ。

母は顔を傾けて私を見る。目は涙でぼやけている。「お金が必要だったのよ。ニーナ……請求書がたまってたし。彼がいなければ……女手ひとつじゃ……たいへんで」

私がどさっとカウチに座ると、スプリングがきしんで、かすかに埃が舞い上がる。なるほど。だから、あんな手紙を書いたのだ。〝口止め料にしては安すぎると気づいたの。六月にもらったお金では足りないわ〟と。「私たちがタホ湖を離れたのは、ママがウィリアム・リーブリングからお金を強請り取ったからなのね？　だから、ベニーは私と口をきいてくれなくなったんだわ!!」

「ニーナ」母はカウチの端に寄って体を丸める。「ベニーのことは悪かったと思ってるわ。けど、彼とは……どうせ長続きしなかったはずよ」

「なにが条件だったの？」私は母に向かって喚く。となりのリサが家にいれば聞こえているかもしれないが、あふれ出す怒りを止めることはできない。「どうやって脅したの？」

母の目から涙があふれ、こけた頰のこまかいしわのあいだを流れ落ちる。「彼には……奥さんにあたしたちのことをバラすと言ったの。彼にとっては都合の悪い写真があったから。念のためにと思って撮っておいた、つまりその……」母は途中で言葉を切る。「とにかく、お金を払ってくれたら町を出ていくし、娘も金輪際ベニーにちょっかいを出さないと言ったの」

学校から帰ってきたら車に荷物が積み込まれていて、母が〝思いどおりにはなりそうになくて〟と私に謝った日のことを思い出す。あれは嘘だったのだ。私たちのことを見下していた傲慢な一家に町から追い払われたわけではなかったことにも、はじめて気づく。私たちがとつぜんタホ湖を去ったのは、母が道を踏みはずしてしまったからだ。母が強欲だったからだ。私たちが町を出ていかなければならなくなったのは、彼らのせいではなく母のせいだったのだ。

「いくらもらったの？」と、母に訊く。「彼からいくらもらったの？」

母は、かろうじて聞き取れる声で答える。「五万ドル」

五万ドル。娘の将来を売ったにしては、わずかな額だ。もしタホ湖を離れずに、ノースレイク・アカデミーの自由な雰囲気とユニークな教育方針のもとで高校生活を続けていればどんな人生を歩んでいただろうと思わずにいられない。自分は落伍者だ、誰にも認めてもらえない取るに足らない人間だと決めつけて、あの学校を去ることがなければ。

「信じられないわ」私は、カウチに座ったまましばらく両手で頭をかかえ込む。「そのあとであの手紙を出したのね。ラスベガスへ戻った数カ月後に。今度は、もっと金額を吊り上げて、五十万ドルを強請り取るために」

母は驚いているようだ。「どうしてそれを？」

「ママが彼に出した手紙を見たの。いまだにストーンヘイヴンの金庫に入ってるわ」

「見たの？　ストーンヘイヴンで？」母の言葉が喉に引っかかる。そうやって母の嘘を暴く一方で、私は、自分がいまストーンヘイヴンに滞在していることすら話していなかったのを思い出す。「ちょっと待ってよ、ニーナ――」

「詳しいことはあとで話すわ。でも……ママは二度も彼を強請ったの？」

母はおもむろに首をめぐらせて私を見る。が、水槽の底から見上げているかのように、表情はあいまいでぼやけている。「強請ろうと思ったんだけど、応じなかった」

おそらくそうだったのだろう。タホ湖から舞い戻ったあとで借りたラスベガスのアパートのことはよく覚えている。狭いアパートで、バスタブは使えず、キッチンはカビのにおいがした。首尾よく五十万ドルせしめていれば、母は〈ベラージオ〉の最上階の部屋に移って半年で全額使いはたしていたはずだ。「ほんとうに？　それで、諦めたの？」

「だって、新聞に……奥さんのことが載ってたから。奥さんが死んだと」母が、にらみつけるように私を見る。「その記事を見て、カモを逃してしまったことに気がついたの。それに、彼がちょっぴり気の毒だったし」

「でも、娘が可哀想だとは思わなかったのね。私は、これまで暮らしたなかであそこがいちばん気に入ってたのに、無理やりラスベガスに連れ戻されたのよ」辛辣な口調になっているのは承知のうえで母に詰め寄る。

「ああ、スイートハート。おまえには悪いことをしたと思ってるわ」話をしているうちに疲れたのか、母は目を閉じて自分のなかに閉じこもる。閉じたまぶたの下から涙がまたひと粒あふれ、頬を流れ落ちて顎にぶら下がっている。私は思わず手を伸ばして、指先で母の涙を払う。母の涙は私の指先にとどまって、部屋と、そこにいる私たちふたりをその小さなプリズムに映す。そして、母の濡れた顎を、子どもにするように、そっと袖口で拭いてやる。なぜなら、母は子ども同然だからだ。母は自分と娘の面倒を見ることができず、世間を渡り歩く方法を誰もきちんと教えてくれなかったせいで迷子になっているのだ。これまで自分のしてきたことの報いが地平線の彼方に待ち受けているのに、子どもだから見えないのだ。

過ちが永遠に消えず、元の状態に戻すこともできないのは、人生における最大の恐怖だ。引き返してべつの道を進みたいと思っても、あと戻りはできず、これまで歩んできた道もすでに消えている。だから、母は奇跡が起きることを願って、リスクを冒してでもがむしゃらに前へ進もうとしたのだろう。母だって、いまの状況から抜け出すことなど、そう簡単にできるわけがないと、長年の経験でわかっているはずだ。現に、癌に侵された詐欺師の母にお金はなく、気にかけてくれるのは娘しかいない。

母はとつぜん目を開ける。「ストーンヘイヴンの金庫？」ようやく私の話の意味を理解したかのように言う。「あそこへ行ったの？」目を輝かせて、身を乗り出す。

私は、もはや芝居を続けるのは無理だと気づく。母は、私がこの三年間なにをしていたか知っているのだ。最初から知っていたのだ。たまにヘイウッド-ウェイクフィールドのサイドボードを売ってなんとか生計を立てている、まっとうなアンティークディーラーだと思ったことはないはずだ。もう嘘をつくのはやめたほうがいい。母に対しても、自分自身に対しても。私はリリー・ロスの娘のニーナ・ロスで、アンティークディーラーを装った手だれの詐欺師だ。環境が私を詐欺師にしたのだ。私も、いまさらあと戻りはできない。

母に体を寄せてささやくように言う。「ママ……私はストーンヘイヴンへ行ったの。リーブリング家の長女で、ベニーの姉のヴァネッサを覚えてる？　いまは彼女があそこに住んでいて、巧みに近づいたの。彼女はドアを開けて招き入れてくれたわ。だから、屋敷のなかに入って金庫を覗いたの」

話しているうちに気持ちが昂って、誇らしげな達成感が込み上げてくる。小物の詐欺師にすぎなかった母は、こんなに危険で大胆なことをしようと思ったことなどないはずだ。けれども、私の達成感は心のなかでねじれて、その裏に復讐心が隠れているのがわかる。母は私がこんな人間になるのを望んでいたわけではないが、こうなったのは母のせいだと気づいてほしい。

母がどんな顔をするのを見たいのか、自分でもよくわからないが、いま浮かべている表情ではない。あれは、興味をそそられた表情だろうか？　それとも、驚いているのだろうか？　まったく察しがつかない。「金庫には、ほかになにが入ってたの？」と、母が訊く。母なら当然訊く。一攫千金の夢を捨てきれずにいる母は、私がなにを手にしたか知りたいはずだ。

「なにも」と、私は冷ややかに言う。「空っぽだったの」

「そんな」母はとつぜん立ち上がる。わずかに膝がぐらつくが、カウチの袖をつかんで体を支える。「で、ラクランは……まだ向こうに？」

「うん」

「おまえも戻るの？」

母は、私がこの先どうするのか訊いているのだ。私は、ほんの一瞬、戻らない選択肢について考える。仕事をやり終えるために車でストーンヘイヴンへ戻るのをやめて、ロサンゼルス国際空港から飛行機に乗って……どこかへ行くことを。母には銀行口座に残っているわずかなお金を渡して、これからはひとりで癌と闘えと言えばいい。自分を過去から解き放てば自由になれる。

しかし、母の面倒を見ないとなったら、なにをすればいいのだろう？　わかっているのは、いまの自分を変えたいということだけだ。この家を売り払い、車でロサンゼルスをあとにして、一からやり直すために静かな土地をさがす自分の姿を思い浮かべる。できれば、緑が多くて、温暖で、明るい街がいい。太平洋岸の北西部はどうだろう？　アシュレイの出身地のオレゴンもいい。オレゴンでなら、本物のアシュレイになれそうな気がする。少なくとも、アシュレイにそっくりな人間にはなれるはずだ。それも悪くない。

となると、ラクランは？　答えはもうわかっている。しばらく前から考えていたのだ。もはやラクランは必要ないし、一緒にいたいとも思わない。ラクランはまだヴァネッサと一緒にストーンヘイヴンにいるのだと思うと、良心の呵責に苛まれる。ラクランには計画の中止を告げることにする。なんらかの口実を見つけて、彼をストーンヘイヴンから、そして、ヴァネッサの人生から引き離すことにする。長年の仇に、そっとオリーブの枝を差し出すのだ。いや、ヴァネッサはいまでも私の仇なのだろうか？　この十日のあいだに、私のなかで彼女は変わった。もはや彼女はあらゆる恨みの象徴ではなく、私の前で涙を流した生身の人間だ。もちろん、彼女にも欠点はある。浅はかなのは確かだし、自分が特権を享受していることに無自覚なまま華やかな生活をひけらかしていたのは罪だが、だからと言って、私たちがしようとしているような目にあわせるのは酷だ。思うような人生を送れないのはリーブリング一族のせいだと決めつけていたものの、そうではないとわかったのだから、なおさらだ。

ところが、ラクランに電話をかけることも空港に車を走らせることもできずにいるうちに、ドアのベルが鳴る。

母が血の気の失せた顔で私を見て、「出ちゃだめ」と、かすれた声で言う。

私は、玄関のドアからわずか数歩のところに置いてあるカウチの前で凍りつく。少なくともふたりの人間がポーチを歩きまわって床をきしませているのがわかる。目の両側に手を当ててなかをのぞこうとしている人物の吐く息で玄関の窓が白く曇っているのもわかる。目が合うと、訪ねてきた警官が私を見つめて、しつこくドアをノックしている相棒になにやら耳打ちする。

「逃げなさい」と、母がささやく。「さあ、早く。ここは、あたしがなんとかするから」

「逃げることなんてできないわ」

磁石がおのずと極を向くようにふらふらと玄関へ向かう私は、いったいなにを思っているだろう？　ついに、これまで自分がしてきたことの報いを受けることになるのだと悟って、それを受け入れるつもりでいるのだろうか？　自分の行く末に不安を抱いているのだろうか？　それとも、自ら望んだことではないにせよ、これで足を洗えるという奇妙な安堵感を覚えているのだろうか？

止めようとする母の甲高い声を耳にしながら、ドアを開ける。

ドアの向こうには、制服警官がふたり立っている。いつでも発砲できるように引き金に人差し指を当てているが、銃を握る手には力がこもっていない。片方の警官には口ひげがあって、もうひとりにはないが、双子のようにそっくりで、ふたりとも、疑り深い冷たい目で私を見ている。

「ニーナ・ロスですか？」と、口ひげの警官が訊く。

「そうです」と答えたのだろう。いきなり容疑者の権利が読み上げられて、ひとりがベルトから手錠をはずし、もうひとりが腕をつかんで私にうしろを向かせる。抗議しようとするが、動揺と怒りのせいで、自分がしゃべっているとは思えないような声しか出ない。つぎの瞬間、居間から私の声を掻き消すおぞましいうめき声が聞こえる。手負いの獣がうめいているような声が。母だ。警官も私も動きを止める。

私はひげの警官を見る。「お願いです。母と話をさせてください。母は癌を患っていて、私しか面倒を見る者がいないんです。一分だけ話をしたら連行に応じますから」

警官たちは、目を見合わせて肩をすくめる。が、ひげの警官は私の腕から手を離して居間までついてきて、私が体をこわばらせた母を抱きしめるのをそばで見守る。母は、さっきのうめき声で体力を使いはたしてしまったのか、なにもしゃべらない。私は、母の頬に手を当てて落ち着かせる。

「心配しなくても大丈夫よ、ママ。すぐに帰ってくるわ。ラクランに電話をかけて事情を説明してね。わかった？　保釈の請求をしに来てほしいと伝えて」

母は、荒い息をしながら私の腕のなかで体をよじる。「なにかの間違いよ。どうしてこんなことになったの？　あたしたちはなにもしてないのに……おまえはなにもしてないのに」

「どこへも行っちゃだめよ。わかった？」私は、ちょっとした旅行にでも行くだけでなにも心配することはないと言わんばかりに母の額にキスをして、にっこり笑う。「愛してるわ。連絡できるようになったら連絡するから」

母は顔をゆがめる。「マイベイビー」

警官が腕をつかんで私を母から引き離し、母が私に向かって、「愛してるわ」とあえぐように言うと、そのまま外へ連れ出す。手錠をかけられると、冷たい金属が手首に当たる。

パトカーのドアは開いていて、私が乗り込むのを待っている。

男性用のパジャマを着たとなりのリサが自分の家のドライブウェイに立って、目の前で繰り広げられている光景をぽかんと口を開けて眺めているのが見える。ウェーブのかかった白髪まじりの髪は乱れている。呆然としているのか、麻薬で頭がぼうっとしているのか、おそらく両方なのだろう。彼女は、足元を気にしながら裸足のまま私たちのほうへゆっくり歩いてくる。

「ニーナ？　どうしたの？　なにがあったの？」

「この人たちに訊いて」私はそう言って、警官のほうへ首を倒す。「私もわからないの。なにかの間違いだと思うんだけど」

リサは眉間にしわを寄せ、少し距離を置いて足を止める。「なにか、私にできることがあったら言って」

警官が私の頭に手を置いて軽く押すが、私はパトカーの後部座席に乗り込む前にリサに向かって叫ぶ。「悪いけど……母のことをよろしく。放射線治療を受けるように言ってね。かならず、すぐに戻ってくるから」

これまで数多くの嘘をついてきたが、前もって考えずにとっさに嘘をついたのは、これがはじめてだ。

ヴァネッサ

24

一週目

妻として、はじめての朝を迎える！

妻として、はじめての朝を迎えるが、すぐにはそのことに気づかない。頭がガンガンしてロはカラカラで、喉にはまだテキーラの味が残っている。昨夜はカーテンを閉めずに寝たので、朝陽が早くから私を起こす。やけにまぶしいのは、朝陽が外の雪に反射しているからだ。こんな状態で目を覚ますのは久しぶりなので（コペンハーゲン以来か、そうでなければマイアミ以来なので）、すぐには状況を把握できず、ストーンヘイヴンの主寝室に置いてある、両親も祖父母も曾祖父母も、という具合に百年以上のあいだ代々の当主が使ってきたベルベットの天蓋に覆われたベッドで寝ていることを思い出すのに、一分かかる。そのなかに、私と同じような状態で朝を迎えた人はいただろうかと、ふと思う。二日酔いで頭が痛くて、昨夜のことをまったく覚えていない人はいただろうか？

いや――まったく覚えていないわけではない。

急に頭がはっきりする。暗闇から、驚くべき記憶が湧き上がってくる。体の向きを変えて、その記憶が正しいかどうか確かめる。するとそこには、完全に目を覚まして裸のままベッドに横たわり、まるで私が温かいラテで、これから飲みつくそうとしているかのような笑みを浮かべた彼がいる。

私の夫のミスター・マイケル・オブライアンが。

私は妻としてはじめての朝を迎えるが、どうしてこんなことになったのか、よくわからない。

「おはよう、マイラブ」マイケルは、寝起きのかすれた声で言う。「ぼくの可愛い奥さん」

昨夜、誓いの言葉を交わしたあたりまでの記憶がよみがえる。彼がなんと言って、私がなんと言ったのかも思い出す。「私の素敵なダンナさま」と、ささやき返す。口にするのにいささか抵抗はあるものの、羽根布団にくるまれたようなやすらぎを感じる言葉だ。そのあと、私はげらげらと笑いだす。衝動的な行動に走ったことはこれまで何度もあるが、今回はそのなかでももっとも軽はずみな行動で、笑うのがもっともふさわしい反応のような気がする。

でも、笑うとお腹が痛い。

私が顔をしかめると、マイケルが親指で私の眉間を撫でる。「大丈夫か？ 昨夜は、きみに意外な一面があるのを知って驚いたよ。もちろん、文句を言うつもりはないんだけど」

やはり、ほんとうなのだ。昨夜、私たちはテキーラとシャンパンで酔っぱらい、マイケルが私にプロポーズしたので、リムジンを呼んでネバダ州のリノまで行って、チャペル・オブ・ザ・パインズという名前のみすぼらしい小さな教会で夜中の十二時になる直前に結婚した。その教会の牧師はナイロン製だとひと目でわかる紫色の祭服を着て、アルバイトの立会人は、私たちが誓いを立てているあいだ毛糸で赤ん坊用の靴下を編んでいた。私もマイケルもげらげら笑っていたような気がする。

いずれにせよ、マイケルは私にプロポーズしたのだ！

いや、おたがいにプロポーズし合ったのでは？

よく覚えていない。

写真は撮ったのだろうか？ SNSを見れば記憶のギャップを埋められるかもしれないと思い、枕の下やベッドの脇に手を伸ばしてスマートフォンをさがす。（ハッシュタグという便利な機能がなければ忘れていた人の名前や顔や、大事な出来事はいっぱいある。）が、リムジンに乗り込むときに、マイケルがスマートフォンはストーンヘイヴンに置いていけと言ったのを思い出す。「ふたりだけの、ふたりだけのための結婚式にしたいんだ」と、彼が耳元でささやいたのを。私は軽いパニックに襲われる。結婚式の写真がなければ——共有フォトストリームに写真をアップしてみんなに見てもらわなければ——ほんとうに結婚したことにならないのでは？

ベッドの向こうに目をやると、床に服が脱ぎ捨ててあるのが見える。私は、ジーンズと染みのついたYeezyのスウェットシャツで式を挙げたらしい。（それなら写真はないほうがいいかもしれない。）わざわざラルフ&ルッソにデザインしてもらっておきながら一度も袖を通していないウェディングドレスが、この寝室の端に積み上げたままになっているダンボール箱のどれかに入っているのに。しかも、エルビス・プレスリーの『ラブ・

ミー・テンダー』に合わせてバージンロードを歩いていったようだ。かつて夢見ていた結婚式とは、まるっきり違う。（ほんとうは、ビヨンセの『ヘイロー』を流したかった。）

でも、そんなことはどうでもいい。

「やけに無口だな」マイケルは、体をそらして私の顔を見る。「ぼくたちのしたことはいささか常軌を逸しているかもしれないけど、ぼくは後悔していない。きみは？」

私は、急に恥ずかしくなってかぶりを振る。「もちろん、後悔なんてしてないわ。でも、じっくり話し合ったほうがいいかもね。結婚したことがどんな意味を持つかについて」

「ぼくたちが結婚になにを期待するかによるよ。それは、いずれわかると思うけど」マイケルは、澄んだ水色の目で私を見つめる。その裏になにも隠していないことが明らかな透き通った目で、私の心を裸にするように、じっと見つめる。そして、私の耳に唇を押しつけて自作の詩の一節をささやく。彼のアイルランド訛りは私の体の奥のなにかに響く。

「ぼくたちはいつもふたりだ。この地であらたな暮らしをはじめるのは、きみとぼくのふたりだけだ」

どちらがプロポーズしたかがそれほど重要なのかと、私はひとりで考える。いずれにせよ、結果は同じだ。もう、ひとりぼっちのさびしさを味わわずにすむ。三十二歳でようやく結婚できたのだ。私はこれからあらたな家族を築くつもりでいる。思い描いていたようにはならなかったが、それでも私には夫がいる。永遠に私を愛してくれる夫がいる。とつぜん解き放たれたハトが勢いよく羽ばたくように、なにかが私の体を突き破らんばかりに激しく暴れる。

ふと、ニューヨークにいる友だちのことを思い出す。私が結婚したと知ったら――相手は小説も詩も書く大学教授で、アイルランドの古い貴族の末裔だと知ったら――なんと言うだろう？　知り合って十八日しか――いや、十九日しか――経っていないと知ったら、驚くに決まっている！（サスキアのことも思い出す。物語には意外な展開が待ち受けているのだと気づいてくれたら、それでいい。）もちろん、ヴィクターのことも復讐心の心地よい疼きとともに思い出す。あなたは私のことを浮ついているとか陳腐だとか言っていたけど、いまの私を見て。

外はまた雪が降っていて、寝室の窓から見える松林は白いベールで覆われている。ストーンヘイヴンは寒くて、静かで、ベルベットに覆われた二階の寝室に私たちがいるだけだ。この屋敷は、数週間前まで墓場同然だった。けれども、マイケルと一緒にベッドに横たわっていると、あらたな人生のはじまりを感じることができる。いろいろあったが、ようやくここで幸せに暮らせるような気がする。いや、もう充分に幸せだ！

マイケルが腕を伸ばして私を抱き寄せる。私は、やわらかい毛に覆われた彼の胸に耳を押しつけて、頭のなかの疼きが彼のゆったりとした鼓動と同調するのを待つ。マイケルは私の髪に両手を差し入れて、もはや私のすべてが自分のものだと言わんばかりに額にキスをする。もちろん、私は身も心も彼のものだ。
だから、「愛してるわ」と、心をこめてささやく。

私は妻としてはじめての朝を迎え、あふれんばかりの幸せを感じている。

左の薬指の重みには、まだ慣れることができずにいる。手を持ち上げて、大きなエメラルドをダイヤで囲ったアンティークの婚約指輪を眺める。おそらく五カラットはある。デザインはアールデコ調で、アンティークらしく、豪華な装飾がほどこされている。サイズが大きすぎてくるくるまわるので、石に光が当たるように、いつも小指の先で押し戻している。自分で選ぶのなら、もっとシンプルなものにしたはずだが、きれいな指輪だ。
あやふやな昨夜の記憶のなかから、またべつの場面がよみがえる。私たちは、ドン・フリオのボトルを手に千鳥足で薄暗い書斎に入っていったのだが、私が金庫を開けて、なかにしまっていた指輪を取り出すと、ふらふらとそばに寄ってきたマイケルが、ひざまずいてその指輪を私の指にはめてくれたのだ。もしかすると、ひざまずかずに、私の目を見つめながら指輪をはめてくれたのかもしれない。

いや、彼に尋ねもせずに私が自分ではめたのかもしれない。おそらくそうだ。マイケルが私の手に自分の手を重ねる。「時間ができたら、新しい指輪を買うよ。なんのしがらみもない指輪を。サンフランシスコへ行って、宝石店でオーダーしよう。きみの好きな大きさにすればいい。十カラットでも、二十カラットでも」

私は、この指輪をはじめて見たときのことを思い出す。彼女は、いまのみじめな生活から引き上げてくれるロープを指に巻きつけてでもいるかのように、この指輪をはめていた。彼女にとっては大事な指輪だったのだろうが、いまはもう私のものだ。リーブリング家の人間が身につけるにはいささか貧相だが、私がほしいのは、まさにこの指輪だ。母が生きていて事情を知ったら、いい顔はしなかったはずだが。

「あなたの家に代々伝わるものだし、私はこの指輪が気に入ってるの。このあいだまで彼女のものだったとしても、かまわないわ」そう言いながら、マイケルが口にしたしがらみという言葉の意味を考えて、付け足す。「この指輪を見て、あなたが思い出しさえしなければ……彼女のことを。私は、彼女の名前すら口にしたくないの。どっちの名前を使えばいいのかさえわからないし」

悲しみや後悔の色をさがしてマイケルの顔を見つめるが、表情は読み取れない。顔にあらわれているのは怒りか、諦めか、いや、もしかすると愛情かもしれない。マイケルは、身を寄せて痛いほど激しくキスをする。

そして、「思い出しはしないよ」と、つぶやくように言う。

私は妻としてはじめての朝を迎え、勝利の喜びに浸る。

25

あのときはアシュレイに微塵の疑いも抱かなかった。読書室のカウチに座って話をしたあの日の朝は、私の気持ちをわかってくれているのだと思った。それは、彼女の目を見てわかった。彼女は泣いている私の手を握ってくれたし、自分の父親の死も涙ながらに話してくれた。私が〝ヨガのインストラクターとして、さぞかし充実した毎日を送ってるんでしょうね〟と訊いたときは、まっすぐ私の目を見て夜はよく眠れると言った。私を抱きしめて、私たちは友だちだとも言った。

出まかせだ。彼女は嘘つきだ。

情けない！　そんな彼女に劣等感を感じていたとは、皮肉な話だ。彼女の落ち着いた物腰や物事に動じない堂々としたところや、自分の家のようにストーンヘイヴンを歩きまわる奔放さや、それになにより、時おり私に向ける、すべてを見透かしているような笑みに気圧(けお)されていたとは。両親の話をしながら彼女の前で泣いたあとで、ほんとうに恥ずかしいと思ったのだから！　私は、彼女がヨガのマットを脇にかかえてゆっくりと屋敷守りのコテージへ帰っていくのを窓越しに眺めながら、自分がいけなかったのだと反省した。別れ際に抱擁をかわしたときに、彼女がとまどいを見せたことに気づいたからだ。私が取り乱したりすがりついたり、インスタグラムのインフルエンサーだと自慢したりしたので、うんざりしたのだろうと、彼女のうしろ姿を眺めながら自分に言い聞かせた。

私は、彼女のほうが自分よりすぐれていると、勝手に思い込んでいたのだ。

なんてばかだったのだろう。

読書室で話をしてから数日は、屋敷から一歩も出なかった。マイケルとアシュレイがなだらかな斜面を下ったところにある屋敷守りのコテージにいるのはわかっていたが、訪ねていく勇気はなかった。すべてを台無しにしてしまったと思っていたからだ。またもや自己嫌悪におちいって暗い淵に沈み込み、ベッドから出るのも億劫だった。芝生の上でヨガをしているアシュレイの姿や、パーカーを着込んで、体を寄せ合いながら敷地内を歩いているふたりの姿を時おりこっそり眺めていると、出ていって声をかけたい思いが募った。

それでも無理やり屋敷にこもっていると、不安が高じて蕁麻疹が出て、掻いていると、出血して腫れてきた。

向こうから訪ねてくれれば、ふたりともあなたのことを気に入っているのがわかるわ、と私は自分をなだめた。

でも、彼らは訪ねてこなかった。

彼らがコテージに来た四日目は――アシュレイと読書室で話をした翌々日は――太陽の動きに合わせて部屋のなかの影が動くのを眺めながら、昼前までベッドのなかで過ごした。部屋の反対側にある大きなタンスの扉の鏡に映った自分の姿を見ると（髪がべとついて、顔は青白く、生気がなくて、幽霊のようにいまにも消えてしまいそうな自分を見ると）、なにかを壊してしまいたい衝動に駆られ、ついにベッドを出て、鏡を隠すためにタンスの扉を開けた。

すると、母のセーターが目についた。まだタンスに入れたままになっているのを、すっかり忘れていた。母が着ていたきれいな色のセーターは、きちんと折りたたんである。（ローデスは洗濯が上手で、ほんとうに優秀な家政婦だった。）父はストーンヘイヴンのクローゼットやタンスのなかを片づけようとせず、私もまだ荷物の整理をしていなかったので、母の服は古い衣装ダンスのなかで眠っていたのだ。私は、母に触れるようなつもりで、薄くてやわらかいセーターに触れた。

淡いピンク色のアンゴラのカーディガンも棚から引っぱり出して、期待しながら鼻を埋（うず）

めた。けれども、母の香水のにおいはしなかった。カビのにおいがした。広げると、前身ごろに虫食いの穴があいていて、襟ぐりに染みがついているのがわかった。母が生きていたら、けっしてそんなことにはなっていなかったはずで、ただの古びたカーディガンだと思うと、がっかりした。それは床に投げ捨てて、べつの青いセーターを手に取ったが、それも色が褪せて似たり寄ったりの状態だったので、もう一枚、さらにもう一枚手に取ろうとすると、セーターのあいだから硬くて四角いなにかが床に落ちた。

しゃがんで拾うと、赤い表紙に金の縁取りをほどこした日記帳だった。

日記帳。母が日記をつけていたとは知らなかった。最初のページを開いて、フィニッシングスクール仕込みの、バランスの取れたきれいな筆記体の字を見たとたん、心臓が早鐘を打ちだした。（字の良しあしを見れば教養のある女性かどうかわかると、母はよく言っていたが、それはもちろん、コンピュータが手書きの文字をすたれさせる前の話だ。）日記の最初の日付は、母が当時高校二年生だったベニーと一緒にストーンヘイヴンで暮らしはじめた直後の八月十二日になっていた。

　この屋敷は好きになれない。ウィリアムはここへ来てよかったと思わせたいようだけれど、冗談じゃない。つらいだけだ。でも、ここへ来たのはベニーのためで、それに、私も人目を気にしながらあのままサンフランシスコで暮らすのはいやだった。誰もがウィリアムのことを陰であれこれ噂して、内心では私たちが苦しんでいるのをいい気味だと思っていたからだ。そういうわけなので、こんなところにいたらおかしくなってしまうと心のなかで叫びながらも、にっこり笑っていい奥さんを演じている。

私はすばやくページをめくった。日課として数行書いただけの日もあったが、ほとんどの日は、とりとめのない長い文章が書き連ねてあって、書くべきかどうか迷ったのか、途中で書くのをやめている日もあった。〝ベニーの学校の成績はよくなってきているものの、いまだに、あの気味の悪いコミック以外には興味を示さないので、心配で――〟とか、〝ウィリアムがあらたに雇った秘書に三回伝言を頼んだのに、まだ電話がかかってこないのは、彼とデキている秘書が私より上に立とうとしているからか、彼が、なにかべつの理由で私を避けているかのどちらかで――〟というふうに。

私は倒れ込むように床に座り、投げ捨てたセーターの上に体を横たえて、死んだ母のことを思う。母の日記を読むのはいけないことだ。母の私に対する信頼やプライバシーを傷つけることになる。それでも、当然ながら自分を止めることはできずにページをめくっていると、何度か私の名前に目がとまった。〝ヴァネッサはプリンストンで頑張っているようだけれど（よかったわ！）、もちろん、それはわかっていたし、今度の休暇にはこっちに帰ってくるようで、それもうれしいものの、あの子は漠然とした不安を抱いていて、自分の存在を認めてほしいと——私やウィリアムや、世間から認められたいと——思っているようで（それは、あまりうれしいことではないので）、ほんとうは、もっと頻繁に帰ってきてほしいけれど、大学生になって家を出たら、みんな親のことなんて忘れてしまうものだ（それには、私もちょっぴり罪悪感を感じるわ！）〟

ただし、日記に書いてあるのは、ほとんどベニーと父と母自身のことだった。

ベニーはニーナ・ロスとかいう名前の女の子と付き合いだして、礼儀正しい子だけれど、ちょっと変わっているし、上流階級の家の娘ではない。母親はシングルマザーで（なんと、カジノでカクテル・ウェイトレスをしているそうで）、父親とは一緒に暮らしていないようだ。（もしかして、父親はメキシコ人じゃないかしら？）彼女は、コロラドの高校で銃を乱射した男子生徒と同じような格好をしているし、心配でたまらない。私たちはしばらくここにいるだけなので、ベニーがおかしな子と付き合ってもそれほど深刻に受け止める必要はないのかもしれないけれど、それにしても、なぜあんな子に惹かれたのか、私には理解不能で、過保護な私へのあてつけのような気がしてならない。

ベニーは毎日、学校から帰ると彼女と一緒に何時間もコテージにこもっているけれど、怖くて様子を見にいくことはできない。もし、なにかよからぬことをしていれば、ウィリアムに話さないといけないし、話せば、ウィリアムはなにもかも私のせいにするはずで、それは耐えられない。ベニーに問題があるのは私のせいでウィリアムは関係ないなんて、ひどく理不尽な気がするけれど、そういう思いは結婚してからずっと抱き続けているので、もう慣れっこになっている。

数日後。

気分のむらが激しいので、お医者さまはデパコートを処方してくださったが、飲みはじめて二週間で一・五キロ太ったので、残りはゴミ箱に捨てた。薬を飲まなくても気分は安定しているものの、ときどき、自分をこの世から消してしまいたいと思うことがある。そういうときは飲んだほうがいいのかもしれないし、私が薬を飲めば、ベニーも抵抗なく飲むようになるかもしれないけれど――それに、いい母親だとアピールできるし！――太ると、それが落ち込みの原因にもなるので、薬を飲む意味がないのでは？いずれにせよ、ウィリアムは私が薬を飲んでいると思っていて、私も、訊かれたらかならず調子はいいと答えている。彼はそう思いたがっているし、私もウィリアムも、演技をするのに慣れてしまった。

さらに数日後。

このあいだ、ベニーの服にマリファナのにおいが染みついているような気がして、彼が学校へ行っているあいだに部屋を調べたら、ベッドの下にマリファナの入った小さな袋があった。マリファナは彼の状態を悪化させることになるとお医者さまもおっしゃっていたし、どうすればいいのかわからない。ニーナとかいう名前のあの女の子を殺してやりたい。（ベニーはきっとあの子からマリファナを手に入れたんだわ。）ベニーがいままマリファナを吸うのはよくない。ようやく改善の兆しが見えてきていたのに。もうあの子に会ってはだめだとベニーに言うと、彼は私に大嫌いだと言ったきり、口をきいてくれない。つらいけど、耐えられる。いまはわかってくれなくても、ベニーの健康のためなのだから。

それから三カ月あいだがあいて——おそらく、マリブのスパへ行っていたからだと思うが――その後、母は二回、日記を書いている。一回目は、短い深刻な内容だ。ベニーがイタリアから戻ってきたけれど、調子が悪くて、もう治らないような気がする。

二回目の書き込みは（これだけは読まないほうがいいとわかっていても、誘惑に負けて読んだのだが）かなり長くて、さらに深刻だった。

すでに充分つらい思いをしてきたのに、まるでとどめを刺すかのようにウィリアムの浮気が発覚する。ストーンヘイヴンにウィリアム宛の手紙が届いて、宛名書きを見たとたん、女性の字だとわかった。以前にも同じ筆跡の手紙が届いていたので、封を開けると、五十万ドル支払わなければタブロイド紙にウィリアムのことを（自分たちのことを！）売ると書いてあった。そのうえ、ウィリアムとその女性のおぞましい写真も――ふたりが裸で体をからみ合わせている写真も――入っていて、私はそれを見るなり洗面所に駆け込んで吐いた。その女性が誰なのかわかったときは――ベニーが春に付き合っていた、あのろくでもない女の子のろくでもない母親だとわかったときは――さらにショックを受けた。ウィリアムがわが家の資産を浪費しているカジノでカクテル・ウェイトレスをしているリリー・ロスだとわかったときは。そんな詐欺師まがいの女性と関係を持つなんて、ウィリアムはなんてばかなの?? ベニーも、彼女の娘にそそのかされてマリファナを吸っていたせいで、どんどん具合が悪くなっているし、できることなら、母親も娘も殺してやりたい。あのふたりはグルになって私たちを破滅させようとしているのだ。でも、なぜわが家に目をつけたのかはわからない。ウィリアムはめったにここへ来ないので、私がなんとかしないといけないのだけれど、どうすることもできない。ウィリアムの浪費のせいで、わが家にはいまそれだけの現金がない。ほとほと自分がいやになる。なぜこんなことをしているのだろう? わざわざここに来て問題が解決したようなふりをしているうちに、事態は悪くなる一方だ。もし、あの写真が新聞に載れば——私は西海岸中の、いいえ、国中の笑い者になる。そんな目にあうのなら、死んだほうがましだ。リリー・ロスが私をそんな目にあわせる前にケリをつけたほうがいいのかもしれない。生きていたってなんの意味もないし、ヴァネッサもベニーも、私がいないほうが幸せかもしれない。

そこから先は白紙だ。

息ができなくなったので、日記を閉じて、震える手で投げ捨てた。リリー・ロス。サンフランシスコに住む上流階級の人妻ではなく、地元のカジノでカクテル・ウェイトレスをしている詐欺師まがいの女とパパが？　それも、ベニーのガールフレンドの母親と？　おまけに脅迫状まで読んでしまったのだから、母が取り乱していたのもうなずける。醜聞が公(おおやけ)になるのも、母にとっては耐えがたい屈辱だったのだろう。夫との関係がよくないことを――ふしだらな女に夫を奪われたことを――世間に知られるのは。たしかに母の精神状態は以前から不安定だったが、母を崖っぷちまで追い詰めたのはこれだ。この女だ。リリー・ロスが、母をジュディーバード号の船縁から湖に突き落としたようなものだ。

　ふと父の言葉がよみがえった。〝われわれはリーブリング家の一員なんだ。わが家の秘密は誰にも明かしてはいけないし、感づかれてもいけない。弱みを見せたとたんに襲いかかろうと待ち構えているオオカミのような輩(やから)がうようよしているからな〟と父は言った。父はすでにオオカミに出会っていたのだ。リリー・ロスとニーナ・ロスという親子のオオカミに。

　カフェで見かけたその親子の顔を思い出そうとしたが、記憶はすでにぼやけていた。覚えているのは、娘が無愛想だったことと、金髪の母親がひどく安っぽい人間に見えたことだけだ。なぜあのふたりに？　父も弟も、なぜあんな親子に騙されたのだろう？　あんなろくでもない人間が、なぜあっというまにやすやすとわが家を崩壊させてしまったのだろう？

立ち上がり、投げ捨てた日記をベッドのそばまで行って拾うと、ふたたび最後のページを開いて何度も読み返した。そして、十二年間抱き続けていた疑問の答えを見つけた。わが家の問題の責任を追わせるスケープゴートを（なんと、ふたりも！）見つけたのだ。私の人生を狂わせたふたりを。（母が自殺したのも、弟が統合失調症を発症したのも、私のせいではない！　彼女たちのせいだ！）

リリー・ロスとニーナ・ロス。母の優雅な字で書かれたふたりの名前を見ると、心のなかに凶暴な気持ちが芽生えた。なにもせずにじっと耐えることなどできなかった。だから、ペンを手に取って、怒りのままに黒い大きな字でふたりの名前を書きなぐった。けれども、母の日記に彼女たちの名前が書いてあることでさえ許されないと思ったので、最後の書き込みは破って丸め、クローゼットから靴を取り出して、丸めたページを靴で叩いた。力いっぱい何度も何度も叩いているうちに紙はちぎれ、靴も壊れてきたので、ちぎれた紙を拾って読書室へ行って、暖炉に投げ込んだ。

燃え上がる怒りの炎を消すつもりはなく、その日は夕方までずっと怒りをたぎらせたまま屋敷のなかを歩きまわって、本を棚から床に払い落としたり、ワイングラスをシンクに投げつけたりした。ほんとうは、あの親子の顔を叩きつぶしたかったのだが、ワイングラスはふたりの身代わりだった。家のなかを何度もぐるぐると歩きまわったのは、そうすれば十二年前の暮らしに戻れるような気がしたからだ。

けれども、くたくたに疲れただけだった。感情にはよい感情と悪い感情があって、当然、怒りは悪い感情だからだ。それは前々から知っていた。アシュレイのホームページにもそんなような引用句が載っていたのでは？　そう思って彼女のホームページを開くと――あった。〝怒りを抱いたとて何人も汝を罰しはしないが、その怒りが汝を罰する〟というブッダの教えが載っていた。ドキッとして、急に自分が恥ずかしくなった。まるで、アシュレイがコテージから私を見ているような――私の愚かさを見透かしているような――気がした。

ベルベットのカバーで覆ったベッドに戻り、反省の意味もこめて、気持ちを落ち着かせてくれそうな名言に目を通すが、少しも役に立たず、結局、アンビエンを三錠飲んで眠りについた。

翌朝はさわやかな気分で目を覚まし、ジュディーバード号がまだ湖畔のボートハウスに係留されていることを深く考えさえしなければ気持ちが乱れることもなかった。

それはそうと、マイケルとアシュレイはなかなか訪ねてこなかった。

彼らがコテージに来て五日目の午後に、BMWがドライブウェイをゆっくりと門のほうへ向かうのが寝室の窓から見えた。運転していたのはアシュレイで、開けた窓から吹き込む風が彼女の髪を揺らしていた。どこへ行くのだろうと思っていると、ドアにノックの音がした。マイケルだろうか？　血色がよく見えるように頬を叩き、洗っていない髪をうしろでひとつに束ねて一階に下りた。

マイケルはポケットに両手を突っ込んで、体を揺らしながら裏口のポーチに立っていた。いつも午後になると吹いてくる湖からの風が、ウェーブのかかった彼の髪を顔のまわりになびかせていた。

「具合でも悪いのかと思って」マイケルは心配そうに眉根を寄せて、惹き込まれるような水色の目で私を見た。「大丈夫なんですね？」

大丈夫よ！　もう大丈夫。マイケルは私のことを考えてくれていたのだ。アシュレイが外出するのを待って訪ねてきてくれたのだ。「ちょっと風邪気味だったんだけど、治ったわ」

「なら、よかった。避けられてるんじゃないかと思ってたんです。とくにアシュレイは、なにかあなたの機嫌をそこねるようなことをしたんじゃないかと気にしていて」

「そんなことはないわ、まったく」胸に安堵が広がった。私はひとりで自分を責めて時間を無駄にしていたのだ！　どうしていつもそうなのだろう？　「そんなに気にしていたの？　アシュレイが？」

「いいえ。彼女はあなたもヨガに付き合ってくれると思っていたようなんですが、そうではなかったので、がっかりしていただけです」

「明日は一緒にヨガをすると伝えておいて」

マイケルは私の肩越しにキッチンを覗いて、ぎこちない笑みを浮かべた。「なかへ入ってもいいですか？　アシュレイが街へ食料品の買い出しに行っているあいだに、ちょっと息抜きをしようと思って」

「もちろん！　どうぞ！　急がないのなら腰掛けて。紅茶を入れるわ」私はマイケルにキッチンのテーブルを指し示した。

マイケルは、昨日からテーブルに置きっぱなしにしていたために皿の上で固まってしまった卵を見下ろして、座るのをためらった。「ほかの部屋を見せてくださいよ。こんなに大きな屋敷だから、ほかにどんな部屋があるのか、興味があって」そう言いながら、彼はキッチンと屋敷のほかの部屋とをつなぐ六つのドアを見つめて、おそらく、さしたる考えもなくいちばん奥のドアへ向かった。私がそばに行くと、彼は勢いよくドアを開け、驚いたような顔をして笑った。

「ここはなんですか？」

「ゲーム用の娯楽室よ」

私も、あとを追うように娯楽室に入って明かりをつけた。そこは、一度も使ったことのない部屋のひとつだった。客が来なければ、娯楽室は無用の長物だ。ひとりでゲームをするほどみじめでわびしいことはない。私は部屋を見まわしながら、ビリヤード台や部屋の片隅で埃をかぶっている銀のチェスセットに目をとめて、ビリヤードをしようと誘おうかと考えた。けれども、マイケルはすでに暖炉のある反対側の壁際へ向かっていた。暖炉の上には、金と真珠の象嵌をほどこした拳銃が二丁掛けてある。

マイケルは、身を乗り出して拳銃に顔を近づけた。「弾は入ってるんですか？」

「まさか！　弾は錠のかかるクローゼットにしまってあるわ。たしか、それはセオドア・ルーズベルトの拳銃よ。ううん、フランクリン・ルーズベルトだったかしら？」

「でも、使えるんですね？」

「ええ。いつだったか、おじが木に登っていたリスを撃ち落としたのを覚えてるわ」そのおじはのちにクーデターを起こして父を社長の座から引きずり下ろしたのだが、それは私たちも予測できたはずだ。「私の弟は、それを見てカンカンに怒ってたわ。弟はヴィーガンだったの」私は、そう言ってすぐに訂正した。「ううん、いまでもそうだけど」

マイケルは、銃から視線をそらして私を見た。「弟さんがいるとは知らなかったな。仲がいいんですか?」

「ええ。そう頻繁には会ってないんだけど。弟は施設で暮らしてるの。統合失調症で」

「そうですか」マイケルは、のちのちの参考のために覚えておこうとするかのようにうなずいた。「つらいでしょうね」

「ええ、とっても」

とつぜん風が強くなって、窓を激しく揺らした。「〝吹けよ、吹け、冬の風。お前がどんなに薄情でも、恩知らずには勝るまい〟」マイケルは、劇中歌の一節を唱えて私にほほ笑みかけた。「この一節は、ぼくに故郷のアイルランドを思い出させるんです。わが家の城は海の近くにあったので、崖から強風が吹き上げてきて、城壁に立っていると、吹き飛ばされて下の石畳に叩きつけられそうになるんです」

「ご家族はいまどこに?」

「あちこちに散らばってます。両親は私が若いころに交通事故で死んで、きょうだいはみな、私も含めて故郷を離れました。遺産をめぐる醜い争いがあったので」マイケルはチェスセットのそばへ行き、駒をひとつつまんで、重さを確かめるように手のひらにのせた。「アイルランドをあとにしたのは、それでです。金のことで言い争うのにうんざりして。だから、ぼくの名前を聞いても、その由来を知る人のいない土地へ行って自力で生きていこうと決めたんです。教師になったのは、まっさらな状態の学生を教えることによって、世の中に貢献できると思ったからです。わかりますか？」

私は、かすかなめまいを覚えてビリヤード台にもたれかかった。「わかるわ」

「ほんとうに？　あなたならわかってくれると思ってました」マイケルは、横目でちらっと私を見た。「ぼくたちは似てますよね。あなたとぼくは」

そうだろうか？　考えてみると、たしかにそうかもしれないと思って、うれしくなった。（あれこれ説明しなくても、私のことをわかってくれる人ができたのだから！　それは、誰もが望むことなのでは？）「あなたの家のお城はどこにあったんですか？　子どものころに家族と一緒にアイルランドへ行って、あちこちのお城を訪ねたのよ。もしかすると、そのうちのひとつかも」

「さあ、それはどうかな」マイケルはとつぜんチェスの駒を台に戻し、両側に剣が飾ってある暖炉の前へ行った。武器好きの先祖が蒐（あつ）めたもので、ぜんぶで三十本ほどある。マイケルはそのうちの一本に――柄に彫刻をほどこした、重そうな銀製の剣に――手を伸ばして片手で握ると、私に剣先を向けて一歩踏み出した。「構え（アン・ギャルド）よ！」

剣先が空を切り、私の胸すれすれのところで止まった。私は悲鳴をあげてあとずさった。いまにも胸から心臓が飛び出しそうだった。マイケルは目を見開き、手を震わせながら剣を床に落とした。「すまない。脅かすつもりはなかったんです。以前、フェンシングをやっていたもので、つい。ほんとうに申しわけない」そう言って剣を掛け台に戻すと、腕を伸ばして私の手首をつかんだ。彼は、親指を動かして早鐘を打つ脈に触れようとしているようだった。「デリケートなんですね。ひどく繊細で、怖がりで。気持ちが顔にあらわれてますよ」

「ごめんなさい」私は、かすれた小さな声で謝った。なぜ謝ったのだろう？　マイケルが親指で私の手首の内側を撫でているのはわかっていた。

「謝る必要なんてありませんよ」と、マイケルは低い声で言って、射すくめるように私の目を見つめた。「ぼくはあなたの顔が好きだ。いろんな表情が交錯しているところが。アシュレイは、その、しばらく戻ってこないし……」

マイケルは途中で言葉を切ると、カーペットに視線を落とした。私とマイケルのあいだに激しい静電気が走った。マイケルが着ているフランネルのシャツ越しに、彼の体のぬくもりと甘酸っぱい汗のにおいが伝わってくる。私はそのとき、マイケルとアシュレイの組み合わせの不自然さに気がついた。ヨガのインストラクターと大学教授？　中流のアメリカ人とアイルランドの貴族？　そんなふたりが一緒に暮らして、うまくやっていけるのだろうか？

もしかすると、セックスだけでつながっている関係なのかもしれない。ここへ来た日にふたりが車のなかで激しいキスを交わしていたのを思い出しただけで、体が疼いた。けれども、マイケルはいま私の手首を親指でさすっている。このあいだアシュレイの前で泣いたことや、風が窓を激しく揺らしていることも合わさって、急に私を混乱させた。口がカラカラに渇いて、酸っぱい味がした。裏切りの味が。

窓の外に目をやると、林のなかにきらっと光るものが見えた。車がドライブウェイを走ってくる。BMWが。私はあわててあとずさって、マイケルの手を振り払った。「アシュレイが帰ってきたわ！　買ってきたものを車から運んでほしいんじゃない？」そう言って、小走りにドアへ向かった。

マイケルは躊躇していたものの、しかたなくあとをついてきた。けれども、急ぐ様子はなく、娯楽室をぐるっと一周しながら、足を止めてゴルフ大会やヨット競技のトロフィーを眺めたり、写真を手に取って眺めては、また元の場所に戻したりしていた。私の脈は速いままだったが、マイケルが私と同じように罪悪感を感じていたとしても——一瞬、たがいにその気になったことを認めていたとしても——それを表情にはあらわさなかった。

マイケルは裏口のポーチで足を止めて、芝生の向こうで冷たい灰色の波を立てている湖に目をやった。「じゃあ、これで。親しくなれてよかった」マイケルは、さりげなくちらっと笑みを浮かべただけだったが、ポーチの階段を下りる前に振り向いて、両目に指を当ててから、その指を私のほうへ向けた。

「あなたのことはよくわかってます」と、彼は甘い声で言った。

えっ？　警戒心が頭をもたげたが、うれしかった。


その日の夜は、うきうきした気分と失望に翻弄されてよく眠れなかった。ようやく眠りに落ちると、ガチョウの羽根に変身した私が湖から吹いてくる風にあおられて、どんなにあがいても地面に降りられない夢を見た。目が覚めても、自分を呪いながら暗がりのなかでじっとベッドに横たわっていた。こんな女になりたいわけではなかった。マイケルにはガールフレンドがいて、彼女のことは私も気に入っている。なのに、彼と一緒にいると無性に惹かれるのだ。それを無視しなければいけないのだろうか？

人間の最大の美徳は最大の弱点でもあるのかもしれないと、ふと思った。人を愛したいと思うのは美徳で、愛されたいと思うのは弱点なのかもしれないと。

陽が昇ったときにはもう、アシュレイに会ってこの奇妙な状況に均衡を取り戻そうと決めていた。七時にはヨガ用のウェアに着替えて窓辺で待っていた。けれども、夜のうちに気温が下がり、外の芝生が霜に覆われていたので、アシュレイは姿をあらわさなかった。

午前中はずっと屋敷のなかを歩きまわって、コテージを訪ねていく口実を考えた。

昼食を終えるとすぐ、バックパックを手に恐る恐るコテージのドアをノックした。ところが、アシュレイはすぐにドアを開けて、私のことを一週間待ち続けていたかのように顔を輝かせた。(私がそのとき想像したのとは違う理由で、彼女は私を待っていたのだろう。) しかも、両手を投げ出して私を抱き寄せた。

「やっと会えたわ」アシュレイはハトが鳴くような声で言った。マイケルが部屋の奥のカウチからこっちを見ているのはわかっていたが、押し当てられたアシュレイの頬のぬくもりは私の脈を探るマイケルの親指の記憶をぼやけさせた。私は、目を閉じてアシュレイの抱擁に身をゆだねた。

今日は埋め合わせをしなくちゃ、と自分に言い聞かせた。私はアシュレイの友人で敵ではないことを、自分自身に証明してみせるのだ。そうすれば、自分のことがいまより好きになれるし、自分の望みどおりの人間になれる。

この先どうなるかわかっていれば、そんなことはしなかったはずだ。

しかし、そのときはわからなかったので、バックパックを高く掲げて、「ハイキングに行かない?」と誘った。

私は、アシュレイに意識を集中しながら車のハンドルを握って湖岸を南へ向かった。アシュレイは、私がユーモアをまじえて話して聞かせた地元の言い伝えに興味を覚えたようだった。私と一緒にブリトニー・スピアーズの曲を歌いもした。（彼女もポップスが好きでよかった！）アシュレイは音楽の趣味が悪いと、マイケルが後部座席でぶつぶつ文句を言っていたが、マイケルのことはどうでもよかった。彼がついてきたのには驚いた。（いや、ほんとうに驚いたのだろうか？　〝あなたのことはよくわかってます〟という彼の言葉を思い出すたびに、ぞくっとした。）

けれども、駐車場に車を駐めたときには、平静を取り戻したような気がしていた。私たちは、そこから歩いてヴィスタポイントを目ざした。アシュレイは私と並んで歩き、マイケルはそのうしろをついてきた。アシュレイは、うっとりとした表情を浮かべてハミングをしていた。彼女はハイキングを楽しんでいるように見えた。おそらく、私以上に。愚かな私はそれを見て、彼女が体を鍛えていて、健康で、幸せだからだと思っていた。（なんてばかだったのだろう！）

タホ湖に戻ってきてからは、一度もヴィスタポイントを訪れていなかった。私たちの――私とベニーの――お気に入りの場所だったので、意識的に避けていたのかもしれない。夏休みに家族と一緒に祖父母に会いにきたときは、かならずふたりで訪れていた。ベニーも私もハイキングが好きだったわけではない。母と祖母がライオンのように威嚇し合っている屋敷から逃れるために来ていたのだ。頂上に平らな岩があって、そこから湖が見下ろせるので、私はウォークマンを聞きながらビキニ姿で岩の上に寝そべっていた。ベニーは岩に腰掛けてノートに絵を描いていた。私たちはいつも陽が傾きだすまで頂上で過ごして、ゆっくりと坂道を下った。屋敷に戻るとすぐにディナーがはじまり、堅苦しいお仕着せを着た給仕が磁器のボウルに入ったヴィシソワーズを運んできて、父はジン・トニックを何杯もお代わりし、祖父母は銀器に水滴の跡がついているのを見て顔をしかめていた。

ベニーと一緒にハイキングに行くのは楽しかった。まわりの山の頂を静かに眺めていると、たがいの波長が一致して、そのあいだだけでも同じ体験を同時に共有しているような気持ちになれた。ただし、そうしょっちゅうあることではなく、ベニーの具合がおかしくなってからは、そういう機会もなくなった。

ヴィスタポイントまでの道は、以前に登ったときと変わっていなかった。木切れでつくった道しるべがところどころに立っていて、色褪せた黄色いペンキで頂上までの距離が書いてあるのも同じだった。けれども、松の木はかなり道に張り出していて、私の体が大きくなったわけでもないのに、なぜか岩が小さく思えた。マイケルとアシュレイが一緒だったので張りきっていたし、うきうきしていたのは確かなのだが。

ところが、しばらくすると横を歩いているアシュレイの息が荒くなり、足取りも乱れてきた。（そのときに、なにかおかしいと気づくべきだったのだが、私は彼女と仲よくなることしか考えていなかった。）やがて、頂上の手前の開けた場所まで来ると、アシュレイはついに足を止め、木に手をついて体を支えた。

私も足を止めて振り向いた。マイケルはかなり遅れていて、姿が見えなかった。「大丈夫？」

アシュレイは、木の幹をさすりながら梢を見上げた。それまでのおだやかな笑みが、急に険しい表情に変わった。「景色に見とれてたんです。ちょっと足を休めて瞑想しようかと思ってるんですけど」

アシュレイは、私のことなどおかまいなしに目を閉じた。私は景色を眺めて待った。空には雲が出てきた。嵐を呼ぶその不吉な雲は湖の反対側の山の上に貼りつき、カジノのあるネバダ側に向かって吹く風が湖面を波立たせていた。

アシュレイはいつまであそこに突っ立っているつもりだろう？　私も一緒に瞑想したほうがいいのだろうか？　あまりに静かなことに不安を覚えた私は、思わずスマートフォンを手に取って、湖を背にして立っているアシュレイにカメラを向けた。山道を登ってきたせいで頬をピンク色に染め、まつ毛を風に揺らしている彼女はとても美しかった。写真を撮って、何種類かフィルターをかけてから、〝あらたな友人、アシュレイ〟とキャプションを打ち込んでいると、とつぜんスマートフォンを奪われた。

「やめて!」

真っ赤な顔をしたアシュレイが目の前に立って、スマートフォンのボタンを押した。(私のスマートフォンなのに!)「すみません、勝手に。でも……私生活を人目にさらしたくないんです。あなたがSNSを積極的に利用しているのはわかってますが、私の写真は載せないでください」彼女は、そう言ってスマートフォンを返した。写真はすでに削除されていた。

私は、まばたきをして込み上げてきた涙を抑え込んだ。写真を撮られるのをいやがる人には、もうずいぶん長いあいだ出会ったことがなかった。人のフィードに写真が載るのは認知度を上げる絶好のチャンスで、自分では獲得できなかったSNS上での地位を手に入れることも可能になるからだ。でも、アシュレイは興味がなさそうだった。「ごめんね」と、私は小さな声で謝った。

「あなたが悪いんじゃありません。私がいけなかったんです。最初に言っておくべきでした。だから、気にしないでください」アシュレイは笑みを浮かべたが、下唇は歯に押しつけられていた。やはり、私がいけなかったのだ。

アシュレイは、顔をそむけて坂道の下に目をやった。「マイケルをさがしに行きましょう。はぐれてしまうんじゃないかと思いはじめていたところだったので」

うなずいたものの、私は数日前にアップロードした写真のことを考えていた。アシュレイが芝生の上でヨガをしている写真なのだが、彼女がそれを見て気を悪くする前に削除したほうがいい。「先に行ってて。もう少しここにいたいの。すぐにあとを追うから」

アシュレイの姿が見えなくなると、スマートフォンのスリープモードを解除してインスタグラムを開いた。アシュレイの写真はまだフィードのトップに載っていて、一万八千三十二個の〝いいね！〟がついていただけでなく、七十二件のコメントも寄せられていた。とてもいい写真で――タホ湖に来てから撮った写真のなかでは、もっとも芸術的な一枚だったので――削除するのが惜しくて、一瞬、躊躇した。それに、この写真を見ても彼女だとわからないのでは？ フォロワーがどんな意見を寄せているのか知りたくて、コメントにざっと目を通した。〝のどかな写真／このヨガ美人は誰？／いい写真だけど、ファッション系の写真のアップを再開する気はないんですか？／風景写真はもう見飽きたので、フォローを解消します〟

さらに画面をスクロールすると、そのページの最後に、私のインスタグラムを長年フォローしてくれているベニー・バナーナズのコメントを見つけた。バナーナズには頭のおかしい人という意味があるので、ジョークのつもりでつけたのだろうが、面白いとは思えなかった。オーソン・インスティテュートは、ベニーの症状が落ち着いたときだけスマートフォンを使わせてくれるので（症状が重いときは、ニュースサイトで取りざたされている陰謀説にはまり込んでしまうからだが）、とにかく、これは弟の状態がいい証拠だ。コメントに気をとられていたせいで——それと、取り返しのつかないことをしてしまった罪悪感もあって——ベニーのコメントの意味がわかるまで丸一分かかった。そして、わかったとたんに山が足元から崩れていくような錯覚に襲われた。岩が音を立てて崩れ、ほかの岩とぶつかり合いながら転がり落ちてふもとにあるすべてのものを押しつぶしていくような錯覚に。

姉貴はなぜぼくを除け者にしてニーナ・ロスと仲よくしてるんだ？

私はその場に立ちつくして、ベニーのコメントの意味を懸命に考えた。ニーナ・ロス？またその名前だ。最初は、その週のはじめに母の日記を読んだせいで、ニーナ・ロスと書いてあるように見えたのだと思った。けれども、もう一度読み直すと、たしかにニーナ・ロスと書いてあるのがわかった。しかし、その意味はまだわからず、ベニーにまた幻覚の症状が出ているのかもしれないと思った。アシュレイ・スミスがニーナ・ロスのはずがない。

でも、ベニーはスマートフォンを使っている。彼がスマートフォンを使えるのは症状が落ち着いているときだけだ。

ニーナ・ロスはどんな顔をしてたっけ？　私には、カフェで見かけたときのおぼろげな記憶しかなかった。髪は……ピンク色だったような気がする。それに、太っていたのでは？　おまけに、ゴシック系の粋がった格好をしていた。いま坂道の下で私を待っている、引きしまった体をした自立心の強い女性と同一人物だとは思えない。しかし……彼女を見たのは十二年前だ。外見は、ダイエットや化粧で簡単に変わる。（サスキアもそうだった。）

もしかすると？

かじかんだ指で弟のスマートフォンの番号を打ち込だ。心臓は、破裂するのではないかと思うほど激しく脈打っていた。

ベニーは呼び出し音が鳴るのと同時に電話に出て、甲高い声でまくしたてた。「どういうことなんだよ？　ニーナ・ロスと一緒にいるなんて！　彼女はそこでなにをしてるんだ？　ぼくのことをなにか言ってたか？　彼女はいつそこに戻ってきたんだ？」

「あれはニーナ・ロスじゃないわ。私がコテージを貸してる人よ。アシュレイという名前のヨガのインストラクターで、マイケルという物書きのボーイフレンドと一緒なの。ポートランドから来たとかで、お父さんは歯科医だったんですって」私は、それが真実だと自分に思い込ませるために、自信に満ちた口調で言った。

「たぶん名前を変えたんだよ。よくあることだ。間違いない……彼女に訊いてくれ！」

「ううん、別人よ」と、私はきっぱり否定した。「ごめんね、ベニー。おそらくあなたの記憶違いよ。ニーナ・ロスの外見を覚えてるの？」

「覚えてるとも。当時の写真も何枚か持ってるし。姉貴がどうかしてると言うのはわかってたから、古い写真と見比べてみたんだ。なんなら、写真を一枚送るよ」ベニーがスマートフォンを操作する音と袖がマイクに触れる音が聞こえてきたすぐあとに、私のスマートフォンにメールが届いた。

送られてきたのは、初期の携帯電話で撮った画素数の少ない自撮り写真だった。写りはあまりよくなかったが、私の不安は的中した。屋敷守りのコテージで撮った写真だ。ベニーと十代の女の子が金糸を織り込んだ布張りのカウチに寝そべって、おどけた顔を寄せ合っている。子犬のようにじゃれ合っているふたりは若くて無垢で、とても楽しそうだ。女の子は毛先にわずかにピンク色が残る焦げ茶色の髪をしていて、目には真っ黒なアイライナーを引いている。顔にはいくつかニキビがあって、顎は丸みをおびているが、私の記憶とは違って、それほど太っていない。けれども、その写真に写っているまだ成長途中の未熟な少女が、いつの日か、もっとめりはりのある体をした魅力的な女性になることは容易に想像できた。

ベニーの言ったとおりだ。この女の子はアシュレイだったのだ。(いや、アシュレイがニーナだったのか?)十年以上のあいだに見かけは大きく変わったが(ずいぶん洗練されたが)、口元や、浅黒い肌や黒い大きな目や、まっすぐカメラを見つめる揺るぎのない視線は変わっていない。ニーナ・ロス。

それに、彼女のとなりに横たわっている十代のベニーの目も澄んでいて、表情にも狂気の影はあらわれていない。こんなに幸せそうで、なんの不安も感じられない晴れやかな表情を浮かべたベニーを最後に見たのはいつだったか、思い出そうとしても思い出せなかった。

まさか、ベニーはまだあのおぞましい女の子に未練があるのだろうか? インスタグラムにアップした写真に対する彼のコメントは、〝姉貴はなぜニーナ・ロスと仲よくしてるんだ?〟ではなく、〝姉貴はなぜぼくを除け者にしてニーナ・ロスと仲よくしてるんだ?〟だった。

つぎからつぎへとさまざまな考えが浮かんで、めまいに襲われた。彼女はなぜここにいるの？　なぜ偽名を使ってるの？　目的はなに？　彼女になんと言えばいいの？　ニーナ・ロスがここにいるとわかれば、ベニーにどんな影響が出るだろう？　また症状がぶり返すのでは？

「あなたがそう思うのも無理ないわ。たしかによく似てるもの」と、私はおもむろに言った。「でも、別人よ。ここへ来るのは今回がはじめてだと言ってたから。どうして嘘をつくわけ？」

「ニーナ・ロスだとわかったら、姉貴に冷たくされると思ったんじゃないか？　ぼくたちの親は、彼女にも彼女のお母さんにもひどいことをしたから」

それはあべこべだと言いたかった。あの親子が私たちを脅迫したのよ、ベニー。ニーナの母親はママを自殺に追い込み、ニーナはあなたを麻薬に溺れさせて、私たちの家族を崩壊させたんだから。しかし、いまさらベニーにそんなことを言っても意味がない。混乱させるだけだ。なにが悪化のきっかけになるのか、私にはわからないが、当時のつらい記憶を掘り起こすのがよくないのは明らかだ。「ねえ、聞いて」と、なだめるように言った。

「私は九十九パーセント別人だと確信してるの。だって、そんなのおかしいもの。でも、あなたがどうしてもと言うのなら、彼女に確かめてみるわ」

「ほんとうに？」と、ベニーがおねだりする子どものような声で言うのを聞くと、胸が張り裂けそうになった。できることならベニーにはなにも知らせずに、いつなにが起きるかわからないこの危険な世の中から永遠に守ってやりたかった。

陽はすでに西の山の向こうに沈みだし、微妙に色合いの違う湖面に影を広げている。山頂に吹く風は強くて、うっかりしていると尾根に叩きつけられそうな恐怖を感じた。「もう行かなきゃ。また電話するわね」

「待ってるよ」興奮して息をはずませながら返事をするベニーの声は、電話を切ったあとも耳のなかでこだました。ベニーが簡単に納得しそうにないのはわかっていた。

頭を混乱させたまま山道を下っているときも、人違いだと自分に言い聞かせようとした。たんなる他人の空似で、アシュレイがここへ来たのは偶然にすぎないのだと。それに、アシュレイはニーナの生き別れになった双子だという可能性もある！（信じがたい話だというのはわかっているが、あり得ないことではない。）もしアシュレイがニーナなのだとしたら、はじめてストーンヘイヴンへ来たふりをしているのには、それなりの理由があるはずだとも思った。

しかし、ほんとうはわかっていたのだ。私たちの世界を引き裂こうとしている写真のなかの少女の得意げな顔が目に浮かんで、足元がかすんだ。いったい、ニーナ・ロスはなぜここに舞い戻ってきたのだろう？　動揺していたので、一時間前には難なくまたぐことができた岩や木の根っこにつまずいたが、やがて松林を抜けると、すぐ先の開けた場所にマイケルとアシュレイの姿が見えた。

私の足音は聞こえなかったようで、ふたりは抱き合ったまま、山道でたがいの服を脱がしはじめるのではないかと思うほど激しくキスをしていた。

私は、足を止めて木の陰に隠れた。

そのうち、マイケルはアシュレイの首に唇を這わせ、体をかがめながらむき出しになったアシュレイの胸の谷間を噛んだ。アシュレイが片手でマイケルの首をつかんで引き寄せて、もう一方の手を汗で濡れたマイケルのシャツのなかに滑り込ませるのを見ていると、私のなかでなにかが激しく波打った。もしかして……嫉妬だろうか？　私の脈を探ったときに感じた彼のぬくもりの記憶が私の心を裸にして欲情を掻き立てたのだろうか？（もちろん、そうだ。でも、それだけではなかった。）

とつぜんアシュレイが目を開けて、マイケルの肩越しにこっちを見た。私はその瞬間にはっきり確信した。私が知っているアシュレイなら恥ずかしそうに体を引き離すはずなのに、顔を赤らめさえしなかったからだ。マイケルがシャツのなかに手を滑り込ませても、彼女は冷ややかに私を見つめていた。マイケルに求められているのを見せつけたかったのだ。私を動揺させたかったのだ。嫉妬心をあおりたかったのだ。私は、彼女の目に残酷な影がよぎるのを見た。ヨガのインストラクターという仮面の下に彼女の素顔がはっきりと見えた。

マイケルが胸をまさぐりだしても、彼女は私を見つめ続けた。私は息ができなくなった。彼女は、ほんのわずかに唇を動かして薄ら笑いを浮かべた。〝あなたのことはよくわかってます〟と言わんばかりに。その理由を探ろうとして、あらためて彼女を見ると、はっきりわかった。この女は、タホ湖を訪れるのがはじめてなわけでも、たまたま私のところに来たわけでもない。この女はニーナ・ロスで、私が誰か知っているのだ。

しかも、彼女は私を憎んでいる――おそらく、私が彼女を憎んでいる以上に。

でも、なぜここへ来たの？

揺らめく怒りにうながされて、母の日記の文章を思い返した。〝できることなら、母親も娘も殺してやりたい。あのふたりはグルになって私たちを破滅させようとしているのだ〟。いま私を見つめている女がわが家を破滅させた張本人だ。母のためにもベニーのためにも、この女と母親によって破滅に追い込まれたリーブリング家の先祖のためにも、なにもせずにいるわけにはいかない。

気がつくと、私は彼女と対峙する方法をあれこれと考えていた。彼女の正体を暴く口実を。正体に気づかれていると知ったら、きっと驚くはずだ。いや、うろたえるはずだ！ 怯えるはずだ！ 大きく息を吸って、彼女をほんとうの名前で呼ぼうとした。くそいまいましい〝ニーナ・ロス〟という本名で！

が、彼女はふたたび目を閉じて、しばらく目をつぶったままでいた。キスは延々と続いた。私が見ているのを知っていながら、じつに大胆だ。私は苛立ちを覚えながらふたりに近づいた。たまたま地面に小枝が落ちていたので、ブーツで踏むと、大きな音を立てて枝が折れた。マイケルはすぐさま目を開けて私を見るなり、手のひらでアシュレイを（ニーナを！）押しのけながらうしろに飛びのいた。

彼女は目をしばたたかせながら濡れた唇を手の甲で拭うと、いつもの仮面で顔を覆いながら私に笑みを投げかけた。「あら、そこにいらっしゃったんですね！」その、さえずるような甘ったるい声には微塵も動揺が感じられなかった。もう完全にアシュレイに戻っていたものの、声に嘲り（あざけ）がまじっているのはわかった。彼女が笑みを浮かべたときには八重歯も見えた。なぜ疑わなかったのだろう？

彼女は言いわけを口にした。脚が痙攣を起こしたそうだ！ ヨガとは使う筋肉が違うらしい！ それは気の毒に。私は心のなかで〝嘘つき〟と叫んだ。あなたはおそらくヨガのインストラクターなんかじゃないはずよ。いったい何者なの？　なにが目的でここへ来たの？

いくら考えてもわからなかった。ベニーをさがしに来たのだろうか？　でも、それなら、なぜ身分を偽ったのだろう？　なにか未練があるのだろうか？　もっとも可能性が高いのは、母親からやりかけの仕事を引き継いだというシナリオだ。目的はお金だ。代わりに私を脅せば金が手に入ると思ったのかもしれない。

私は自分が有利な立場に立っていることに気づいた。私は彼女が誰なのか知っているが、彼女はそれを知らない。私には、どうするべきか考える時間がある。

マイケルは、不安そうに眉間にしわを寄せながら彼女から私に視線を移し、ふたたび彼女を見ている。私たち三人のあいだでなにかが変わったことに気づいたのだろう。

「途中で引き返すのは残念なんですが、もうへとへとなんです」と、マイケルが言った。

「凍える前に戻りましょう」

「もう凍えてるわ」アシュレイはマイケルのそばに戻り、「ああ、寒い」と言いながら、わざわざ体を震わせて彼の腕のなかに潜り込んだ。マイケルはアシュレイの頭の上から私を見たが、人前でべたべたされるのを快く思っていないのは、目の色にあらわれていた。

「申しわけない」と、彼は口だけ動かして私に謝った。けれども、申しわけなく思っているのは私のほうだった。彼はなにも知らないからだ。

彼女が自分の過去をどんなふうにマイケルに話したのか、気になってしかたなかった。私に嘘をついているのなら、マイケルにも作り話をしているはずだ。マイケルからはなにを手に入れようとしているのだろう？ しかし、それはわかりきっている。マイケルはお金を持っている。やはり、目当てはお金だ。

〝あの母親にしてこの娘あり〟だ。私は一度きりのカモのはずだが、マイケルには永遠につきまとうつもりでいるのだろう。だから、仲間に引き込んだのだ。

マイケルのことが気になってしかたなかった。人のことより自分のことを心配するべきだったのに、なぜか落ち着いていた。ストーンヘイヴンは私のものだ。いつでも彼女を追い出すことができる。もはや失うものはない。愛する人もいない。でも、なぜマイケルのことがこんなに気になるのだろう？ マイケルは知的で繊細で思慮深い。なのに、彼女が危険な人物だとは思っていない。教えてやるべきだ。

でも――どうやって？ 彼女に直接訊くのは逆効果だ。十二年前に撮ったピントのぼやけた写真以外に証拠はないのだから。おそらくすべてを否定して、マイケルと一緒にさっさとストーンヘイヴンから姿を消すはずだ。彼女はなにも失わない。けれども、私はまたひとりぼっちになって、後悔の念に苛まれながら孤独な日々を送ることになる。

私の望みは、この女と母親が私から奪ったものをすべて取り戻すことだ。家族と平穏な暮らしと、幸せと正気を。

そして愛も。

とつぜん、自分のやるべきことに気がついた。マイケルを彼女から守り、そうすることによって、彼を私のものにするのだ。

怒りは人の目をくらませる。強烈な怒りのビームのなかに入り込むと、人は先が見えなくなる。そして、道理は行く手の闇のなかに消える。怒りに駆られてしたことは、それがどんなに下劣でさもしくて、凶暴で、かつ残酷でも許されると思ってしまうのだ。けれども、怒りは私の心を浮き立たせてくれる。

私はあの日、ストーンヘイヴンに戻るなり屋敷中のドアに錠をかけた。一階の窓は、すべてカーテンを閉めた。（もちろん、長いあいだに積もった埃とクモの死骸を払いながら。）それから、娯楽室の壁に掛けてあった拳銃に引き出しのなかにしまってあった弾を込めて、枕の下に隠した。

たしかに私は怒っていた。少しも怖くなかった。けれども、愚かな真似をするつもりはなかった。

26

そういうわけで、ふたりを食事に招くことにした。私は優雅なホステス役を演じるつもりでいた。

料理の下ごしらえをするときは、まな板の上にのっているのが彼女の首で、包丁はギロチンの刃だと思いながら鶏肉を切った。ジャガイモの皮をむきながら、彼女の皮膚をはぐ場面を思い浮かべた。コンロの火をつけたときは、彼女の手を炎のなかに突っ込んでやったらどんな思いがするか想像した。鍋をコンロにかけてことことと丸一日煮ていると、私の怒りもグッグッと湯気を立てた。

五時になると、ストーンヘイヴンに夜のとばりが下りた。風はやみ、湖は静寂に包まれていた。越冬のためにこの地に来た雁は水辺で嵐をやり過ごすつもりでいるのか、空に抗議をするようにけたたましく鳴いている。

私は、父のお気に入りだったホームバーにあったキンキンに冷えたジンにベルモットをたっぷり注ぎ、塩漬けのオリーブも入れて、マティーニを三杯つくった。洗練された味にはせず、わざと雑につくった。三杯のうちの一杯には目薬も入れたのだが、オリーブの塩気とベルモットの苦みが味をごまかしてくれるはずだった。

鶏肉のワイン煮込み(コック・オ・ヴァン)はほぼ出来上がり、シンプルなサラダもつくって、冷蔵庫で冷やしてあった。私はジャガイモを茹でているあいだにマティーニを飲みほして、自分用にもう一杯つくった。そのうち雨が降りだして、大きな音を立てて窓を叩いた。びっくりして目を上げると、アシュレイとマイケルがジャケットで頭を覆ってコテージから走ってくるのが見えた。

私が両手にグラスを持って、笑みを浮かべながら裏口へ行くと、ずぶ濡れになったふたりが駆け込んできた。二杯目のマティーニは効いた。おかげで緊張がほぐれ、これからとてつもないことをしようとしているのだという意識もほどよく薄れたので、よけいなことを気にせずにすんだ。マティーニの味も、騒々しい客のことも、グラスに口をつけたとたんにアシュレイが顔をしかめたことも。「かなりきついですね」

「ほかの飲み物のほうがいい？　緑茶とか、青汁とか？」私も演技をして、心配そうな表情を浮かべた。上出来よ。

アシュレイは、なにかおかしいと思っているようだ。「いいえ、そんな。とってもおいしいわ」

平手打ちをしたくなった。

マイケルはふらふらとコンロの前へ行き、鍋のふたを開けてにおいを嗅いだ。「いいにおいですね、ヴァネッサ。手ぶらで来てしまってすみません」

マイケルは最後の仕上げをする私についてまわって、調理法を尋ねたりカウンターに置いてある染みだらけの料理本のページをさりげなくめくったりした。ガールフレンドがいるのに、彼女より私に興味があるようだった。さっさとテーブルについたアシュレイは、濡れた髪をうしろでひとつに束ねてせっせとマティーニを飲んでいる。テーブルには普段使いの食器を並べていたが（家紋の入った食器を使わせたくなかったからだが）、アシュレイは食器をじろじろ見て、フォークをまっすぐ置き直していた。

「ダイニングルームで食べるんじゃないんですね？」と、アシュレイが訊いた。

「堅苦しくないほうがいいと思って」

「たしかに。ここのほうがくつろげますよね。でも、できればストーンヘイヴンのグランドツアーを実施してもらえませんか？」アシュレイはそう言って、キッチンの向こうの薄暗い廊下に目をやった。「ほかの部屋も見てみたいんです」

〝そりゃそうよね〟と、私は心のなかでつぶやいた。先祖から引き継いだ調度品を物欲しげに撫でまわす彼女の姿を想像すると、体が震えた。もしかして、銀のナイフやフォークをこっそりポケットに入れるつもりでいるのだろうか？　そんなことを許すつもりはなかった。「食事のあとでもいい？　もうすぐ料理が出来上がるから」

私は、視線の端でちらちらとアシュレイを見ながらわざとゆっくりジャガイモをつぶして、コック・オ・ヴァンに塩を加えた。料理をテーブルに運んだときには、彼女がマティーニの最後のひと口をすすっていた。

全員がテーブルにつくと、グラスにワインを注いだ――ワインセラーで埃をかぶっていたドメーヌ・ルロワを。スモーキーな赤で、舌の肥えた人にしかそのよさがわからない（カジノでカクテル・ウェイトレスをしていた母親を持つアシュレイには、おそらくわからない）、飲み手を選ぶワインだ。マイケルはグラスを持ち上げて私のほうへ傾けた。「あらたな友情に」彼はグラスの縁越しに私と目を合わせて、長いあいだ見つめていた。おそらくアシュレイも気づいたはずだ。

ところが、なんとも思っていないのか、アシュレイはテーブルに身を乗り出して、割れるのではないかと心配になるほど強くグラスを触れ合わせた。「ときには、天が会うべき人に引き合わせてくれることもあるんですよね」ついつい本音が口をついて出たのだろう。顔に唾を吐きかけてやりたかったが、私はにっこり笑った。アシュレイは、ワインをほんのひと口飲んで顔をしかめた。やはり、ドメーヌ・ルロワのよさがわからないのだ。

三人とも静かに食事をしたが、アシュレイは数口食べただけで気分が悪くなったようで、ナプキンをつかんで唇に押し当てた。私は、彼女がふらふらと椅子から立ち上がるのを冷ややかに眺めていた。

「バスルームはどこですか？」と、アシュレイが訊いた。

私はドアを指さした。「廊下に出て、右手の三つ目のドアよ」

アシュレイは手で胃のあたりを押さえ、体をふたつ折りにしながら足早にキッチンを出ていった。

私は、そういう場面にふさわしい心配そうな表情を浮かべてマイケルを見た。「たいしたことなければいいんだけど。食事のせいじゃないわよね」そう言いながら、コック・オ・ヴァンをフォークですくって、おかしいところはないか調べようとした。

マイケルは、とまどったような表情を浮かべてドアを見つめていた。「ええ、そうじゃないと思います。ぼくはなんともないので。すぐに戻ります」そう言うなり、彼も席を立って廊下に姿を消した。

私はもう一杯ワインを飲んでからアシュレイのグラスに手を伸ばして、飲み残しを自分のグラスに注いだ。上等なワインを無駄にするのはもったいない。どうせ、アシュレイはもう飲まないのだから。しばらくすると、ふたりがキッチンの入口からなかを覗いた。アシュレイは顔色が悪く、額に汗をにじませてぶるぶる震えている。「コテージに戻って横になります」と、彼女はあえぐような声で言った。

「どうしたの？」私は、あとでマイケルとふたりだけで食べようと思って冷凍庫に入れておいたキャラメル味のアイスクリームのようになめらかな甘い声で訊いた。インターネットで調べたかぎりでは七種類の副作用があるようなので、アシュレイを見て様子を探った。彼女が嘔吐したのは間違いなかった。眠気と下痢と脈拍数の低下と息苦しさはないのだろうか？　目薬に含まれているテトラヒドロゾリンのせいで気分が悪くなって、彼女がコテージに戻りさえすればよかったので、昏睡状態におちいらせるだけの量は入れなかった。そこは、きちんと考慮した。（もちろん、うまくいかなかった場合の対応策も考えてあったのだが。）

マイケルはアシュレイのそばに立ち、また吐き気をもよおして体をふたつ折りにしている彼女の背中に手をまわした。マイケルが耳元でなにか言うと、アシュレイがかぶりを振った。すると、マイケルが私を見た。「申しわけないんですが、ぼくたちはコテージに戻ります」

そんな。それでは計画が狂ってしまう。アシュレイだけがコテージに戻ると思っていたのに。「でも、たくさんつくったから……あなただけでも、あとで食べにくれば？」

アシュレイはマイケルの手を振り払ってなんとか上半身を起こすと、ドアの脇のフックに掛けてあったコートを手に取った。「ううん、あなたはここに残って。ヴァネッサがこんな豪華な食事をつくってくれたのに、悪いし、もったいないわ。私はベッドに入ってすぐに寝るから」

マイケルは、アシュレイを見てから私を見た。「わかった。きみがそう言うのなら。そんなに長居はしないよ」

顔が緑色に近くなってきたアシュレイは、ろくにマイケルの返事も聞かずにドアを開けて外の暗闇に飛び出した。私とマイケルは、雨のなかをコテージへ走っていくアシュレイを窓越しに見守った。アシュレイは、姿が見えなくなる直前にまた体をふたつ折りにして、花の咲いていないツツジの茂みの上に吐いた。私はマイケルが追いかけていくのではないかと思ってギクッとしたが、見えていなかったのか、追いかけはしなかった。

いや、もしかすると、見えていたのに気にしていなかったのかもしれない。

そういうわけで、私たちはふたりだけになった。マイケルと私だけに。私は、急に恥じらいを覚えながら彼にほほ笑みかけて、新しいボトルとワインオープナーを手に取った。

「ほかの部屋も見たいと言ってたわよね？」

マイケルは、グラスを手に私のあとをついてきた。私は屋敷のなかを案内しながら、ストーンヘイヴンの歴史や、代々伝えられてきたリーブリング家にまつわる逸話をあれこれと話した。「この屋敷が建てられたのは一九〇一年なんだけど、私の高祖父は、一年で完成するように二百人もの職人を雇ったんですって。当時の湖畔ではここがいちばん大きな屋敷で、ここで過ごすのは夏のあいだだけなのに、管理のために、年間を通して十一人の使用人を置いていたそうよ」明るくて魅力的に見えるように各部屋の照明をつけてまわったが、古い電灯の弱々しい光では部屋の隅の陰を追い払うことができなかった。ここへ戻ってきてから、私がまだ――おそらく、家政婦でさえ――一度も足を踏み入れたことのない部屋もあった。そういう部屋のサイドボードには埃が積もり、かつての子ども部屋にはカビ臭いにおいが漂っていて、客用の寝室のひとつではカーテンが黒っぽい染みに覆われていた。

けれども、マイケルはストーンヘイヴンが長いあいだ顧みられずにいたことを残念に思っている様子はなく、それどころか、目にするものすべてに感動しているようだった。それに、彼の家にも代々受け継がれてきた古い調度品があったからか、アンティークに関する知識も持ち合わせていた。彼はワインを飲みながら各部屋を見てまわって、目についた美術品や調度品にまつわるエピソードやそれぞれの来歴について質問した——祖母のお気に入りだった、手書きの模様がほどこされたルイ十六世様式の椅子や、階段の壁に掛けてある古典派の巨匠の静物画や、書斎に置いてある金とアラバスターの時計について、あれこれと。さっさとつぎの部屋へ向かおうとはせず、そばに行って絵をじっくり眺めたり、壁の羽目板を撫でたり、ドアの裏側やクローゼットのなかを覗いたりしていた。私が廊下に出て、話をしながらふと振り向くと、彼がまだ部屋でアンティークを眺めていたことも何度かあった。

アンティークの話はしたくなかった。

私の寝室を見せるのはわざと最後にしていたのだが、とうとうマイケルを木製の大きなドアの前へ連れていった。「これを見て。猪の頭と大鎌を描いた紋章よ。これは、わが家の先祖がドイツにいた時代から受け継がれてきたものなの」私は祖母のキャスリーンからそう聞いていた。疑わしいと思っていたが、自己顕示欲は、伝説を難なく真実に変えてしまうのだ。

マイケルはドアに刻まれた紋章を指でなぞった。「この屋敷には歴史が詰まってるんですね」

私たちはしばらくドアを見つめた。並んでドアの前に立っていると、緊張が高まった。

これから寝室に入るのよ！　寝室にはベッドがあるのよ！　そう思うと、頭がクラクラした。いま話そうか、それともあとにしようか？　マイケルを遠ざけることなく、彼のガールフレンドと私の関わりを明かすにはどうすればいいのだろう？「アシュレイとは長い付き合いなの？」気がつくと、そう訊いていた。

マイケルは、驚いたような顔をして横目で私を見た。〝どうして、こんなときに彼女のことを訊くんですか？〟と思っているのは明らかだった。「長い付き合い？　いいえ。たしか、その、六カ月ほどです。いや、八カ月だったかな？」

「彼女のことはどのぐらい知ってるの？」

「おかしなことを訊くんですね。どのぐらい知ってるかと言われても」マイケルは、扉の木目を指でなぞりながら怪訝そうな顔をした。「どうしてそんなことを訊くんですか？」

「ただ知りたいだけ」それはほんとうだ。どうしても知りたかった。私は、アシュレイについて／ニーナについて知りたいことを頭のなかに並べた。彼女は、あれからいままでどこにいたのだろう？　アシュレイ・スミスになったのはいつで、その理由は？　彼女も母親と同様に詐欺師なのだろうか？　母親はどうしたのだ？　リリー・ロスはまだ詐欺を働いているのか？　捕まってはいないのか？　私は、リリー・ロスがつらい目にあっていることを願わずにいられなかった。いや、私の願いはすでに叶っているのかもしれない。母親は体調を崩していると、アシュレイは読書室で涙ながらに話していた。あれも嘘だったのだろうか？　いや、なぜかあれは嘘だと思えなかった。あのときの彼女の言葉は――あのときの涙は――本物のように思えた。（でも、私はすっかり騙されていたのだ！）

「アシュレイの家族のことは知ってるの？　お母さんの具合が悪いと言ってたけど、どこが悪いの？」

「彼女がそう言ったんですか？」マイケルが顔をしかめた。「いや、詳しいことは知らないんです。慢性的な病気だと思うんですが」

やはりほんとうだったのだ。もしかすると、マイケルにも嘘をついているのかもしれないが。「会ったことはないの？」

マイケルは、ドアを見つめたままかぶりを振った。「ええ。遠くに住んでいるので、アシュレイと暮らしはじめてから一緒に訪ねていったことは一度もないんです。クリスマスに会いに行こうと思ってたんですが」マイケルはドアノブに手をかけて眉を上げた。「なかに入ってもいいですか？」

が、ドアを開けるなり足を止めた。寝室があまりに広く、部屋の真ん中に、緋色のベルベットで覆われたベッドが置いてあったからだ。壁には、ドアと同じ紋章の入ったマホガニーの板が張りめぐらされていて、私の背丈を超える石造りの大きな暖炉がある。しかし、やはりもっとも目を惹くのは、ベルベットの天蓋のついた、王族が使うような豪華なベッドだ。寝室は、湖に面した側に壁一面の大きな窓があって、すばらしい眺望が臨めるのだが、そのときは土砂降りの雨とその先の闇しか見えなかった。

マイケルが声をあげて笑った。「ここがあなたの部屋なんですか？」

「どんな部屋を想像してたの？」

マイケルは、またかぶりを振った。「もっとモダンで、女性らしくて、もっと……あたらしい部屋だと思ってたんです。当たらなかったけど」

彼は、寝室にいる私の姿を思い浮かべていたのだ！　それがわかってうれしかった。

「どこをさがしても、この屋敷にモダンなものはないわ。なにひとつ」

マイケルは部屋のなかをうろうろと歩きまわって、ヴィーナスの絵や、本棚に飾ってある小物や、マントルピースの上に置いてある火と鍛冶の神ヘファイストスの彫像や、壁のひとつを占領している、ウォルナットに象嵌をほどこした大きなタンスをじっくり眺めた。部屋の隅に積み上げてあるダンボール箱の前へも行って、首をかしげてラベルを読んだ。

「まだ開けてないんですか？」

「なぜ開けなきゃいけないの？　ここでは必要のないものだから、箱を開けて取り出したってしょうがないと思って」

「あなたはいまだにここを離れる理由をさがしてるんですね」マイケルがグラスに残っていたワインを飲みほした。「あるいは、ここにとどまる理由を」

「そうかもしれないわ」私は急に大胆になった。（それとも、酔っていたのだろうか？）「そう思うのなら、理由をひとつ教えてくれない？」

「どっちの理由ですか？　離れるかとどまるかによって違うので」マイケルは、体の向きを変えて豪華で巨大なベッドを見つめた。裸でベルベットのカバーの下に潜り込んでいる私たちの姿を想像しているのかもしれないと、ふと思った。（もちろん、私は想像していた！）雨はいつのまにか雹に変わって屋根を叩き、風にあおられた木の枝は、暖かい部屋のなかに入り込もうとしているかのように窓を引っ掻いていた。マイケルが目を閉じて詩を諳んじだしたので、私は彼のほうに首を傾けた。

〝西の風よ、早く吹け
そして、小雨を降らせてくれ
ああ、愛しき人をわが腕に抱き
ふたたびわが褥（しとね）に迎え入れられるように〟

マイケルは目を開けて、ベッドの反対側から私を見た。私の考えていることを覗き見るような、例の視線で。私はマティーニとワインのせいで頭がクラクラしていたが、これは幻想ではなく現実で、マイケルとのあいだには間違いなく電流が走っていた。「あなたが書いた詩なの？」

マイケルは返事をせずに黙ってベッドの角をまわり、水色の目で私を見つめながらまっすぐ目の前まで歩いてきた。自分の体とまわりの空気との境目がぼやけて、私は期待に胸を躍らせた。ようやくマイケルがキスをしてくれるのだと思った。ところが、あと数十センチのところまで来ると、彼はとつぜん視線をそらして私のうしろにあるドアに目をやった。そして、さらに二歩進んで私の横を通りすぎた。当初の期待は消えて、失望のかたまりだけが残った。そんなことも、頭のなかを覗けばわかるのだろうか？

いずれにせよ、マイケルが私のそばを通ったときに、彼のぬくもりが伝わってきた。それとも、気のせいだろうか？　いや、彼の指先はたしかに私の小指に触れて、一秒ほどそこにとどまっていた。それから小さなため息をついて――落胆と諦めのにじんだため息をついて――手をそらした。

これは幻想ではない。ぜったいに違う。マイケルは、二日前にひとりで訪ねてきたときに〝あなたのことはよくわかってます〟と言った。

（それはつまり、悪いことも、誰もが関わりを持ちたくないと思うようなことも知っているという意味だ。）

（それとも、知ってはいるものの、それでも私が好きなのだろうか？）

打ち明けるのなら、いまだ。「じつは――話しておきたいことがあるの」と、切り出した。けれども、マイケルはこっそり時計を見ている。しかも、私の声が小さくて、おどおどしていて、ジンのせいでかすれていたから聞こえなかったのか、彼はドアに手を伸ばして勢いよく開けると、悲しげな笑みを浮かべて会釈をした。「どうぞ、お先に」

私は、ためらいながらも彼の前を通って廊下に出た。頭は、とまどいと欲情とアルコールのせいでぼうっとしていた。マイケルがついてきていないことに気づいたのは、階段を半分ほど下りたときだった。彼は二階でなにをしているのだろう？　かすかな望みが芽生えた。私にメッセージを残しているのかも。

ところが、マイケルはすぐに部屋から出てきた。「申しわけないんですが、ずいぶん時間が経ったし、アシュレイの様子を見に戻らないと機嫌が悪くなるので」

そう言うなり、先に一階に下りて裏口へ向かった。ばかね！　意気地なし！　私は、またもやチャンスを逃した自分を叱りつけながらあとを追った。けれども、マイケルはジャケットを頭まで引き上げて、あっというまに雨に濡れた闇のなかに姿を消した。ドアを開けたままにして彼の姿をしばらく目で追ったが、雹が吹き込んできただけだった。

マイケルが帰ってしまうと、屋敷は陸の孤島に戻って、私はまたひとりぼっちになった。残った料理をゴミ箱に捨て、雹が解けて濡れてしまった床を拭いた。朝になれば家政婦が来てくれるので、汚れた皿はそのまま流しに置いておいた。一応、そこまですると、マイケルが残したメッセージをさがしに寝室へ行った。

しかし、秘めた欲情を打ち明けるためにあわてて書いたメッセージはなかった。ベルベットのベッドカバーの上にも、マントルピースの上にもなかったし、バスルームの鏡にアイライナーで書いてあるわけでもなかった。ただし、ベッドを見たときは、一瞬、ドキッとした。枕に、それまでなかったくぼみができていたのだ。

マイケルは、私と一緒にいるつもりでベッドに体を横たえたのだろうか？

ベッドに上がり、枕のくぼみに頭をのせて息を吸うと——思ったとおりだった！——マイケルのにおいがした。彼が使っているレモングラスのシャンプーのにおいが枕カバーに残っていた。

目を閉じると、笑いが込み上げてきた。

翌朝、目が覚めると、外の明るさがいつもと違っていた。夜のうちに雹が雪に変わったのだ。ストーンヘイヴンは、毛布ですっぽり覆われたかのように静まり返っていた。薄いネグリジェ姿のまま、ぶるぶる震えながらベッドを出て窓を開けに行くと、目の前の松の木の細い葉の上にレースのような雪片がそっと落ちてくるのが見えた。庭はウェディングキルトのように真っ白で、凍ったシダの葉がところどころに顔をのぞかせている。湖は灰色で、ひっそりとしている。息をするたびに、冷たい空気が肺に染みわたった。

階段を下りるのは怖かった。二日酔いだ。一階に下りると、キッチンの惨状はまだそのままで、道路が雪に埋もれているので来られないという家政婦からのメールが届いていた。しかたなく自分でコーヒーを入れ、読書室のカウチに寝そべってどうするべきか考えた。

スマートフォンのチャイムが鳴って、ベニーからメールが届いた。

どうだった?? 彼女なのか? ニーナなのか?

まだ訊いてないの。

とつぜん裏口をノックする音が聞こえてきたので、飛び上がりそうになった。マイケルだ。キッチンへ行ってドアの格子窓から覗くと、驚いたことにアシュレイが立っていた。すっかりよくなったようだ。

私は、ほんの少しドアを開けた。「もう大丈夫なの?」

「ええ、もうすっかり」と、アシュレイは言った。「原因がなんであれ、すぐによくなったんです」顔色も元に戻ったし、髪も洗ったようで、アシュレイは若くて健康で、いきいきしているように見えた。彼女が私より元気そうにしているのは、どう考えてもおかしい。なぜこんなに早く回復したのだろう？　もっとたっぷり入れるべきだったのかもしれない。

「食あたりだったの？」

アシュレイは肩をすくめ、なにかを疑ってでもいるかのように長いまつ毛の下から私を見た。「わかりません。人間の体って、不思議ですよね」

「とにかく、治ってよかったわ。ゆうべは、あなたが途中で帰っちゃったから残念で」私もマイケルも、まったくそんなふうには思っていなかったのだが。

「マイケルはとても楽しかったと言ってました。だから、私も残念で。また誘ってくださいね」

私は、アシュレイの肩越しにコテージのほうへ目をやった。マイケルはひとりで訪ねてくるだろうか？　彼にここへ来る口実を与えれば、ふたりきりになるチャンスができるかもしれない。「明日にでも」

アシュレイが笑みを浮かべた。「なかに入ってもいいですか？」

私は一瞬ためらった。アシュレイとふたりきりになりたいのかどうか、自分でもよくわからないまま、二階の寝室の枕の下に押し込んだ拳銃のことをちらっと考えた。「着替えてくるわ」

「私のことなら、気にしないでください！　じつは——ちょっとお話ししたいことがあって」

怒りが込み上げてきた。まさか、正体を打ち明けるつもりなのだろうか？　私は、ドアを大きく開けてアシュレイを招き入れた。アシュレイは、ブーツとジャケットについた雪を払い落としてからなかに入ってきた。「まあ。ゆうべはほんとうに楽しかったようですね。私がコテージに戻ってから何本ワインを空けたんですか？　マイケルはふらふらになって帰ってきたんです。でも、これで謎が解けたわ」

ということは、嫉妬していたのだ。もっと嫉妬すればいい。「家政婦が来てくれることになってたんだけど、あいにく雪で来られないんですって。だから、まだ片づいてなくて」私は、そばにあったワイングラスを手に取ってシンクに運んだ。

アシュレイは、私に自分でキッチンを片づける気がないのを見透かしているかのように、唇にうっすらと笑みを浮かべた。「マイケルに片づけさせます。こんなことになったのは彼にも責任があるので」

お願い、彼をよこして。ふたりだけで時間を過ごさせて。心のなかではそう思いながらも、私はかぶりを振って断わった。そのときは、誰かが私の頭にペンチを突っ込んで脳みそを引っぱり出そうとしているのと同じぐらいの衝撃に見舞われた。アシュレイに緊張している様子はなかった。正体を明かすつもりでいるのか、いないのか？ たとえ正体を明かしたところで、私は彼女を憎み続けるのだろうか？ どさっと椅子に座り、ドクドクと脈打つこめかみに指を当てて待った。

アシュレイはとなりに――膝がぶつかり合うほど近くに――座ると、内緒話でもするかのように身を寄せてきた。正直に打ち明けます。私の名前はアシュレイ・スミスじゃないんです。私は、彼女がそう言うのを待った。「マイケルはまだあなたに話してないかもしれないんですけど――彼は、自分のことをあまり人に話そうとしないので……」アシュレイは、そこまで言って奇妙な笑みを浮かべた。私はそれを見たとたんに、正体を打ち明けようとしているのではないのだと気づいた。「じつは、彼にプロポーズされて、婚約したんです」

急に視界がぼやけて、目の前に無数の赤い点が浮かんだ。婚約？ マイケルはどうして婚約なんかしたのだろう？ それはいつ？ なぜ彼女と？ 私の反応を待つアシュレイの笑みがこわばっていくのを見て、間を置きすぎたことに気づいたが、無理やり口を開くと声がうわずった。「おめでとう！ すばらしいわ！」

すばらしいとは、これっぽっちも思わなかった。

けれども、私のうれしそうな声を聞いて心から喜んでもらえたと思ったのか、アシュレイはぺらぺらとしゃべりだした。マイケルがコテージのポーチに片膝をついてプロポーズしたことも、それが、ここへ来た最初の夜に月を眺めていたときだったことも、マイケルが、祖母から譲り受けた、彼の家に代々伝わる指輪を持っていて、婚約指輪としてそれを渡されたときは泣いたことも。アシュレイは、ミトンをはずして手を突き出した。彼女の左手の薬指には、大きな四角いエメラルドをダイヤで囲んだアールデコ調の指輪が光っている。色から判断すると天然石ではないようだが、なかなかきれいな指輪だった。

信じられない。もう手遅れだ。アシュレイはマイケルを騙していたのだ。

アシュレイはなおも、自分は地味な性格だとか、お金や派手な暮らしには興味がないなどという話を（ぬけぬけと！）続けたが、私はろくに聞いていなかった。サイズが大きすぎて傾いている指輪を見つめながら、あれこれ考えていたからだ。マイケルはアシュレイのことをそれほど好きではないはずだ。それは間違いない。あのふたりにはなにひとつ共通点がないのだから。彼は私のことが好きなのに、どうしてこんなことになるの？　アシュレイはまだしゃべり続けていて、指輪のサイズを調整してもらわないと落としてしまいそうだとか、なくすのが怖くて今日まではめていなかったというような話をした。それで、預かっておいてほしいと言うのだ。よりによって、この私に。

「ここの……金庫に？」

アシュレイはこくりとうなずいた。

もちろん、屋敷には金庫があった。父は、書斎の金庫に非常用の資金を入れていた。もうずいぶん昔の話だが、ある日、父は私を書斎に呼んで、金庫のなかに帯封のついた百ドル札の束が積み上げてあるのを見せた。「急に金が必要になったら、これを使えばいい。ぜんぶで百万ドルある。いざというときのための金だ。サンフランシスコの家の金庫にも百万ドル入っている」

そんな大金、私には必要ないわ。そのときはそう思った。父は、私がとんでもないトラブルに巻き込まれるとでも思っているのだろうかと。ベニーはわが家の金庫を自分の貯金箱だとでも思っていたのか、ときどき数百ドルくすねていたのだが。

もちろん、いまはなかになにも入っていない。入っていたお金は、リーブリング家のほかのお金とともに、とうの昔に消えていた。

それはまだ話していなかったかもしれない。まったくお金がなくて、私が困っていることは。見かけに騙されないでほしい。父が死んで、資産管理会社から書類を見せられたときは、父が破産寸前の状態におちいっていたことを知って私もショックを受けた。父は母が亡くなる前から投資で大金を失い、それを取り戻そうとしてまた損をしていたらしい。投資したテキサスの海岸沿いにある巨大カジノがハリケーンで壊滅的な被害を受けたのも痛手だった。そのうえ、ギャンブルの借金もあった。父の机の引き出しに入っていた黒いノートによると、毎週、ポーカーで数百万ドル擦っていたようだ。

私はそのとき、母の喚き声がヒーターのダクトから聞こえてきていたのを、うんざりしながら思い出した。〝あなたは、くだらないことにうつつを抜かして私たちを路頭に迷わせるつもりなのね。女にポーカー、それに、ほかにも私に内緒にしていることがあるはずよ〟

ベニーと私が必要に応じて引き出していた信託資金も、ほぼ底をつきかけていた。ベニーが暮らしている私立の施設の費用が高額で、私もインスタグラムのために贅沢な暮らしをしていたからだ。元本が増えることはなく、リーブリング・グループの株も、もはやさほどの価値はなかった。不況を乗り切ることができずにグループの負債がかさみ、一族の持ち株比率も世代を経るたびに低下して、各家族が所有しているのはほんのわずかになっていた。そのうえ、ベニーも私も、株の売却を望んだところで売れなかった。

父が死んで私たちに遺されたのは、サンフランシスコのパシフィックハイツの家とストーンヘイヴンと、それぞれの調度品だけだった。ベニーはパシフィックハイツを相続し——

――ベニーの生活費を捻出するために、すぐに売りに出したのだが――私はストーンヘイヴンを相続した。ストーンヘイヴンはただの古い屋敷ではなく、期待していたほどではなかったものの、査定はかなり高額だった。

しかし、法外な維持費は考慮されていなかった。私も、その年の春に引っ越してくるまで気がつかなかったのだが、掃除するだけでも家政婦をひとり雇わないといけないし、屋敷全体の管理をしたり庭の手入れをしたり、冬には除雪をしてくれる人も必要だった。古い石造りのボートハウスは修理が、屋敷の屋根は葺き替えが必要だった。外側の木の壁もかなり傷んでいたし、ガスや電気や水道代も桁外れだった。それに、固定資産税も！ それらをすべて合わせると、ストーンヘイヴンの維持費は年間六桁の後半になりそうだった。なのに、V-Lifeのスポンサーもつぎからつぎへと離れていって、安定した収入が得られる見込みはなかった。

ストーンヘイヴンの美術品やアンティークを売ることもできたのだが――そうするしかないというのはわかっていたが！――〈サザビーズ〉に送るリストをつくろうとするたびに、ためらいが頭をよぎった。ストーンヘイヴンも、美術品やアンティークも、すべて先祖が遺してくれたものだ。だから、ベニーのものでもある。（それに、おじやおばや、いとこのものでもあるわけで、疎遠になってはいたものの、その人たちに対する罪悪感もあった。）もし美術品やアンティークを、それに、屋敷を売ったら、リーブリング家の一員としての私のアイデンティティーまでなくすことになるのではないだろうか？

リーブリング家の一員でなくなったら、私にはなにが残るのだろう？

だから、屋敷守りのコテージを人に貸すことにしたのだ。その結果、ふたつの問題を——孤独と経済的な困窮を——同時に解決できたうえに、母屋のキッチンで怒りをたぎらせながらニーナ・ロスの婚約指輪を眺めていたときに思いついた計画を実行に移すこともできた。

いずれにせよ、もちろん金庫はストーンヘイヴンに引っ越してきてすぐにチェックして、なかに入っていたはずの札束がなくなっているのも確認していた。残っているわけがない。いざというときのためのお金というのは、父のギャンブルの軍資金だったのだろう。おそらく、父はそれをすべて、州境にあるカジノの高額ポーカールームで失ったのだ。のちに脅迫状を送りつけてきたリリー・ロスがカクテルを運んでいたVIPルームで。金庫に入っていたのは、古い書類と屋敷の権利書だけだった。母の宝石もまだ数点残っていたが、それは、以前にその大部分を売ったオークションハウスへ送った。

この女は、わが家の金庫に宝物が入っていると思っていたのだろうか？　ストーンヘイヴンへ来たのはそれが目的だったのか？　もしそうなら、大いにがっかりするだろう。涙をこらえる必要がなければ、私は声をあげて笑っていたはずだ。

手に重みを感じて目をやると、アシュレイが指輪をはずして私の手のひらにのせたのがわかった。私は、びっくりして反射的に指を閉じてしまった。「指輪を預かってもらえませんか？」と、彼女は言った。「あなたのことは信頼しているので」と。

驚きと困惑と落胆に襲われ、自分の手のひらに視線を落としてから、ふたたび彼女を見た。気がついたときには――ああ、いやだ！――また泣いていた。懸命に私たちのことを守ろうとしながらすべてを失った父と、失った多くのものを偲んで泣いた。ただし、涙のいちばんの理由は、マイケルと婚約したのが私ではなく彼女なのは不公平だと思ったからだ。

顔を上げると、アシュレイも私を見つめていた。暗い表情を浮かべているのは、私のことを気遣っているからだろうか？　それとも、不幸な私に同情して、ゆがんだ満足感を味わっているのだろうか？　彼女はためらいを見せながらなにか考えているようだったが、すぐに腕を伸ばして私の手に自分の手を重ねた。「あなたも今年の春に婚約したんですよね？」と、低い声でやんわりと訊いた。「その後、なにかあったんですか？」

ヴィクターのことで泣いていると思ったらしい。吹き出しそうになった。「どうして私が婚約していたことを知ってるの？」

「インスタグラムで知ったんです。あとは、容易に想像がついたので」

「ええ、そういうことよ」私は手を引っ込めて涙を拭った。アシュレイは間違いを犯した。インスタグラムには興味がないと言っていたからだ。彼女は私のアカウントをフォローしていたらしい。でも、いつから？　なんのために？　フォトストリームの写真をひとつひとつチェックしながら私の私生活を覗き見して、楽しんだり怒りを覚えたりしている彼女の姿が目に浮かんだ。自分の存在を明かすことなくＳＮＳ上でこっそり監視している人がいるという事実は、ついつい忘れてしまう。フォロワーではなくウォッチャーがいることは。自分のＳＮＳを誰が見ているのかも、なにが目的で見ているのかもわからない。

「だから、ここへ来たんですか？　婚約が破棄されたから？」

「ええ、そうよ」私は経緯を話そうとした。が、それはまずいと気がついた。弱みを見せてはいけないと。それでも、あのときは……ひどくうろたえていて、言葉が勝手に口をついて出てきた。「環境を変えたほうがいいと思ったときに、ストーンヘイヴンが頭に浮かんだの。タイミング的にも、ちょうどよかったのよね。父がここを私に遺してくれて、私も……代々受け継がれてきたこの屋敷で暮らせば気持ちがやすらぐんじゃないかと思って。なにか運命的なものを感じたの。この屋敷を嫌っていたことなんて、すっかり忘れてしまって。ここでは、つぎからつぎへと家族に悲惨なことが、神を恨みたくなるようなことが起きたのに」感情に流されているのも、そこまで正直に話す必要がないのもわかっていたが、自分を抑えることはできなかった。敵にさえ（敵だからこそ！）認めてほしい、わかってほしいという厄介な衝動を抑え込むことはできなかった。

「ストーンヘイヴンは私の家族の悲劇の聖地よ。母と父と弟の身に起きた悲劇は、すべてここが元凶なの。弟が統合失調症を患っているという話はしたかしら？　それも、ここからはじまったし、母はここで自ら命を絶ったの」私は、そう言って窓の向こうに見える湖のほうを指さした。

アシュレイの顔から血の気が引いた。「そんな。まったく知りませんでした」

知っていたはずよ、と私は心のなかでつぶやいた。（いや、ほんとうに知らなかったのだろうか？）

私はさらに話を続けた。もはや止まらなくなっていた。長年の苦悩と不安と自己不信が一気にあふれ出した。よりによって、なぜ彼女になにもかも打ち明けたのだろう？　しかし、鎧を脱ぎ捨ててありのままの姿をさらけ出すのは、じつに気分がよかった。「私は、くそいまいましいヴァネッサ・リーブリングなの」気づいたときには、そう言っていた。「たぶん、欠点だらけの人間なの。同情にすら値しない人間なの」

顔を上げると、目の前に座っていた女性の顔からアシュレイの影が消えていた。代わりにニーナがあらわれて、身構えながら黒い目で私を見つめている。私は、彼女が唇をゆがめて嫌悪感をあらわにするか、あるいはしたたかな打算をめぐらせるかするはずだと思っていた。ところが、彼女は身を乗り出して別人のような声で言った。「しっかりしてくださいよ。それに、人がほめてくれるのを期待するのはやめないと。人がなんと言おうと、かまわないじゃないですか。糞食らえと思えばいいんです」

とつぜん冷水を浴びせられたような衝撃を受けて、黙り込んだ。私にそんなことを言う人はいない。ベニーでさえ言わない。本気で言っているのだろうか？（それに、彼女の言っていることは正しいのか？）「糞食らえ？」私は、ぼんやりと繰り返した。

彼女は体を起こして私の手のひらの上にある指輪に目をやると、しばらく考え込んだ。ふたたび目を上げて私を見つめたときは、ニーナが消えてまたアシュレイが戻ってきていた。あのほほ笑みと、まやかしの同情と、平静を取り戻すための感傷的なアドバイスとともに。彼女はマインドフルネスとセルフケアの必要性を話しだしたが、私は急に我慢の限界に達した。自分を見つめて気持ちを落ち着かせる方法を私に教えるつもりなのだろうか？

私はいきなり立ち上がって、「とにかく、指輪を金庫にしまってくるわ」と言った。そのままそこにいれば、指輪を彼女の顔に投げつけているところだった。

金庫は、父の書斎の絵の裏にあった。かつらと羽根飾りつきの帽子をかぶった傲慢な貴族が怯えるキツネを犬に追わせる、イギリスの狩猟風景を描いた陰気な絵の裏に。私は壁から絵をはずし、弟の生年月日をキーパッドに打ち込んでロックを解除した。握りしめていたので、婚約指輪は温かくなっていた。持ち上げて向きを変えたが、照明が暗いので石は光らなかった。それを金庫に入れて、かすかな満足感を覚えながら扉を閉めた。

これで指輪は手に入れた。つぎは彼女の婚約者を手に入れることにした。

そのためには、敵をふたたびディナーに招く必要があった。

ただし、このあいだと同じことをするつもりはなかった。猿芝居にはもう飽きたので、さっさとケリをつけるつもりだった。(彼女に言われたとおり、しっかりすることに。)とはいえ、詐欺師の彼女を騙すには可能なかぎりの手をつくさなければ無理なので、リーブリング家の威信にかけた料理をふるまうことにした。サウス・レイク・タホのケータリング業者を呼んでフルコースのディナーをつくらせることに。給仕と後片づけをしてくれるスタッフもひとり雇った。ニーナ・ロスに自分で料理を運ぶのはいやだったし、彼女の口紅がついたグラスを洗うのもいやだったからだ。

ディナーの席では、ストーンヘイヴンの女主人らしく振る舞うつもりでいた。(自分のことを、欠点だらけの人間だとか価値のない人間だとは、もう言わない!) ニーナに違いを見せつければ、どんなに策を弄しても自分はリーブリングの一員になれないのだと気づいて、嫉妬の炎を燃やすはずだ。そして、いよいよデザートが運ばれてきたら、彼女の正体を暴露してマイケルを自分のものにするというのが私の立てた作戦だった。

彼らがやって来る前に、寝室の隅に積み上げてあったダンボール箱を開けて、一年近く箱のなかで眠っていたドレスを引っぱり出した。パーティードレスや普段用のワンピース、リゾートウェア、タイトなミニドレス、それに、日中にふさわしい服や夜にふさわしい服、時間帯に関係なく着られる服を一着ずつ引っぱり出して部屋中に並べた。ベッドの上も長椅子の上も、ついにはカーペットの上も、シルクやシフォンやリネンの、ピンクやゴールド、ライムグリーン、それにレインボーストライプの服で埋めつくされた。それらの服は、カビ臭い部屋に息吹をもたらしてくれた。まるで、窓を開けて空気を入れ替えたようだった。なぜダンボール箱に入れたままにしていたのだろう? 私にとってはどのドレスも古い友人のようなもので、それを着たときのことは日付も時間もはっきり覚えているし、写真はインスタグラムにアップしていた。かぎ針編みのドレスを着てボラボラ島のビーチで撮った写真も、ガウンを着て〈プラザ・アテネ〉のスイートルームで朝食を食べている写真も、きらきら光るシフトドレスを着てハドソン川で撮った写真も。

私は、イタリアのポジターノでグッチがパーティーを開いたときに着た緑色のシフォンのロングドレスを手に取った。あのときは、ポジターノへ向かう船の上でも写真を撮ってインスタグラムにアップした。（その写真には二万二千個の〝いいね！〟がついて、私にとっては最多記録に近かった。）ほんとうに、あれから一年半しか経っていないのだろうか？　大昔のことのような気がするのに。

そのドレスを胸に当てて鏡を見た。ずいぶん痩せたし、ローションを塗って焼いた肌も元の色に戻っていたが、鏡のなかからこっちを見ているのはまぎれもなく以前の私だった。おしゃれで、幸せそうに人生を満喫しているＶ‐Ｌｉｆｅのヴァネッサが戻ってきたのはうれしかった。私が生きている意味はあるのだろうかとわざわざ人に訊くつもりはなかった。あるとわかっていたからだ。

ディナーのテーブルには、張りつめた気まずい雰囲気が漂っていた。私は、飲みすぎてやたらと大きな声でしゃべっていたが、アシュレイはほとんどしゃべらずに、フォークの先で料理をつつきまわしていた。マイケルだけはリラックスしているようで、ゆったりと椅子にもたれかかってアイルランドで過ごした子ども時代の話をしながら、出された料理をすべてたいらげた。

私は、アシュレイとマイケルがおたがいに目を合わすのを避けていることに気づいた。ただし、たまたま視線が交錯したときは、妙な目つきで長いあいだ見つめ合っていた。おそらく、喧嘩でもしたのだろう。（そう思うと、うれしかった。）

給仕は、ストーンヘイヴンのワインセラーにあったフランス産のシャンパンの栓を抜いて、注いでまわった。マイケルと私は注いでもらったが、アシュレイはグラスの上に手を置いて断わった。（「胃がまだ本調子じゃないので」と言って。）料理はテンポよく運ばれてきて、オードブルのつぎは海の幸の盛り合わせで、サラダ、トマトのビスクと続いたが、食事をはじめて一時間経ってもメインの料理に到達していなかった。私も、マイケルとふたりだけになる方法はまだ考えていなかった。アシュレイは、早くこの苦痛から逃れたいと思っているかのように何度もサイドボードの上の時計に目をやっていた。ここまでする必要はなかったのかもしれないが、私は、アシュレイがどのフォークとナイフを使っていいのかわからずに不機嫌な表情を浮かべているのを見て楽しんでいた。マイケルが正式なディナーにとまどっている様子はなかった。彼も裕福な家で育ったからだ。

大丈夫だとは思ったものの、念のためにアシュレイが帰ったあとで銀のナイフとフォークの数を数えることにした。

ようやく、メインディッシュのシトラスサーモンが運ばれてきた。全員がフォークを手に取っておもむろに食べはじめようとすると、一瞬、テーブルが沈黙に包まれた。

つぎの瞬間、携帯電話の小さな着信音が沈黙を引き裂いた。アシュレイは、ばつの悪そうな顔をしてフォークを置いた。「すみません。マナーモードにするのを忘れていて」そう言いながら、ジーンズのうしろのポケットからスマートフォンを取り出した。ところが、画面を見て誰がかけてきたのかわかるなり、目を見開いて勢いよく立ち上がった。「ごめんなさい。ちょっと失礼します」アシュレイは、スマートフォンを耳に押しつけて廊下へ向かいながらマイケルに意味ありげな視線を送り、声は出さずに口だけ動かして〝ママよ〟と告げた。

リリーだと思うと、心臓がかすかにざわめいた。

アシュレイが出ていくと、マイケルとふたりきりになった。しばらくは廊下を歩いていくアシュレイの足音が聞こえていたが、そのうち足音も話し声も聞こえなくなった。

「どうしたの?」と、マイケルに訊いた。「彼女のお母さんがかけてきたの?」

「ぼくもよくわからないんですが」

私は、シフォンのドレスが肌に触れるのを感じて、震えていることに気がついた。アシュレイが戻ってくるまでどのぐらい時間があるだろう？

マイケルは、咳払いをしてぎこちない笑みを浮かべた。「ぼくが教鞭を執っている大学の話はまだしてなかったですよね？　有名な大学ではないんですが、学生はとても優秀で、知的好奇心が旺盛で……」彼は純粋な若者に知識を授ける喜びを朗々と語ったが、沈黙を埋めるためだというのは明らかだった。

「もういいわ、マイケル」

マイケルはようやく話をやめると、ナイフとフォークを手に思い詰めた様子で皿を見つめた。彼がアスパラガスを小さく切ろうとすると、ナイフが皿に当たって、カチッ、カチッ、カチッと音がした。

「マイケル」

マイケルは、目をそらすと鮭が逃げてしまうとでも思っているかのように皿を見つめ続けた。「豪華なディナーですね」四角く切った鮭を口に運びながら、堅苦しい口調で言った。「フルコースのディナーを食べるのは数年ぶりなんです。ポートランドには、正式なディナーを楽しむ人があまりいないんですよね」

私は、大きな声を出さなくても聞こえるように身を乗り出した。「じらさないで。私たちは惹かれ合ってるでしょ？　私の頭がおかしくなったわけじゃないと思うけど」

フォークを口に運ぶマイケルの手が途中で止まって、ピンク色の鮭が宙で揺れた。マイケルはアシュレイがダイニングルームの前まで戻ってきているかもしれないと思ったのか、ちらっとドアのほうへ目をやってからテーブルに視線を戻して、ついに私を見つめた。そして、身を乗り出した。「おかしくなんかないですよ、ヴァネッサ。でも……いろいろ複雑で」

「あなたが思っているほど複雑な話じゃないはずよ」

「あなたにはまだ話してなかったんですが、ぼくたちは婚約したんです」と、マイケルは悲しそうに言った。「いいかげんな気持ちでプロポーズしたわけではないし、彼女を裏切るわけにはいきません」

待っていた瞬間がようやく訪れた。「でも、彼女はあなたが思っているような人じゃないのよ」

マイケルの手が傾いて、鮭がフォークからするりと抜けた。鮭はテーブルの上に落ちて、マイケルの膝の上にピンク色の身が飛び散った。あわててナプキンで膝の汚れを拭くマイケルの顔に、とまどいと警戒と拒絶の表情がよぎった。「どういうことか、よくわからないんですが」

私は、この十二年間のおぞましい出来事をマイケルに話そうとしたが、廊下からアシュレイの足音が聞こえてきたのでやめた。「ふたりだけで話しましょう」と、あわててマイケルに耳打ちした。マイケルが放心状態で私を見つめていると、アシュレイがダイニングルームに姿をあらわした。彼女は頬を紅潮させて、指の関節が白くなるほど強くスマートフォンを握りしめていた。

マイケルがすかさず立ち上がった。「アッシュ？　どうしたんだ？」

アシュレイは、いま目を覚まして自分がここにいることに驚いているような顔をしてきょろきょろと部屋を見まわした。

「母が入院したらしくて。だから、帰らないと」

アシュレイは翌朝早くストーンヘイヴンをあとにした。私は、降ったばかりの雪にタイヤを取られながらドライブウェイを走っていくBMWを目で追った。これでおしまいなの？　こんなにあっけなく終わってしまうの？　そう思うと、なんだか……がっかりした。彼女がなにを企んでいるのか突き止めて、自分がそれを阻止できるかどうか知りたい気持ちもあったからだ。

それに、マイケルのことはどうすればいいのだろう？　アシュレイが家に帰ると告げると、ふたりは今後のことを話し合いたいからと、コーヒーもデザートもパスしてコテージに戻ったので、冷蔵庫で冷やしてあったデザートのクレーム・アングレーズは無駄になったし、あわただしかったので、私はふたりとも帰るのかどうか訊くのを忘れた。もしマイケルも一緒に帰るのなら、マイケルは彼女を選んだことになるのよ、と自分に言い聞かせた。でも、ここに残るのなら、私のために残るのだ。遠ざかるBMWを応接間から眺めていると、助手席には誰も座っていないのがわかった。彼女はひとりで帰るらしい。

私の勝ちだ。

車は松林のなかに入っていって、角を曲がったとたんに見えなくなった。

私は二階へ上がり、ベッドの枕の下から拳銃を取り出すと、また一階に戻って娯楽室へ行った。拳銃を暖炉の上の元の場所に戻すと、壁に掛けてある剣が照明の光を浴びてきらりと光った。拳銃にはもう用がなくなった。（彼女は出ていったのよ！　私が勝ったのよ！）

スマートフォンが鳴った。弟がまたメールを送ってきたのだ。

ぼくを子ども扱いするのはやめてくれ。ニーナなのか、そうじゃないのか？

私はまだ勝利の酔いから醒めていなかったし、彼女も出ていったので、大丈夫だと思ってベニーに話した。

あなたの言うとおり、彼女だったわ。でも、もうここにはいないの。あの女は疫病神よ、ベニー。いなくなってくれたのは、みんなにとってよかったのよ。

待ってくれ。話がよくわからないんだけど。彼女は出ていったのか？　なにか言ってなかったか？　そもそも、なぜストーンヘイヴンに来たんだ？　ぼくをさがしに来たのか？

さあ。彼女は自分が誰なのか明かさなかったわ。でも、出ていったから、もうどうでもいいの。二度と戻ってこないでしょうし。

彼女は出ていったんだな??　ボーイフレンドと一緒に？

ボーイフレンドは残していったの。彼はまだここにいるわ。

じゃあ、まだチャンスはあるわけだ。

誰にチャンスがあるの、ベニー??

ぼくにだ。彼女はポートランドに戻ったのか?

お願い、ベニー。彼女がどこへ行ったのかはわからないの。でも、昔のことはきっぱり忘れて前を向いて生きていったほうがおたがいのためよ。つまらないことにこだわるのはよくないわ。幼なじみのくだらない女の子に執着するのはよしなさい。わかった? 彼女はあなたに悪い影響しか与えないんだから。昔もいまも。愛してるわ。

そのあとすぐに電話が鳴って、画面にベニーの名前が表示された。でも、電話には出ずに、スノーブーツとパーカーを引っぱり出してきて、唇にうっすらとグロスを塗った。裏口から外に出ると、また雪が降っていた。外の冷気に触れると顔が痛かったが、頬が紅潮してピンク色になると潑剌としているように見えるので、気にしなかった。

私は、雪の上にくっきりと足跡を残して屋敷守りのコテージへ行った。目の前に広がる湖は灰色で、ひっそりとしていた。雁の姿も見えなかった。松の枝は雪の重みでたわんで、下を通ると、私に雪のシャワーを浴びせた。

マイケルは、私が来るのを待っていたのではないかと思うほどすばやくドアを開けた。

「あなたは残ったのね」

マイケルはまばたきをしながら私を見た。

私は手に息を吹きかけてこすり合わせた。「彼女の名前はニーナ・ロスよ。アシュレイ・スミスじゃないわ。私は、何年も前に彼女に会ったことがあるの。彼女は偽物で嘘つきで、あなたのお金を狙ってるんだわ。ここへ来たのも、私のお金が目的だったのよ。私の家族は、彼女と彼女の母親に破壊されたの。彼女を信用しちゃだめよ」

マイケルは私の肩越しに湖のほうへ視線を向けると、湖面に浮かぶなにかをさがしているかのように目を左右に動かした。そしてため息をもらし、私の肩に両手をのせて、ぎゅっとつかんだ。

「ちくしょう」マイケルは、頭上で枝をしならせている松の木に向かって毒づいてから、私にキスをした。

雪が激しさを増すにつれて風も強くなり、木々はうめき声をあげながら大きく揺れて、屋敷のなかにあるすべてのものがガタガタと音を立てた。マイケルは、まもなく婚約者のすべてを知ることになる。私が知っている彼女のすべてを。そのあとすぐに彼女に電話をかけて婚約の解消を申し入れ、タホ湖には戻ってくるなと言うはずだ。（私は、六部屋先で彼が電話に向かって怒鳴っているのを聞くことになるだろう。）そして、コテージの荷物をさっさと母屋へ運んでくるはずだ。

もうすぐ――ついに――私たちは結婚する。

27

二週目

私の夫！　私はこっそり夫を見るのが好きだ。湖畔のドックへ続く道の雪かきをしている夫が、筋肉を盛り上がらせてシャベルを雪に突き刺しているのを見るのが好きだ。窓辺に座って冬の光を浴びながら本を執筆している夫を見るのが好きだ。もつれた黒い髪を無造作に耳のうしろにかけて、水色の目でノートパソコンを覗き込んでいる夫を見るのが好きだ。彼はジェーン・オースティンの小説の登場人物のように、経験と世知にたけた顔をしている。（いや、ブロンテの小説だったかも。もう少し英文学を勉強しておけばよかった。）

とにかく、私は夫を見つめてばかりいる。

彼はすっかりストーンヘイヴンに馴染んで、昔からここに住んでいたかのように振る舞っている。汚れがつくのも気にせずに、靴をはいたままシルク地のカウチに寝そべったり、象嵌がほどこされたマホガニーのサイドテーブルの上に直接ビールを置いて、拭いても取れない白い輪染みがついても平気でいる。煙草はベランダで吸っているが、灰皿がないので、金色のLの文字が入ったお皿の上で揉み消している。

祖母のキャスリーンが見たら震えあがるかもしれないけれど、私はわくわくしている。彼はこの屋敷を現実に引き戻し、うまい具合に手なずけて、私にはできなかった方法で完全に支配しているのだから。

ストーンヘイヴンから逃れることはできないと思って数カ月過ごしてきたのに、結婚してわずか十一日で、ここから逃げ出したいという気持ちが消える。マイケルとは、暖かくてトロピカルな雰囲気の味わえるところへ新婚旅行に行く話もした。（新婚旅行に行くのなら、ボラボラ島がいい！　あるいは、エルーセラ島とか。最近はみんなどこへ行くのだろう？　トレンドにはすっかり疎(うと)くなってしまった。）けれども、しんしんと雪が降るストーンヘイヴンで読書室の暖炉の前に座ってふたりでマティーニを飲んでいると、最高にくつろいだ気分になって、新婚旅行へ行く意味を見失う。長いあいだ世界中を飛びまわっていたのは、自分でもわからないなにかをさがしていたからだと思うが、やっと見つけたような気がする。静かに時を過ごすやすらぎを。

つねに頭のなかを駆けめぐっていた雑音は消え、それが原因で興奮したり落ち込んだりすることもなくなった。いまは、しっかりと地に足をつけて生きている実感がある。(偽物のアシュレイは、きっとほめてくれるわ!)

インスタグラムはきっぱりやめた。結婚して以来、写真は一枚もアップしていない。マイケルがいやがるからだ。彼は私のスマートフォンを隠してしまった。でも、いい! 見も知らない五十万人に認めてもらう必要などないとわかったからだ。となりに座っている彼さえ認めてくれれば、それでいい。あの四角い箱のなかに自分を閉じ込めたくなる衝動や、舞台に立って観客の審判を仰ぐためにうわべを取りつくろう徒労から解放されてせいせいしているというのが、いまの正直な気持ちだ。

わかった? あなたたちはもう私を苦しめることができないのよ。あなたたちがなんと思おうと、ぜんぜん気にならないんだから。

「アイルランドへ行こう」と、マイケルが言う。「向こうにいるおばたちにきみを紹介したいんだ。城を訪ねてもいいし」私はマイケルにねだって、かつてはオブライアン家の屋敷だったという、ストーンヘイヴンよりはるかに威厳のある、要塞のようなそのお城の話をしてもらう。マイケルはつつましい城だと謙遜する。「アイルランドには城がいっぱいあって、たいていの家は、かつて城を持ってたんだ」と。それでも私は、彼には城主の風格がそなわっているような気がしてならない。だから、ストーンヘイヴンで暮らしてもまったく気後れを感じていないのだ。

私たちにはほかにも共通点がある。私と同様に、彼も早くに両親を亡くしている。アストンマーティンで暗い田舎道を走っていたときに、とつぜん羊の群れが飛び出してきたのだと、ある晩、彼は泣きながら私の耳元で打ち明けた。きょうだいとも、アルコール依存症やささいな喧嘩が原因で疎遠になっている。眠っているあいだはなにも考えずにすむものの、毎朝、目が覚めたとたんにパニックにおちいるのがどれほどつらいか、彼もよくわかっている。自分がとつぜんこの世から消えても、愛してくれていた人はもうみんないなくなったので誰も気づいてさえくれないかもしれないと思うのは、なによりもつらい。

でも、もうそんな思いはせずにすむ。

それに、もうひとつ共通点がある。彼の家族も、相続人の多さや屋敷の維持費が原因で少しずつ財産を減らして、何年も前に破産状態におちいっているのだ。

ただし、彼はまだそれも共通点だと気づいていない。

私たちのあらたな生活パターンはこうだ。私は毎日遅くまで寝ていて、十時ごろにマイケルがコーヒーを持って起こしにきてくれる。それでようやく目を覚まして、愛を交わす。ときには二回続けて。そのあと、マイケルは本の執筆をして、私は絵を描く。そんなふうに、しばらく静かで満ち足りた時間を過ごす。十二月ともなると早く日が暮れるので、午後の半ばごろにはスノーブーツをはいて湖畔を散歩する。ボートハウスを通りすぎて雪に覆われた桟橋を歩き、先端にあるベンチに座って静かな湖を眺める。紅茶を入れた魔法瓶を持っていって、太陽が山の向こうに沈むまで、なにも言わずに（話すことがなにもないわけじゃないんだけれど！）仲よく座っていることもある。

それから屋敷に戻り、また執筆をしたり絵を描いたりする。私は、キッチンにあった古いフランス料理の本のなかから好みのレシピを選んで夕食をつくる。舌平目のムニエルや牛肉のワイン煮込みやリヨン風サラダを。最近、ジーンズがきつくなってきている。ニューヨークにいたときなら、すぐにジムに行ってへとへとになるまで自転車をこいでいたはずだけど、ここではそんな気にならない。サンローランの革のパンツがはけなくなってもかまわない。あんなパンツをはいて行くところなんてないのだから。

夕食のあとは暖炉の前でカクテルを飲んで、またセックスをして、またカクテルを飲んで、たまには、ベッドに寝そべったまま私のノートパソコンで古い映画を観ることもある。セックスとアルコールに浸っていると、時間はあっというまに過ぎていくが、すべてが新鮮で、すばらしく濃厚だ。

私のスケッチブックは、服のデザイン画で少しずつ埋まっていく。私が描くのは、波立つ湖面のようにゆるやかにうねるプリーツを入れたトップスや、大きく開いた肩にワタリガラスの羽根のようなフリルをあしらった薄いリネンのドレスや、松葉ぐらいの太さの糸でステッチをほどこしたジャケットなどのデザイン画だ。最初は線に迷いやためらいがあったが、しだいに思いきりがよくなって、いまでは、シルエットを数本の太い線で描いてからパステルで陰影をつけるようにしている。絵を描くのがこんなに楽しいのをすっかり忘れてしまっていて、高校の美術の授業で描いて以来、今月になるまでスケッチすらしたことがなかった。高校生のころは絵が上手で、美術の特別授業を受けないかと誘われたこともあったが、両親は本格的に絵の勉強をしろとは言わなかった。リーブリング家の人間にふさわしいのは美術品の蒐集で、自ら絵を描く必要はないと思っていたのだろう。私も、自分の才能が画家になれるほどのものではないことに気づいていた。ベニーには描かずにいられない強い衝動があったが、私には、画家になるために不可欠な、その衝動が欠けていた。あのまま絵を描き続けていても、友人が義理で買ってくれるようなまずまずの風景画を描くアマチュア画家にはなれたかもしれないが、美術館に展示されるような作品を描く本格的な画家にはなれなかったはずだ。だから、もう絵を描く気はなかった。

ところが、そんな私の前にマイケルがあらわれた。ぼくには、きみにアーティストの魂が宿っているのがわかるんだ。きみ自身は、それを生かす方法に気づいてないかもしれないけど。マイケルは、アシュレイがストーンヘイヴンを去ってまもないある日の朝にベッドのなかでそう言った。言われたときは笑い飛ばしたものの、彼のその言葉は頭の片隅に引っかかっていた。それで、その日の午後に（毎日が日曜日のようで暇だったし、時間つぶしにちょうどいいスマートフォンもないとなると退屈でしょうがなかったので）、やってみようと思ったのだ。ストーンヘイヴンに来てすでに半年以上経つが、その間、私はなにもせずにストーンヘイヴンにこもって、お金がないからけっして実現しない改装プランを立てたり、減る一方の資産目録をぼんやりと眺めたりしていた。もうSNSには興味がなかった。

さっそく書斎から埃をかぶったペンとインクをさがし出し、雪に覆われた芝生の庭と湖が見えるサンルームに陣取った。ところが、ペンを手に取って紙の上に描いたのは、風景画ではなくドレスだった。バストラインが非対称な白いロングドレスのデザイン画で、スカートには降り積もったばかりの雪の表面に似たゆるやかな起伏のあるドレープをつけて、ふんわりとなびくようにした。

完成した絵を眺めていると、マイケルがそばに来てうなじに息を吹きかけた。「よく描けている」彼は、絵を覗き込んでほめてくれた。「服のデザインをしたことがあるのか?」

「服は着るだけで、デザインはしないわ」

マイケルは、私が描いたドレスの胸の真ん中を人差し指で押さえた。「いま、してるじゃないか」

私は声をあげて笑った。「やめて。私はファッションデザイナーじゃないんだから」

「どうして? きみにはデザイナーになる土台がある。センスはいいし、資金もあるし、もちろん、才能もある。いままで誰もそう言わなかったのか?」

私はマイケルの目を通してデザイン画を見ようとした。もしかして、ほんとうに才能があるのだろうか? 眠っていた才能があったのに、誰も気づいてくれなかっただけなのだろうか?

頭のなかで、例の声がよみがえった。しっかりしてくださいよ。それに、人がほめてくれるのを期待するのはやめないと。

最近は、誰も時間をかけて人と向き合おうとしない。みんな、ちらっとうわべだけを見てどういう人物か判断し、レッテルを貼ってほかの華やかなものに目を移してしまう。じっくり観察して、見えていないものはないかと考える人は——マイケルのような人は！——めったにいない。

私は、いままさに蛹から蝶になろうとしているのかもしれない！　まったくの別人に生まれ変わろうとしているのかも。いっそのこと、名前もオブライアンに変えてリーブリング家とは完全に決別したほうがいいような気がする。

あと一歩のところまで来たのだから、最後までやり遂げたい。

28

三週目

マイケルは深刻な顔をして私を起こしに来て、「二、三日、ポートランドへ帰ろうと思うんだ」と言いながらコーヒーを差し出す。

私は、体を起こしてマホガニーのヘッドボードにもたれかかる。ベッドはセックスと埃のにおいがする。緋色のベルベットの天蓋にクモやハエの死骸がへばりついているのだろう。家政婦に言わなければいけないことが、またひとつ増えた。彼女が週に一度の掃除をさぼっているのは間違いない。ストーンヘイヴンは元の姿に戻ろうとしているのではないかと思うことがたまにある。ハロウィンのテーマパークにあるような、呪われた屋敷に戻ろうとしているのではないかと。

コーヒーをひと口飲みながら、理解に苦しんでいるような表情を浮かべる。けれども、いずれこうなるのはわかっていた。魔法が解けて現実が姿をあらわすときが来るのは。マイケルは休暇を過ごしにタホ湖へ来たのだ。恋に落ちて結婚して、永遠にここで暮らすつもりなどなかったはずで、それなら帰るのが当然だ。

「荷物を取りに帰るの？」

マイケルは、うなずいてベッドに上がる。彼がカバーの上から私のとなりに体を横たえると、カバーが拘束服のように私の脚を押さえつける。「ああ。それに、サバティカルが終わっても、もう大学には戻らないと事務局に伝えておかないといけないし」

私は笑みを浮かべる。コーヒーは柑橘類とチョコレートの味がして、舌の奥を心地よく刺激する。「そんな。勝手に決めちゃったのね」

「だって、きみはぼくと一緒にポートランドで暮らすよりここのほうがいいんだろ？　このほうが広々としているし、人目を気にせずに好きなことができるし……」マイケルは私の首に鼻をすり寄せて、起きたての息のにおいも気にせずに唇にキスをする。私が笑うと、キスをやめて体を離す。「でも、それだけじゃないんだ。ちょっと話しづらいんだけど」

「なに？」

「彼女と……その、ぼくは……よくよく考えると、ほんとうにばかなことをしたと思うよ。世間知らずだと言われてもいい。けど、ぼくはすぐに人を信用してしまうんだ。だから、まったく……いや、ぼくだってよくわからないんだけど……」マイケルは、途方に暮れたような顔をしてベッドカバーのしわをつまんでいる。「つまり、こういうことなんだ。ぼくは、彼女にすすめられて銀行に共同口座をつくった。今年の夏に、ここへ来る前に。だから、共通のクレジットカードを持っているわけだろ？　それに、共同口座はたがいの個人口座とリンクしている。で、彼女はすべて使いきってしまったんだ。クレジットカードで目いっぱい買い物をして、現金はすべて下ろして。だから、それをなんとかしないといけなくて」

あの女め。先月、彼女が雪のなかを車で去っていったときは、うまく追い払うことができて——最悪の事態を回避できて——よかったと思ったのに、もう手遅れだ。「そんな。ああ、ハニー。それで、いくら盗られたの？」

「かなりの額だ」マイケルがかぶりを振る。「彼女を見るきみの目は正しかったよ。ぼくはいまだに信じられないんだけど。どうしてこんなに愚かだったんだろう？」

「私だって愚かだったわ」私はマイケルの手を握る。「私も最初は彼女を信用してたんだから。彼女の目的がなんだったのかはわからないけど、とにかく、私はうまく逃れることができてよかったわ」

マイケルは肩をすくめて私の手を握り返す。「心配しなくても大丈夫だ。ポートランドに戻って銀行の担当者と話をするよ。場合によっては、弁護士にも相談するつもりだ。もっと早くに対処しておくべきだったんだ。きみからはじめて彼女のことを聞いたときに……彼女が、ほんとうは……」声が詰まって、マイケルは最後まで言えない。「それはそれとして、きみにこんなことを頼むのはいやなんだけど……」

私は、彼がなにを言いたいのか、すぐにわかる。「お金がいるのよね」

「ポートランドへ行ってここに戻ってくるだけの金があれば充分だ」マイケルはお金を借りるのがそんなに恥ずかしいのか、少年のように首を縮める。「かならず返すから」

私は、テーブルの端の小さな銀の皿の横にコーヒーカップを置く。皿の上では婚約指輪がきらきら光っている。マイケルがどんなにばつの悪い思いをしていようと、指輪は私をうっとりさせる。「ばかなことを言わないで。あなたは私の夫なんだから、私のものはあなたのものよ」

涙が込み上げてきたのか、マイケルが目を閉じる。「こんなふうに結婚生活をはじめたくはなかったよ。これじゃ、対等な関係とは言えないだろ？　まだ話してなかったと思うけど、この際、ついでに言っておくよ。じつは、アイルランドに家族信託預金があるんだ。かつてほどの額ではないものの、ぼくの名義の金が数百万ドルはある。ただし、アメリカからは自由に引き出せないことになってるんだ。信託弁護士に会って書類にサインしないといけないんだよ。だから、きみと一緒に向こうへ行ったときにでも……来年の夏がいいかもな。とにかく、アイルランドがくそ寒くないときが。向こうで手続きをして、こっちに口座をつくるよ」マイケルはベッドカバーを引っぱって、ちょうど私のお腹のあたりのしわを伸ばす。「何年も前にやっておかなきゃいけなかったんだろうけど、金がそんなに大事だとは思ってなかったから。もともと金には興味がないんだ。ぼくは、本とペンとコーヒーさえあれば……」

「それに、私も」

マイケルが笑う。「もちろん、きみもだ。これからは」――私のほうに身を寄せて、熱いキスをする――「すべてきみのために使うよ」

「じゃあ、こうしましょう。これから電話をかけて、あなたも私のクレジットカードを使えるようにしてもらうわ。口座を使えるようにするには時間がかかると思うの。弁護士に頼んで書類をつくってもらわないといけないから」

「いやいや。そんなに急ぐ必要はないよ、ヴァネッサ」と、マイケルはあわてて言う。

「ううん、急いだほうがいいわ」

「ぼくが戻ってきてからでもいいじゃないか。まずは過去を清算して、それから今後のことを考えよう」

私は婚約指輪を手に取って指にはめ、ゆっくりとまわす。マイケルも、私と一緒に黙って指輪を見つめる。が、彼はついに私の手を握って指輪を隠してしまう。

「なにか言いたいことがあるんじゃないのか？　なんでも言っていいんだよ」

「向こうで彼女に会うつもりなの？」

「誰に？」

「アシュレイに。ニーナに」

あんなに怒ったマイケルの顔を見るのははじめてだった。「冗談だろ？　どうしてわざわざ会わなきゃいけないんだ？」彼は私の手を痛いほど強く握って、すぐに離す。「結局、アシュレイなどという名前の女は存在しなかったんだよ。ぼくたちの関係は幻だったんだ。あの女は嘘つきで、おまけに詐欺師で、金輪際、関わり合いたくない。名前を口にするのもいやだ。どっちの名前も」マイケルのこめかみに紫色の細い血管が浮き出て、激しく波打っている。「それに、共通の友人から聞いたんだが、あの女は数週間前にポートランドから姿を消したらしい。ぼくの金を持って逃げたんだよ。とうの昔に」

私は無言でうなずく。外では松の木がかさこそと音を立てて揺れている。この一週間はけっこう暖かかったので、初雪もすでにほとんど解けて、残っているのは、松の葉先から垂れ落ちる氷柱とドライブウェイの脇のシャーベット状の雪だけだ。けれども、一週間先のクリスマスのころにはまた寒波が押し寄せるらしい。

「つまらないことなんだけど、もうひとつあるんだ」私と視線を合わせるのは気まずいのか、マイケルが目を閉じる。「あの女は車でここを出ていっただろ？　だから……」

マイケルは、翌日の午後にBMWのSUVに乗って出かける。リノのディーラーでシルバーの新車を買ったのだ。以前は車一台ぐらいなんとも思わなかったのに――ちょっとしたアクセサリーを買うようなものだと思っていたのに！――いまの私にとってはかなりの贅沢だ。これからは身の丈に合った生活をしないと、と自分に言い聞かせながらひとりで峠を越えてストーンヘイヴンに戻る。マイケルは平気なはずだ。〝本とペンとコーヒーがあって、私がいればそれでいい〟と言ったのだから。

ストーンヘイヴンに戻っても、マイケルがいないと屋敷の静けさが重くのしかかってくる。私は誰もいない部屋を歩きまわって、マイケルが残していったものをひとつひとつ手に取る。彼のセーターを顔に押しつけて合成大麻と煙草のにおいを嗅ぎ、ベッドの脇の壁に挿し込んだままになっているスマートフォンの充電ケーブルを抜く。そして、縁に彼の唇の跡がついたプラスチックのカップを、恋に恋する女子高生のように自分の唇に当てる。

それから、屋敷のなかでもっとも居心地のいい読書室へ行って、倒れ込むようにカウチに座る。マイケルがいなくなると（ニーナに会いに行ったのだろうか？　彼は会わないと言っていたが、心配で）、またささやき声が聞こえてくる。私を不安にさせるささやき声が。スケッチブックを取り出して、ドレスのデザイン画を描いたページをぱらぱらとめくるが、あらためて見ると、どれも独創性に乏しいありきたりのデザインで、立体感もない。ほんとうにうまく描けているのだろうか？　マイケルは、私を傷つけたくなくてほめただけなのでは？

スケッチブックを置いて、マイケルに取り上げられたスマートフォンをさがしに行く。スマートフォンは、応接間にあるサイドボードの引き出しに入っていた。我慢できなくなって、結婚以来はじめてインスタグラムのアプリをクリックする。私の暮らしは大きく変わったのに、世の中はこれまでどおりまわり続けている。マーヤとトリーニーとサスキアとエヴァンジェリンはドバイへ飛び、ズハイル・ムラドのドレスを着てラクダの背中でポーズを取っている。サスキアは、超高層ビルのブルジュ・ハリファをバックにして撮ったヒョウ柄のビキニ姿の写真をアップしている。その写真には十二万二千八百七十五個の〝いいね！〟と数えきれないほどのコメントが寄せられている。〝きれーーーい、最高、ナイス・バディ、ああ、なんてセクシーなんだ。フォロー返ししてくれないか？〟

自分のインスタグラムのフィードに飛ぶと、またフォロワーが減って、この三年ではじめて三十万人を割ったことがわかる。熱心な古いフォロワーは、私のことを心配してくれている。〝ねえ、ヴァネッサ、どこにいるの？　SNS断ちをしてるわけ？　服の写真をアップして～～～〟――このままでは、そのうち忘れられてしまいそうだ。
それでもいいの？　かつての仲間への嫉妬心が燃え上がるのを、あるいは、大事なものをなくした後悔の念が湧いてくるのを待つが、なにも感じない。それどころか、優越感が込み上げてくる。やっと、写真を撮るのをやめて心静かに暮らせるようになったからだ。
（ああ、これも彼女が言ったことだ！　たとえそのとおりでも、もう思い出したくない。）
スマートフォンは、しぶしぶ引き出しに戻す。が、すぐに手に取ってベニーに電話をかける。

　呼び出し音が何度鳴ってもベニーは出ない。またスマートフォンを取り上げられたのだろうかと思っていると、ようやく出てくれる。ベニーの声はくぐもっていて、呂律のまわりも悪い。薬が増えたのだろうか？　「ベニー？　ニュースがあるの」

　彼はここ何週間も私を無視していて、メールを送っても返事がこなかった。まだ怒っているのだろう。彼の最愛の恋人を（最愛だなんて、聞いて呆れるけれど）私が追い出したと思っているからだ。

「ニーナのことか？」

「違うわ。ベニー、お願いだから彼女のことは忘れて」

口を尖らせているベニーの顔が目に浮かぶ。「じゃあ、なんの話？　ようやく理性を取り戻してストーンヘイヴンを離れることにしたのか？　もしかして、そのいまわしい屋敷を燃やすのか？」

「そうじゃないわ。結婚したの」

「結婚か」そのあと、長い沈黙が流れる。「誰と？　ヴィクターか？　縒りを戻したとは知らなかったよ。よかったな」

「違うの。彼じゃないの。私が結婚したのはマイケルよ」

さらに長い沈黙が続いたあとで、ようやくベニーが口を開く。「なるほど。で、そのマイケルというのは誰なんだ？」

「小説家かな。うちのコテージを借りてた人よ」教えても、ベニーはなにも言わない。「アイルランドの名家の出身らしいんだけど。このあいだ話したわよね」まだ黙り込んでいる。「わかったわ、ベニー。アシュレイと――ニーナと――ストーンヘイヴンへ来た人よ。彼女は出ていったけど、彼は残ったの。そのあと、私たちは……つまり、恋に落ちたってわけ。おかしな話だと思うかもしれないけど、私はとっても幸せなの。ほんとうよ、ベニー。こんなに幸せな気分になるのは、ずいぶん長いあいだなかったわ。だから、あなたに知らせたくて」

沈黙があまりに長く続くので、こっちがしゃべっているあいだにベニーが寝てしまったのではないかと心配になる。

「ベニー」私の心に穴があき、沈黙が長引くにつれてじわじわと広がっていく。

「聞こえてるよ」

彼の考えていることはわかる。弟なのだから。声には出さない彼の疑念のささやきは、私が目をそむけ続けてきた不安を呼び覚ます。「ベニー……？」

スマートフォンから奇妙な音が聞こえてくる。咳き込んでいるのか、いや、笑っているのかもしれない。「素性も知らない相手と結婚したのか？」

「知ってるわ。それに、自分の気持ちはよくわかってるし」

「姉貴はばかだよ」と、ベニーはおもむろに言う。

たぶん病気のせいだと自分に言い聞かせる。ベニーがあんなことを言うのは、彼の人生を狂わせて悲観と妄想と郷愁の淵に突き落とした病気のせいだと。けれども、彼の言葉は毒のように沁み入って私の幸せを破壊しようとする。素性も知らない相手と結婚したのか？

そうなのだろうか？　マイケルが話してくれたこと以外に、私はなにか知っているだろうか？　もちろん知らない。彼の家族に会ったこともないし、彼の友人と話をしたこともない（あの女のほかには！）。でも、おたがいに理解し合っているからこそ感じるやすらぎを否定することはできないし、リーブリングという名前に手の込んだ上塗りをほどこした姿ではなく、多くの人が抱いているイメージでもなく、ほんとうの私を知っているのは彼だけだ。大事なのは、マイケルの素性より私の思いの確かさだ。

そうはいっても……。ベニーに腹を立てていきなり電話を切ったつぎの日に、私は無意識のうちにノートパソコンの前に座って、結婚したばかりの夫のことをこっそり調べようとする。検索サイトに〝マイケル・オブライアン〟と打ち込んで……なにもわからない。というか、ヒット数が多すぎるのだ。マイケル・オブライアンという人物は何千人、いや、何万人もいる。歯科医もいれば、ミュージシャン、スピリチュアルヒーラー、フィナンシャル・アドバイザー、それに、ピエロ芸人もいる。〝教師、作家、ポートランド、アイルランド〟というキーワードを加えると、ＬｉｎｋｅｄＩｎのページが見つかる。そこには、彼がこれまでに教鞭を執った大学名のほかに、メインウェブサイトへのリンクと自作の詩が数篇、白黒の顔写真、そして、コネクトボタンが表示されている。彼と会う前にグーグルで大ざっぱに検索して知っていたことばかりで、あらたな発見はない。

〝オブライアン〟と〝アイルランド〟と〝城〟をキーワードに検索すると、貴族のオブライアン家が所有していた城があるのがわかって、ほっとする。ただし、該当する城は十一あって、彼の一族がどの城を所有していたのかはわからない。

でも、それだけだ。たとえネット上にほかになにかあったとしても、ほかにも大勢いるマイケルやオブライアンの情報のなかに埋もれているのだろう。彼のフェイスブックやインスタグラムやツイッターは見つからない。けれども、それは調べる前から察しがついていた。写真をアップするのをいやがっていたからだ。なるほど。やっとわかった！（少なくとも、少しはわかった。）プライバシーにこだわるからといって、怪しいということにはならない。かつてはみんなプライバシーを大切にしていたのだから。

私は、自分が穢れて薄汚くなったような思いを抱きながら、カーソルが点滅している検索ボックスを見つめる。そしてそこに、薄っぺらくて危ういなにかを——油断していると簡単に壊れてしまいそうななにかを——感じる。だから、玄関で物音がして私を呼ぶマイケルの声が聞こえたときは、安堵に似た思いが込み上げてくる。彼は、予定より一日早く帰ってきたのだ。崖の縁から救われた私は、ノートパソコンの電源を切って駆けていく。

目の前に夫がいる。玄関に駐めた真新しい彼の車にはダンボール箱がぎゅうぎゅうに詰め込んであって、両手を広げて私を抱きしめる彼には、排気ガスと道中で口にした食べ物のにおいが染みついている。

「オレゴンはどうだった？」

「たいへんだったよ」マイケルの声は沈んでいる。「すべて片をつけるには、思っていたより時間がかかりそうだ。ぼくの信用は地に落ちてしまってるんだ。彼女がぼくの金をぜんぶ使っていて。どうすればいいのか、見当もつかないよ」

「やり直せばいいのよ。私と一緒に。大丈夫。ふたりで暮らしていくだけのお金はあるから」とりあえず当分のあいだは、と心のなかで思うが、口には出さない。

マイケルのゆったりとしたリズミカルな呼吸と規則正しい鼓動が聞こえる。「情けないよ。きみを巻き込んでしまって、ほんとうにすまない」

「あなたが悪いんじゃないわ」私は、マイケルが着ているやわらかいフランネルのシャツに向かって言う。「悪いのは彼女よ。あのひどい女よ」

「きみはぼくを助けてくれたんだ。きみが彼女の正体を教えてくれなかったら、もっとひどいことになっていたかもしれない。あのまま彼女と結婚していたらどうなっていたと思う？」マイケルが肩をすくめる。「きみはぼくの救世主だ。ここはまるで天国だよ。一刻も早くきみのもとへ帰りたかったんだ」

やっぱりそうだ。彼を疑う理由など、どこにもない。

29

四週目

日を追うごとに、マイケルがノートパソコンで執筆をしている時間が増える。これまでは読書室のカウチで私のとなりに座るのがお気に入りだったのに、最近は父の書斎の机で執筆している。「ちゃんとした椅子に座ったほうが、腰に負担がかからなくていいんだ」と彼は言う。（なるほど！　彼の言うとおりだ。）書斎に小型のヒーターを持ち込んで、暖かい空気が逃げないようにドアも閉めている。書斎の前を通ると、キーボードを叩くカタカタという音と、書いた文章を読み上げている声が聞こえる。夕食のときもぼうっとしていて、まるで、暖房の効きすぎた書斎に魂を置いてきたような気がする。私がそう言うと、マイケルはびっくりしたような顔をする。

「ごめんよ、ハニー。執筆が波に乗っているときはいつもこんなふうになるってことを話しておくべきだった」そう言いながら、テーブル越しに腕を伸ばして私の手を握る。「でも、これはいい徴候なんだ。きみのおかげだ。きみがぼくにひらめきを与えてくれてるんだよ。ぼくにとって、きみは女神（ミューズ）だ」

女神（ミューズ）だなんて、やっと夢が叶ったのだ！

ある晩、私がふらりと書斎に行くと、マイケルは明かりもつけずに机に向かっている。ノートパソコンの画面を覗き込みながら無我夢中で文字を打ち込んでいて、私が部屋に入っていっても気づかない。靴をはいていなかったからかもしれないが、机の角をまわろうとすると、一メートルと離れていないところに立っている私にようやく気づく。マイケルはびっくりして顔を上げ、画面の青い光を浴びた顔に驚きの表情を浮かべながら、すばやくノートパソコンを閉じる。

そして、机にめり込ませようとでもしているかのように、ノートパソコンの上に手を置く。

「覗き見するのはやめてくれ。頼む」

私はマイケルの膝の上に座って、ふざけてパソコンの蓋を開けようとする。「いいじゃない。一章だけでもだめ？　一ページは？　一パラグラフだけならいい？」

マイケルが体の重心を移すと、私は彼の膝の上から滑り落ちるが、体を起こして横に立つ。彼の顔は陰になっているが、怒っているのは明らかだ。「ぼくは本気で言ってるんだよ、ヴァネッサ。執筆中の作品を人に読まれると、感想が気になって書けなくなるんだ。他人の感想や批評にわずらわされることなく、静かな環境で執筆したいんだ」

「私の感想も聞きたくないの？」ついつい、口を尖らせてしまう。

「ああ、とくにきみの感想は」

「でも、私はあなたの作品を気に入ると思うの。あなたの詩は大好きなんだから」

「ほら。だからなんだ。きみは、内容に関係なくぼくの作品をほめるはずだ。そうなると、ぼくはきみの意見を信用していいのかどうか迷ってしまって、作品に自信が持てなくなる。その結果、作品はますますひどくなるんだよ」

「オーケー、オーケー。わかったわ。じゃあ、邪魔はしないから」私はそう言ってドアへ向かおうとするが、体の向きを変えて歩きだしたとたんにマイケルが手首をつかむ。

「ヴァネッサ」マイケルはなだめるような声で言う。「きみを責めてるわけじゃないんだ」

「でも、彼女はあなたの作品を読んだのよね。本人がそう言ってたわ」私は、自分の口調の険しさに驚く。

マイケルは、痛いほど強く私の手首を握る。こんなに苛立つのはおかしいのでは？　嫉妬してむくれていると思われているのでは？　取り消したいが、もう遅い。「なぜ、いつまでも彼女のことを気にするんだ？　彼女のことは忘れてくれ。それに、彼女もぼくがいま書いている部分は読んでないんだ。以前に書いたところは読まれてしまったんだが、あちこち書き直したから」

私は手を引っ込める。「いま言ったことは忘れて」

マイケルの声がやさしくなる。「存在しない相手に嫉妬したってしょうがないよ。とくに、彼女には。気にするだけ時間の無駄だ」

「気になんかしてないわ」と、嘘をつく。ほんとうは動揺している。マイケルが私を遠ざけたからだ。普通はそんなことをしないのでは？　愛しているのなら。それに、相手が自分のことを心配してくれているのなら。

マイケルもばかではないので、私が嘘をついていることに気づいている。私が怒っていることにも気づいている。まだ八時にもなっていないのに、大きな足音を立てて読書室からまっすぐ二階の寝室へ行けば、当然、気づくはずだ。私は彼が来るのを待つが、いくら待っても来ない。結婚して以来、べつべつにベッドに入るのは、これがはじめてだ。

私は、体を震わせながら冷たいシーツに体を横たえる。喧嘩をするのも、これがはじめてだ。私が悪いのだろうか？　自分の思いどおりにならなくて、いらいらしているのだろうか？　私たちは、もうこれで終わりになるのだろうか？　謝りに行って許しを請うべきだというのはわかっているが、私の性格が邪魔をする。天蓋の垂れ布に覆われたベッドに横たわっていると、起き上がる気力は湧いてこない。だから、ベルベットのカバーの下で体を丸めて、泣きながら眠りにつく。

目を覚ますと部屋は真っ暗で、蛍光塗料が塗ってある古い目覚まし時計のうっすらと光る文字盤を見て、もうすぐ夜中の十二時だとわかる。外は冬の嵐が吹き荒れている。泣いたせいで目が腫れて、おまけにヒリヒリしているが、私はベッドに横たわったまま松の木を揺らす風の音や氷の粒が窓を叩く音に耳をすます。屋敷の角をめがけて鞭を振り下ろすように吹きつける風の音は、暗闇のなかからかすかに聞こえてくる列車の汽笛の音に似ている。

一方、屋敷のなかからは、ゆっくりとした規則正しい息の音が聞こえてくる。寝返りを打ってマイケルのほうへ手を伸ばすが、彼はいない。そのときはじめて、影の存在に――部屋の反対側の暗闇から誰かが黙ってこっちを見ていることに――気づく。上半身を起こして、ベッドカバーを胸まで引き上げる。幽霊だ！

けれども、もちろん幽霊ではなくマイケルだ。彼は、両手でノートパソコンを持ってゆっくりとベッドのほうへ歩いてくる。

「びっくりするじゃないの」

マイケルは、ベッドの端に腰掛けてノートパソコンを開く。パソコンのスリープモードが解除されると、画面の薄青い光が部屋を照らす。「仲直りのプレゼントだ」そう言ってノートパソコンを差し出す。

私は恐る恐る受け取る。「気が変わったのね」

「いやな思いをさせて悪かったよ。アシュレイのことで、まいってたんだ。わかってほしい」

「ニーナよ」と、私が訂正する。

「ほらな。ぼくは彼女のことをどう呼べばいいのかすらわからないんだ」マイケルが鼻にしわを寄せる。「ふたたび人を信用できるようになるには時間がかかるんだよ。当然だろ？　でも、隠し事をしているとは思われたくない。ぼくたちはそんな関係じゃないから。きみは彼女と違うと、自分に言い聞かせることにするよ。だから……」マイケルが、パソコンの画面にファイルを開く。「読んでくれ。短い文章なんだけど……ぼくの言いたいことはわかるはずだ」

両手の手のひらの上にのせた彼のノートパソコンは、生き物のように温かい。「ありがとう」私はまた泣きそうになる。よかった。これで、なにもかも許せる。

マイケルはベッドの横に立って、彼の文章を読む私の顔を見つめる。

ぼくの最愛の人――愛しい愛しい人。ぼくが彼女を見つめると、猫のように愛らしい顔をした彼女が緑色の目をくるりとまわす。すると、ぼくの心のなかで言葉が（世界が）まわる。彼女は美しく、ぼくの恋人で、ぼくの救世主だ。彼女は、さまよい続けていたぼくに落ち着く場所を与えてくれた。人生はぼくと彼女を中心にまわりだす。ひとつの点を中心にふたりの人生がまわりだし、その内側にいようと外側にいようと、つねにふたりは一緒で、ほかにはなにもいらない。

そんな感じの文章が何パラグラフも続く。最初はがっかりした。これは、それほど……たいしたことがないのでは？ ベッドで聞かせてくれた古い名詩とはまったく違う。私が想像していたノーマン・メイラーの名作とも違う。けれども、そこでいつものように迷いが生じて、自信をなくす。これはちょっと変わった作品で、好みではないものの、私に人の作品を批評する資格などないはずだと思ってしまう。（ポストモダン文学も、プリンストンで単位を落とした授業のひとつだ。）マイケルは、パソコンの光に照らされた私の顔のささいな動きを見て反応を探ろうとしているようだ。つぎの瞬間、私はなによりも大事なことに気づく。彼の文章の稚拙さを帳消しにしてしまう大事なことに。

「これは私のことなの？」と、消え入るような声で訊く。

暗くて、マイケルの顔はよく見えないが、彼が私の頬に冷たい手を当てたのはわかる。

「もちろん、きみのことだよ。ぼくのミューズだと言っただろ？」

「感動したわ。ほんとうに」けれども、続けてつぎのページを読もうとすると、マイケルがそっとパソコンを奪って私をたしなめる。「続きは完成してからだ」

その夜、マイケルの作品の言葉が夢に出てきて、朝になって目が覚めても、まだ頭にこびりついている。〝ぼくの最愛の人――愛しい愛しい人。〟私はベッドから飛び出して――すっかり元気になって！――マイケルをさがしに行く。

ところが、彼の姿はなく、キッチンのコーヒーポットの横に書き置きを見つける。車で新聞を買いに行く。彼のノートパソコンは、アイランドカウンターの上でウィーンと小さなうなりをあげている。蓋に手を当てると、ハードドライブの振動が伝わってくる。だめよ。彼は私を信用してるんだから！

結局、誘惑に負けて蓋を開ける。ちょっとだけ見るために！　もし、あのファイルが開いたままになっていたら、一ページだけ読むことにする。ほかに私のことをどんなふうに書いているのか見るだけだ。それなら、彼を裏切ることにはならない。

ところが、画面にはロックがかかっている。キーボードの上に手を置いてパスワードを想像しようとするが、なんの手がかりもないことに気づく。たいていの人は自分の人生と関わりの深い人の名前や日付や数字をパスワードにしているが、私はなにも知らない。マイケルの母親の旧姓も、子どものころに飼っていたペットの名前も、彼が慕っていたお姉さんの誕生日も知らない。私はノートパソコンの前に突っ立ったまま、自分の夫はいまだに謎だらけだと気づいて愕然とする。

（やはり、勢いで結婚したのは間違いだったのだろうか？　よく考えずに、はずみで決めてしまったのがいけなかったのだろうか？　後悔の念に苛まれながら、その場に立ちつくす。）

それでも、数字や人の名前などなんの意味もないと自分に言い聞かせる。そんなことを知っていたところで、それが愛の証しだというまやかしの安心感が得られるだけだ。大好きな教師の名前や、母親の星座や初体験の年齢を知っていても別れるときは別れるのだから。私たちのアイデンティティーはさまざまな特性が積み重なって形成されているが、それをすべて知っていればどうなると言うのだ？　誰しもそれは大事なことだと思っているかのように振る舞っているが、アイデンティティーに人の気持ちは含まれていない。

マイケルと私はおたがいに相手のことをよく知らないかもしれないが、信頼はしている。そう、私は彼を信頼している！　それは間違いない！　当然だ。

だから、パソコンの蓋を閉める。たとえパスワードが解明できても、けっして覗き見なんかしないわ、と心に誓う。

（覗き見なんてする気がないから、パスワードは解明しないと誓ったほうがよかったかしら？）

30

五週目

十二月はあっというまに過ぎて、気がつくと、クリスマスが一週間後に迫っている。ある朝、目が覚めると、マイケルが応接間にツリーを飾ったのがわかる。ちょうどいい具合に枝が張った松の木に、祖母のキャスリーンが使っていた金色や銀色のオーナメントが吊るしてある。祖母は、車でドライブウェイを走ってくる客に見えるように、玄関ポーチに面した窓のそばにツリーを置いていたのだが、なぜかマイケルもそこに置いている。私はツリーを見たとたんに六歳の少女に戻って、祖母にお尻を叩かれるのではないかとびくびくする。

ツリーのそばに立って過去の幻影にとらわれていると、マイケルがうしろに来て首に両腕を巻きつける。「先週、屋敷のまわりを歩いていたときにこの木を見て、クリスマスツリーだと思ったんだ」と、マイケルが言う。「ぼくが斧使いの名人だとは知らなかったはずだ」

「うちに斧があったの？」

「もちろん。きみは一度も使ったことがないのか？」マイケルは、自分の妻が大事に育てられたお嬢さまだとようやく気づいたかのように、私の頬にキスをする。が、横目でツリーを見たとたんに笑みが消える。「だめだ。バランスが悪い」

「ううん、完璧よ。オーナメントはどこにあったの？」

「まだ見せてもらっていない二階の部屋のひとつのクローゼットにしまってあったんだ」

マイケルは私がとまどっていることに気づく。「かまわないだろ？　きみを驚かせたかったんだ。ふたりで過ごすはじめてのクリスマスだから、特別なものにしたかったんだよ」

素直に喜べない理由は自分でもよくわからない。マイケルが、私に内緒で部屋を覗きまわっていたからだろうか？　彼が、とつぜん私よりこの屋敷のことに詳しくなったからだろうか？　でも、なぜそれがいけないの？　住み慣れた家のように、くつろいで過ごしてほしいと思っていたのに。

「とってもきれいね。でも、クリスマスはユカイアでベニーと一緒に過ごす予定なの。もっと早く話しておけばよかったんだけど」

マイケルは、傾いたツリーをまっすぐ立て直そうとするかのように、自分の頭を傾ける。「施設でクリスマスを過ごすなんて、あまり楽しくなさそうだけど」そう言いながら手を伸ばしてオーナメントの位置を変えようとするが、うっかり落としてしまって割れて、金色のガラスの破片が床に散らばる。マイケルも私もドキッとする。

私は、しゃがみ込んでガラスの破片を拾う。「あなたの想像とは大違いの、すばらしいところよ。それに、あなたはまだベニーに会ってないし。彼はとってもいい弟なの。会えばわかるわ。ちょっと変わってるけど、いい弟なの」心のなかでなにかが激しくねじれたりよじれたりしているからか、顔が熱くなる。

マイケルは肩をつかんで私を止めると、私が拾ったガラスの破片をつまんで自分の手のひらに移す。「ケガをするといけないから、ぼくがやるよ」

磨き込まれた床にしゃがみ込んで、飛び散ったガラスの破片を手のひらの外側で掃くようにして集めるマイケルを見ていると、母を思い出して胸が痛む。マイセンの鳥が割れたときに、母も同じようにしていたからだ。「ベニーをここへ招んだらどうだ？」と、マイケルが提案する。

「招んでも来ないわ。彼はここを憎んでるから。話したでしょ？　それに、どうせ私が迎えに行かなきゃいけないし。彼は勝手にあそこを離れることができないのよ」

「そうなんだ」マイケルは、床にしゃがんだまま私を見上げる。「で、もしきみになにかあったら、ここは彼が相続することになるのか？」

おかしなことを訊くものだ！「ええ、もちろん。私が遺書を書き直してべつの誰かを指名しないかぎりは」

「なるほど。ただ――」マイケルが眉をひそめる。「弟のことできみが話してくれたのは、彼がこの屋敷を燃やしたがってたってことだけだったから。それに、彼はまともな判断ができないんだろ？」

「やめて。気が滅入るわ。いまその話をしなくてもいいでしょ？」

マイケルはうなずき、壁際まで這って行ってガラスの破片を拾うと、しばらくそこに座ってから私のそばへ戻ってくる。動揺しているのか、普段より荒い息をしている。私がなにかまずいことを言ったからだろうか？

「ベニーはたったひとりの家族なの」と、私はつぶやくように言う。「彼を抜きにしてクリスマスを過ごすことはできないわ」

「ぼくもきみの家族なんだけど」と、マイケルが悲しそうな声で言う。私の言葉に傷ついたらしい。うかつだった。結婚すると優先順位が変わることに思いが至らなかったのだ。配偶者がいちばん上に来て、親やきょうだいがそのつぎで、自分自身は最後になることに。

（子どもは何番目になるのだろう？　子どもはなるべく早くほしいと思っているものの、彼にはまだ話していない。彼も子どもをほしがっていると思うのは間違いなんだろうか？）

私はなんと答えていいのかわからずに、その場に突っ立って口をもごもごさせる。マイケルは機嫌を直して、尖ったガラスの破片を両手にのせたまま私を見る。顔を見て私の苦悩の度合いを探っているのだ。私も、マイケルの表情の変化を見て彼が決断を下したかどうか探る。どうやら、彼は自ら自分自身の優先順位を変えたようだ。表情をやわらげて、私のほうへ手を伸ばす。「ぼくはきみの喜ぶ顔が見たいんだ。ベニーのところへ行きたいのなら、行こう。この話はこれで終わりだ」

その話はもう終わったはずで、プレゼントも前もって私の車にぎっしり積み込んでいたのに、ユカイアへ向かう日の朝にマイケルが体調を崩し、ベッドに横たわったまま歯をガチガチ震わせて、熱っぽいし体の節々が痛いと訴える。「おかしいな。どこでインフルエンザをもらってきたんだろう？」私がベッドの上に毛布を重ねると、マイケルがひとりごとのように言う。「ここ数週間はほとんど外出してなかったのに」

私はあちこちさがしまわって、ようやく子ども部屋で体温計を見つける。（おそらく一九七〇年代に使っていた、古い水銀体温計だったのだが。）寝室に戻ってマイケルの熱を計ると、三十八度九分で、額に汗がにじんでいる。タイミングの悪さを責めるのは（しかも、疑うのは）悪いとわかっているものの、ユカイアで私を待っているベニーのことを思うと泣きたくなる。

熱のせいでまぶたを震わせながら毛布の下で体を丸めているマイケルを見て、「これじゃ行けないわね」とつぶやく。

マイケルは、水色の目を片方だけ開けて私を見つめる。「きみは行けばいい。行くべきだ」

「でも、熱があるのに、あなたを置いていくわけには」

マイケルは顎まで毛布を引き上げる。「ぼくは大丈夫だ。いまきみをいちばん必要としているのは、ぼくではなくベニーだ。お父さんが亡くなってからはじめて迎えるクリスマスなんだろ？　ベニーとふたりで過ごすべきだよ。ぼくたちは、ほかの休みを一緒に過ごせばいいんだから。きみとぼくは」

うれしくて、胸がいっぱいになる。マイケルはどうするのがいちばんいいのかよく考えて、はじめてふたりで迎えるクリスマスを諦めて弟と過ごせと言ってくれているのだ。なんて物わかりがいいのだろう！　タイミングの悪さは許すことにする。

るから」

「ゆっくりしてくればいい」と、マイケルは言う。「ぼくは、どこへも行かずにここにいるから」

「二、三日で戻ってくるから」と、マイケルに約束する。

オーソン・インスティテュートはクリスマスムードにあふれている——スタッフはクリスマスカラーのセーターを着て、施設の入口には『きよしこの夜』のメロディーが流れ、ドアには松の枝でつくったリースが飾ってある。(もちろん、毒性のあるポインセチアの葉やヒイラギの実は使われていない。)ツリーは各部屋に飾ってあって、外の芝生の上には七本枝の大きな燭台が立っている。訪ねてくる人のために、ハムや鴨肉や十六種類のパイなど、クリスマス料理も用意してある。

けれども、クリスマスイブに私が訪ねていくと、ベニーは施設の華やかな雰囲気から完全に取り残されている。このあいだ電話で話をしたあとで、また躁状態におちいったらしく、薬の量が増えたうえにスマートフォンも取り上げられていた。ぼんやりしているのは薬のせいだ。ベニーは乱れた赤い巻き毛の上にサンタの帽子をかぶって談話室のカウチに座り、クリスマスの特別番組として放映されている『スポンジ・ボブ』を観ている。

ベニーの担当医が——銀髪の上にやぼったい縁なし帽をかぶった、痩せた女性の医者が——私を部屋の隅へ引っぱっていく。

「なにか、きっかけがあったようなんです。もしかすると、クリスマスのせいかもしれません」と、医者が言う。「ここから逃げ出そうとしたんですよ。看護師の車のキーを盗んでゲートを出ようとしているところを取り押さえたんです。弟さんは、オレゴンへ行くんだと喚いていて」医者が眉をひそめる。「それまでは、とても調子がよかったんです。社会復帰について、あなたと話し合おうと思っていたぐらいで」

オレゴン。あのいまいましいニーナ・ロスのところへ行くつもりだったのだ。あの女は、なぜしつこく私たちにつきまとうのだろう？　なぜいつまでも私たちを苦しめるのだろう？　私は、自分のなかに潜り込んでしまおうとしているかのようにカウチのクッションに身を沈めているベニーのそばへ行く。ベニーは、寝そべるような姿勢のままストロベリー味のヨーグルトを食べているので、セーターにこぼれている。彼はちらっとそれを見るなり、いちばん大きなヨーグルトのかたまりを指ですくって舐めて、テレビの画面に視線を戻す。

私はベニーのとなりに座って、彼の足元にプレゼントを積み上げる。

「オレゴンへ行こうとしたの？　もう忘れたほうがいいわ、ベニー」

ベニーは返事をせず、スプーンでテレビを指し示す。「この番組はすごく面白いんだ」

彼は呂律が怪しくて、番組を楽しんでいるようには思えない。

「話をそらさないで。彼女は危険なのよ、ベニー」

そのひとことで現実に引き戻されたのか、ベニーは体を起こして靄を払おうとするかのように頭を振る。私はそれを見て、薬を飲んでも躁状態が完全に消えたわけではないことに気づく。「彼女はぼくが愛した唯一の女性なんだ。ぼくを愛してくれたのも彼女だけなんだ」

「私もあなたを愛してるわ」それも、こんなに。ベニーにはそれが伝わらないのだろうか？

彼は挑むように私を見る。「ぼくがなにを言いたいのか。姉貴もわかってるはずだよな」

「やめて。あなたはまだ十六歳の子どもだったんだから。それに、いまだに彼女が何者か知らないはずよ。彼女の母親は――」

「彼女の母親は親父と関係を持っていて、金を強請り取ろうとしたんだ」

私は、びっくりしてベニーを見つめる。「知ってたの？」

「もちろん知ってたさ。ぼくは、手紙が届いたときに家にいたんだ。親父にも口止めされたし、姉貴に話してもしょうがないと思ったんだよ。それに、姉貴が怒り狂うのはわかってたから、将来を約束されたエリートコースに乗りそこねて恨みを抱き続けて生きることになるんじゃないかと心配で」ベニーは何度かまばたきをしてから、またヨーグルトを口に運ぶ。「でも、ニーナと母親は別人だ。よく考えろよ。ニーナが姉貴になにかしたか？　彼女は、誰も相手にしてくれないぼくの友だちになってくれたんだ。なのに、親父とお袋はぼくたちを引き離した」

「あなたこそ、よく考えて。彼女はあなたを麻薬漬けにして、あなたはそのせいでなにもかもうまくいかなくなって、ついには……こういうことになったんじゃないの」

ベニーがあくびをする。「ばかばかしい。ニーナは、ぼくがすすめるまでマリファナを吸ったこともなかったんだ」

私は、言いかけた言葉を途中で呑み込む。ほんとうにそうなのだろうか？　母の勘違いだったのだろうか？　「待って。あなたが彼女にすすめたの？　ママは――」

ベニーがうなるような声を出す。「お袋は、まともな判断ができないほど具合が悪くなってたんだよ。とにかく、ニーナを恨む理由はなにもない。彼女の母親がとんだくせ者だったのは確かだ。でも、ニーナはなにもしてないんだ。ぼくは、お袋が死んだのと同じ理由でここにいる。ぼくとお袋は遺伝子に同じ変異があって、それが脳のなかの化学物質のバランスを乱してしまったんだ。誰のせいでもない」

ほんとうにそうなのだろうか？　ニーナ・ロスを憎むほかの理由を考えようとするが、思いつかない。これまで歩いてきた道がとつぜん消えて、これからどこへ向かえばいいのかわからなくなったような気がする。当時のニーナはどんな少女だったのだろう？　私たちと住む世界が違っていたのは確かなのだが。（〝ちょっと変わっているし、上流階級の家の娘ではない〟と母が日記に書いていたのを思い出す。なるほど。）

テレビでは、登場人物が叫んだり喚いたりしている。「だとしても、彼女がアシュレイ・スミスという偽名を使ってストーンヘイヴンへ来たのは事実なのよ。なにもやましいところがないのなら、なぜそんなことをするの？　それに、彼女はマイケルのお金を盗んだのよ！」

ベニーが眉を上げる。「ほんとうにそうなのか？」

「なにを言いたいの？」私の心のなかでなにかが揺らぐ。ベニーは被害妄想におちいっているのよ、と自分に言い聞かせる。それに、いまは躁状態だし、と。けれども、まったくそんなふうには見えない。それどころか、きわめて冷静だ。

「ぼくが言いたいのは、姉貴に人を見る目があるのかどうか怪しいってことだよ」

「私のことはどうでもいいの。私はあなたのことを心配してるのよ。いつまでも彼女に執着するのはよくないわ」

ベニーは、食べかけのヨーグルトのカップを、スプーンを入れたまま私に差し出す。

「そんなに心配してくれているのなら言っておくけど、ぼくは監視人のいないところでフォークを使うのを禁止されてるんだ。二十九歳にもなるのに、自分で自分の食べるものを切ることもできないんだよ」

私はベニーの肩を抱く。こんなふうになっても、彼はベニーのままだ。いつも私がお守りをしていた、よだれを垂らしながらよちよち歩きをする、ふっくらとした赤ん坊のままだ。「私と一緒に暮らさない？」と、思わずベニーに訊く。「そうしてくれたらうれしいわ」ベニーを説得してストーンヘイヴンで一緒に暮らすことなんてできるだろうか？　たぶん、それほどむずかしくはないはずだ。自分ひとりでは無理だとずっと思っていたが、いまはマイケルがいる！　ふたりで一緒にベニーの面倒を見ればいい。やっと家族を取り戻せる！

「それはどうかな」ベニーは肩をすくめ、薬の作用に屈してふたたびカウチにもたれかかる。「いや、ここもそれほど悪くないんだ。安全だし、妙な声は聞こえないし」

「ああ、ベニー」言葉が見つからなくて、それだけしか言えない。

ベニーは私の肩に頭をのせる。「メリー・ファッキング・クリスマス」

翌々日にストーンヘイヴンに戻ると、マイケルの熱はすでに下がったようだったが、なぜかひどく機嫌が悪い。しかも、キッチンは悲惨な状態で——家政婦には一週間休んでいいと言ったので——私がいないあいだに鍋を使いはたしたらしい。そのうえ、水をやるのを忘れたせいで、クリスマスツリーはしおれて、枯れた松葉がそこいらじゅうに落ちている。マイケルをさがして屋敷のなかを歩きまわっていると、松葉を踏むたびにプチップチッという音がする。

マイケルは読書室の暖炉の前の大きな革椅子に座って、膝の上に置いたノートパソコンを覗き込んでいる。家のなかにいるのに、マフラーを巻いて、帽子をかぶって。

マイケルが立ち上がって、両手を広げながらさびしかったと言ってくれるのを期待するが、私に気づいても顔を上げようとすらしない。おまけに、「道は混んでなかったか？」と、食料品の買い出しに行って帰ってきたときのようなことを訊く。

「ええ」

クリスマスにひとりぼっちにされた仕返しをしているのだろうか？　なにを考えているのか、まったくわからない。私は、マイケルのウールの帽子を指さす。「家のなかで帽子までかぶらなくていいんじゃない？」

マイケルは、かぶっていたのを忘れていたかのように帽子に手をやる。「ここは凍えそうなぐらい寒いんだ。ほんとうにセントラルヒーティングが効いてるのか？　設定温度を二十六度まで上げたんだけど、ぜんぜん暖かくならなくて」

翌月に届く光熱費の請求書のことを考えると、ぞっとする。「ボイラーは六十年前のものだから。それに、この家は二千平米ほどあるし」

マイケルはパソコンの画面に向かって顔をしかめる。「じゃあ、ボイラーを取り替えないと」

私は声をあげて笑う。「いくらかかるか、わかってるの？」

マイケルは、信じられないと言わんばかりの表情を浮かべて、ようやく私を見る。「どうしたんだよ？　ボイラーの取り替え費用を気にしてるのか？」

彼がこんな言い方をするのは、はじめてだ。人を嘲るような、嫌味な言い方をするのは。私を大富豪だと誤解しているのなら、ほんとうのことを打ち明けるいい機会かもしれないと気づくが、急に怒りが込み上げてくる。「だって、払うのは私なんだから」と、冷ややかに言う。「いいわ。マフラーも帽子もそのままで。なんなら、毛布を持ってきてあげましょうか？　紅茶は？　湯たんぽは？」

マイケルは私の機嫌をそこねたことに気づいたらしい。顔つきが変わり、表情もやわらかくなる。さらには腕を伸ばして私の手を握り、自分の膝の上へ引き寄せる。「すまない。ここの気候にうんざりしてたんだ。寒いし、空はどんよりしてるし」そう言って、私を抱き寄せる。「クリスマスをひとりで過ごすのは最悪だった。さびしかったよ。きみがいないと、いらいらするんだ。二度とぼくのそばを離れないでくれ。いいな?」

マイケルは合成大麻と石鹸のにおいがする。手には、彼の肌のぬくもりが伝わってくる。どんな関係にも軋轢は生じるものよ、と自分に言い聞かせる。私たちは、はじめてそれを経験しているだけで、気を揉む必要はないわ、と。ずっと怒ったままでいることもできるが、彼の謝罪を受け入れたほうが楽だ。

「わかったわ」マイケルの腕に顔を埋めて、静かに言う。

ところが……。その夜、私は車から旅行鞄を取り出しながら、となりに駐まっているシルバーのBMWにちらっと目をやる。衝動的に気前よく夫にプレゼントした、ピカピカの新車に。私はあなたが思っているほどお金持ちじゃないのよ、とどうして夫に言えないのだろう? 彼の愛情が冷めるのを恐れているからか? 似た者どうしだと思ってくれなくなるからだろうか? 自分がリーブリング家の相続人、ヴァネッサ・リーブリングでなければ何者でもないと、いまだに思い悩んでいるからだろうか?

BMWの運転席に座ると、十二月の初旬に遠乗りしたときのマイケルのにおいがまだ革のシートに残っていることに気づく。彼は、便利だからか、それともたんに怠惰だからか、コンソールの上に車のキーを置いている。ラジオをつけると、驚いたことに、スピーカーからヒップホップが大音量で流れてくる。私の夫はポップカルチャーが好きなのだろうか？　本人はなんと言ってたんだっけ？　そう、耽美主義者だ。ケンドリック・ラマーの曲を聴く人が？　たしか、ジャズとクラシックしか聴かないと言っていたはずなのに。

ソナーが私の知っているマイケルとのギャップを検知したような、そのちょっとした驚きが引き金となって、私はカーナビのパネルに手を伸ばす。屋敷の玄関を片目で見ながら目的地の履歴を呼び出して、すばやく目を走らせる。まだそんなに乗っていないので、履歴もそれほど多くない。スーパーやホームセンターなど、タホシティーの住所ばかりだ。私は、自分がポートランドの住所をさがしていることに気づく。マイケルは、ディーラーで車を買って、まっすぐポートランドへ向かったはずなので、画面をスクロールしていちばん古い履歴を表示する。

が、すばやく動いていた手が、雷に打たれたようにとつぜん止まる。夫が車を買って最初に向かったのは、オレゴンではなかったのだ。

履歴に残っていたのは、ロサンゼルスの住所だった。

31

六週目

「ロサンゼルスへなにをしに行ったの?」

マイケルは朝刊を脇にかかえ、髪に雪を散らしたままキッチンの入口で立ち止まる。車で近くの雑貨店まで新聞を何紙も買いに行くのがマイケルのあらたな日課になったものの、結局は、ざっと目を通しただけで椅子やテーブルの上に置きっぱなしにしている。脇にかかえている新聞の表紙に自然と目が向く。《ロサンゼルス・タイムズ》だ。

マイケルは、キッチンのアイランドカウンターにそっと新聞を置く。昨日の新聞と、夕食に冷凍のピザを食べたときに使った皿の横に。マイケルも私も皿洗いは嫌いだし、家政婦はまだ休暇中だ。

「ロサンゼルス?」彼は、遠い外国の地名のように、ゆっくり発音する。「どうしてぼくがロサンゼルスへ行ったと思ってるんだ？」

「カーナビの履歴を見たの。ロサンゼルスがいちばん古い目的地だったわ」

マイケルは赤らんだ顔を陰らせ、顎を引いて私を見つめる。「冗談じゃないよ、ヴァネッサ。ぼくを監視してるのか？　見張ってるのか？」マイケルはアイランドカウンターの角をまわって私の前に立ち、ファイティングポーズを取るボクサーのように胸を突き出す。「結婚してまだひと月も経っていないのに、きみはもう嫉妬深い妻になってしまったのか？　つぎは、ぼくのメールやメッセージを盗み見するつもりか？　勘弁してくれよ」彼は脇に垂らした手を拳に握りしめて、パンチを繰り出すチャンスを狙っているかのように揺らしている。

「怖いわ、マイケル」と、私は小さな声で訴える。

マイケルは自分の拳に目をやって、手を開く。爪が手のひらに食い込んでいたところは白くなっている。「ぼくも怖いよ。ぼくたちは特別な絆で結ばれていると思ってたんだが、おたがいに対する信頼はどこへ行ったんだ？」

「私たちの関係は特別よ」いったい、私がなにをしたと言うの？　素直に謝る気にはなれない。「お願い、信じて。見張ってなんかいないわ。たまたま見ただけよ。ただ……ポートランドへ行ったと言ってたのに……カーナビではロサンゼルスに行ったことになってるのはおかしいと思って」

マイケルは荒い息をしている。「ぼくはポートランドへ行ったんだ」

「でも、ポートランドはカーナビに記録されてなくて……」

「カーナビに頼る必要がなかったからだ！　自分の家への帰り方ぐらい知ってるよ！」

マイケルはまだ目の前に立っている。彼の激しい怒りを目の当たりにすると、自分の無力さを痛感する。これ以上怒らせたら、彼はここを出ていって、私はまたひとりぼっちになるかもしれない。「わかったわ」自分の哀れな声を聞くのは悲しい。「ただ、ロサンゼルスの住所が履歴に残っている理由は、まだ謎のままなんだけど」

「いいかげんにしろよ、ヴァネッサ。ぼくだってわからないよ」マイケルはスツールにどさっと腰掛けて、腕のなかに頭を埋める。私は、なすすべもなくその場に立ちつくす。これですべてが終わりになるのだろうか？　キッチンは静寂に包まれて、私とマイケルの荒い息の音しか聞こえない。ところが、しばらくすると、マイケルが笑みを浮かべながらいきなり顔を上げ、私の手をつかんで膝の上に引き寄せる。「聞いてくれ。わかったんだ。あの車はロサンゼルスから来たんじゃないか？　ロサンゼルスからリノのディーラーのところへ運ばれてきたんだよ。きみが見たロサンゼルスの住所は、ロサンゼルスにあるＢＭＷのディーラーかなにかの住所かもしれない」

「ええ、そうかも」

「そうね」急に安堵が込み上げてくる。

マイケルが笑う。「ほんとうにばかだな。なにを疑ってたんだ？　ロサンゼルスに愛人がいると思ったのか？　ぼくが、ほかに家庭を持ってるとでも？」マイケルは私の頬に手を添えて、呆れたようにかぶりを振る。私はなにを疑っていたのだろう？　ニーナがロサンゼルスにいて、マイケルが彼女をさがしに行ったのではないかと疑っていたのだ。マイケルが車に積んで持って帰ってきたのは、ポートランドにあったものではないのかもしれないと。でも、もし私の勘が当たっていたら……？　少なくとも、彼の経歴の一部は嘘だということになるのでは？

出来すぎた話のような気はするが、とりあえずマイケルの言葉を信じることにする。私の頬に添えた彼の手に自分の手を重ねて、強く押し当てる。「私はあなたのことをよく知らないのよね。私たちは、まだ他人同然なのよ」

「どう考えたって、ぼくたちは他人じゃないよ、ヴァネッサ」マイケルは私の顎を持ち上げて目を覗き込む。「ぼくはなにひとつ隠し事はしていない。秘密なんて、なにもないよ。気になることがあるのなら、なんでも訊けばいい。隠れてこそこそ嗅ぎまわるのだけはやめてくれ。いいな？」

「もう、二度としないわ」私は、約束してマイケルの肩に顔を埋める。そうしていると、安心できるからだ。彼は私に上を向かせてキスをすると、抱き上げて二階の寝室へ連れていく。この話はそれで一件落着となり、ふたりとも、ほっとしてその先へ進む。

なにもかもうまくいっている。なにもかもうまくいっている。なにもかもうまくいっている。

私たちはマティーニをつくり、夕食の支度をして、翌日の大晦日の計画を立てる。気分転換も兼ねて素敵なレストランで新年を祝うというのは、すでに決めていた。いろんなことが変わりはじめている。新しい生活パターンにもずいぶん慣れたし、これからは、家にこもってばかりいないで広い世界と向き合うことにする。私たちはほほ笑み合って、声をあげて笑って、愛を交わす。なにもかもうまくいっている。

うまくいっていると思う。

大晦日。私は、長いあいだ着ていなかったアレキサンダーワンのドレスを引っぱり出してくる。革をあしらったウールのドレスで、膝丈のタイトなブーツと合わせることにする。けっして派手な格好ではない。ここはタホ湖だし、レストランの客の大半はジーンズ姿のはずだ。

マイケルはマイケルで、オレゴンから持って帰ってきたダッフルバッグのなかからスーツをさがし出していた。私は、それがトム・フォードのけっこうモダンなスーツだとわかって、驚く。肩から胸にかけてのラインが美しい、ていねいに仕立てられたスーツで、袖口からのぞくシャツの長さもちょうどいい。普段はランバージャケットを着ているのに、スーツを着るべくして生まれてきたようだ。これまで知らなかった彼の一面を──貴族として生まれた彼の姿を──垣間見たような気がする。大学教授の夫が男性のファッショントレンドに詳しいとは、思ってもいなかった。（でも、ほんとうは、ちょっぴりうれしい！）

夫婦として、はじめてふたりで外出する私とマイケルは、楽しみながら夫と妻の役目を演じる。マイケルは私のドレスのファスナーを上げてくれる。私はマイケルのネクタイの結び目を直す。そして、自分たちは、伝統的で、かつ家庭的な夫婦だと言って笑う。私は、シャンパンでほろ酔い気分に浸りながら幸せを嚙みしめる。母が死んで、弟が施設へ入所して以来、ストーンヘイヴンがこれほど幸せな空気に包まれたことはない。これこそ、私が長いあいだ望み続けてきたことだ。家庭のぬくもりだ。

私たちは、ライブミュージックとダンスが楽しめる、タホシティーの湖畔のレストランに予約を入れている。私はマイケルのBMWの助手席に座る。カーナビに店の住所を入力しようとすると、目的地の履歴がすべて削除されているのがわかるが、なにも言わない。マイケルがラジオをつけると、サラウンドスピーカーから静かなジャズが流れてくる。彼は、腕を伸ばして私の手を握る。私は、バックでガレージを出るときにフロントガラスに向かってぼんやりとほほ笑みかける。

履歴を削除したのなら、ロサンゼルスの住所も消えているはずだ。でも、わからなくなったわけではない。消される前に覚えたのだ。頭のなかに書きとめて、昨日の午後のセックスのあとでマイケルがうとうとしているあいだに、グーグルマップで調べた。だから、私はそれがBMWのディーラーの住所ではないのを知っている。イースト・ロサンゼルスの丘の中腹にある、蔦に覆われた小さな家の住所だということも。

アットホームな雰囲気のレストランで新年を祝うことになってほっとしているのはなぜだろう？　私たちは細長いテーブルに案内されて、見知らぬフレンドリーな客のあいだに座る。ワインの酔いも手伝って、まわりの客があれこれと話しかけてくるので、私たちはふたりだけで話をせずにすむ。マイケルやベニー以外の人と話をするのは久しぶりだということもあって、温かい触れ合いに気持ちが浮き立つ。

マイケルは、食事をしているあいだも〝これはぼくのものだ〟と言わんばかりに私の肩を抱き、聞いてくれそうな人には誰にでも、〝新婚なんです〟と、誇らしげに話している。彼が私にひと目惚れをして猛アタックをかけたら、私もころっと落ちて大恋愛に発展したのだと。（そこに至るまでのニーナの存在は完全に削除されている。）作家のくせに、マイケルは陳腐な決まり文句が好きらしい。おまけに、私にテーブルの上で手を広げさせて、ぶかぶかの指輪をみんなに見せびらかす。そして、「アイルランドのわが家に代々伝わるものなんです」と自慢する。

みんなの注目を浴びて、新妻らしくぽっと顔を赤らめるのは気分がいい。心の奥の疑念も抑え込んでくれる。やはり、なにもかもうまくいっているのだ！　私の気持ちがねじ曲がっているせいで、悪いように解釈してしまったのかもしれない。

となりに座っている年配の女性は——こぼれんばかりのダイヤを身につけている、カリフォルニアのパロアルトから来たというベンチャーキャピタリストの妻は——私の手を引き寄せてしげしげと指輪を見て、含み笑いをもらす。「結婚は最初の数カ月が最高なのよ。おたがいに目をつぶっていられるから」彼女はそう言って、私の手を握りしめる。「楽しめるうちに楽しんでおいたほうがいいわ。いつまでも目をつぶっているわけにはいかなくなって、いずれ目を開けることになるんだけど、そのあと目にする景色はそんなに美しくないから」私はドキッとしてその女性を見つめる。彼女はなんの話をしているの？　しかし、もちろん彼女の視線に棘はなく、やさしげで、疑い深い私の心が耳元でささやいているだけだ。

不安を消すために、またカクテルを飲む。

料理はおいしいし、カクテルもキリッとしていて、まわりの客も感じがいい。マイケルもやけに機嫌がよく、ウェイターを呼んで同じテーブルの客全員にジェムソンのセレクトリザーブをふるまうと、自ら私たちの結婚を祝う乾杯の音頭を取る。そして、全員分のお代わりも注文する。私たちはスウィングバンドの演奏に合わせて踊り（マイケルはダンスが上手で、それもまたあらたな驚きで！）、時計が夜中の十二時を打つ直前になると、ウェイターがみんなに店の奢りのプロセッコを配ってまわる。私は息を切らし、カクテルの飲みすぎでふらふらしているのに、管楽器の響きに身をまかせて踊り続ける。マイケルが調子にのって私を乱暴にまわすようになっても、甲高い声で笑いながら踊り続ける。なにもかもうまくいっている！　ついに十二時になると、みんながダンスをやめて歓声をあげる。マイケルは私を抱き寄せてキスをする。「過去に別れを告げて、未来へ向かおう。きみはぼくの未来だ。いつまでも、永遠に」

安物のプロセッコと高級なウイスキーが胃のなかでまざってしまったからか、それとも踊りすぎて疲れたのか、マイケルがまた私をくるくるまわそうとすると、急に気分が悪くなる。「そろそろ帰ったほうがいいみたい」と、マイケルにささやく。

マイケルは私の手を引いてダンスフロアを離れる。「わかった。金を払ってくる」

ウェイターが精算書を持ってくるのを見て、マイケルが財布を取り出そうとする。「二千四十二ドルか。みんなに奢るのは一杯だけにしておけばよかったな」彼はまったく気にしていない様子で笑うが、ポケットに伸ばした手を途中で止める。「いけない。忘れてたよ。クレジットカードを解約したんだ。だって……ほら。彼女のせいで」

私がハンドバッグを開ける。「大丈夫よ」信じられない金額に胃が締めつけられるような思いを味わいながらサインをして、私たちの経済状態についてマイケルにどう話せばいいか考える。マイケルはお金の心配をする必要などないような話をしているが、私は彼の言葉に疑いを抱きはじめている。いずれにせよ、彼が遺産を自由に引き出せるように、なるべく早くアイルランドへ行ったほうがいい。

クレジットカードをウェイターに渡すときにふと部屋の奥に目をやると、こっちを見ているベンチャーキャピタリストの妻と目が合う。が、彼女はうっすらと笑みを浮かべて、すぐに視線をそらす。

外は雪が降っている。マイケルが車を取りに行ってくれるので、私はぬかるんだ道をデザイナーシューズで歩かなくてすむ。凍てついた通りをゆっくりと走っていく車をレストランの入口のホールで窓越しに眺めながら待っていると、うしろから誰かが近づいてくる。振り向くと、ベンチャーキャピタリストの妻が立っている。彼女が私の手を取って持ち上げると、たがいの視線がおのずと指輪に向く。

「これは本物じゃないわ」と、ベンチャーキャピタリストの妻が小声で言う。「本物でもなければ、アンティークでもないわ。偽物にしてはよくできてるけど、何代にもわたって引き継がれてきたものじゃないはずよ」

私はしばらく指輪を見つめる。たぶん、彼は知らないんじゃない？「ほんとうですか？」

ベンチャーキャピタリストの妻は、私の手を両手で包む。「あなたにこんなことを言うのは心が痛むけど、ほんとうよ」BMWが静かに店の前に停まる。マイケルが呼びに来てくれるのを待つが、彼は運転席に座ったままだ。私は、寒さに耐えながら店の入口に立って、胃の痙攣が収まるのを待つ。マイケルはクラクションを短く三度鳴らして、星の出ていない真っ暗な夜の静寂を引き裂く。

ベンチャーキャピタリストの妻が顔をしかめる。「婚前契約を交わしているのならいいけど」

彼女は、それだけ言って姿を消す。私は顔にスカーフを巻いて表情を隠し、ストーンへイヴンまでの長いドライブに備える。

これから刑務所へ戻ろうとしているような思いがする。

32

七週目

マイケルは、ここのところ何日も書斎で誰かと電話で話をしているが、ドアを閉めているので、前を通っても低い話し声の断片が時おりかすかに聞こえてくるだけだ。ニーナの行方を突き止めてお金を取り戻すためには、弁護士や探偵やオレゴンの捜査当局と延々と話をする必要があるのだろう。

私は一日の大半を読書室の暖炉の前で過ごしているが、スケッチブックの白紙のページを眺めているだけだ。私はまた落ち込んでいる。愛がすべてを解決してくれるはずだったのに。ただし、いま心の奥から聞こえてくるのは自分の無能さを嘆く声ではない。不安の声だ。〝なんということをしてしまったの？〟というささやきだ。

体がだるくて、吐き気がして、なにをするのも億劫だ。年が明けてからは、スケッチもしていない。明らかに体の調子がおかしくて、妙に腸が動くし、目が乾燥してまぶたの裏側に貼りついている。スケッチをしようと思って鉛筆を持つと、手の骨に鉛筆の芯が押しつけられているような感じがして、気がのらない。

だから、カウチに体を横たえて毛布にくるまる。腕にはまた蕁麻疹が出て、血がにじむまで掻きむしるので、袖に赤い染みができる。痛みはほとんど感じない。

マイケルは、一月四日に読書室を覗きに来る。彼は、祖母のお気に入りだったバラ色のティーカップを持って読書室の入口に姿をあらわす。「ハニー。ずいぶん具合が悪そうじゃないか」彼はコーヒーテーブルにカップを置いて、私の脚の上の毛布の乱れを直す。「〈オベクサーズ〉へ行ってチキンヌードルスープを買ってこようか?」

私はぶるっと体を震わせる。「いまはいいわ。あまり食欲がないから」

「じゃあ、紅茶を飲むといい。〝ミルクと蜂蜜入りの紅茶を飲めばどんな病気でも治る〟。アイルランドにいたときに、祖母のアリスがいつもそう言ってたんだ。もちろん、祖母はウイスキーも入れてたんだけど、あんなに元気だったのはそのせいかもしれないな」マイケルは笑いながら私にティーカップを差し出すが、アイルランドのおばあさんの話を聞くのはもう飽きた。(〝彼女は実在の人物なの?〟と尋ねる心の声が聞こえる。)紅茶は熱すぎて、私はすぐにカップをテーブルに戻す。マイケルはテーブルにこぼれた紅茶を指で拭って、その指をジーンズにこすりつける。「話をする元気はあるか？」

「話って、なんの？」

マイケルはカウチに腰を下ろして、私の脚の上に手をのせる。「このあいだから例の私立探偵と話をしてたんだが、手がかりがつかめたんだ。ニーナはパリにいて、ぼくから盗んだ金で贅沢な暮らしをしているらしい。けど、彼女がパリにいるかぎり、ぼくはなにもできない。だから、なんとかアメリカに連れ戻す方法を考える必要があるんだよ。場合によっては、いささか手荒い方法も。連れ戻せば、彼女を訴えることができる。弁護士には、そういったことが専門のフィクサーを雇えと言われたよ」

私は眉をひそめる。「そういったことって、どんなこと？　誘拐？　送還要請はできないの？」

「そんなことをしようと思ったらどれだけ時間がかかるか、わかってるのか？　法的な手続きもいろいろクリアしないといけないし。それに、彼女が同じ場所にじっとしてると思うか？」マイケルがため息をつく。「いいか。あの女は盗人（ぬすっと）で、詐欺師なんだ。正体を偽って金持ちに近づくのが彼女の手口で、何年も前からそうやって金を騙し取っていたようだ。まずはぼくから金を奪って、おそらくきみからも奪うつもりだったんだろう。そもそも、ここへ来たのはそのためだったんだよ。ここには高価なものがいっぱいあるだろ？

たぶん、こっそりポケットに入れてここを出ていくつもりだったんだ」私はマイケルの話に納得してうなずく。「だから、どんな目にあっても自業自得だ。気絶させて、そのままプライベートジェットに乗せるようなことになっても、しかたないよ」

「気絶させるって、どうやって？　お酒を飲ませるの？　それとも睡眠薬？」

マイケルは、毛布の上から私の脚をつかんだり離したりする。彼の髪はタホ湖へ来てから二カ月のあいだにずいぶん伸びて、襟に届きそうになっている。サイドの髪を耳にかけているが、あまり格好よくはない。「彼女がひどい目にあえば喜ぶと思ってたんだが、迷っている理由がわからないよ。きみは彼女に毒を盛ろうとしたんじゃないのか？」

マイケルの言うとおりだ。ニーナのワインに目薬を垂らしたのは覚えているが、ずいぶん昔のことのような気がする。あのとき、私が復讐に燃えていたのは確かだ。でも、あれはちょっとしたいたずらだ。ひと晩トイレで過ごすことになるだけで、深刻な害はない。（それに、毒を盛ったわけではない！　厳密に言えば違う。）もちろん、私は彼女の婚約者を（それと一緒に指輪も）奪ったが、恋に落ちてしまったのだから許されるはずだ。でも、誘拐となると、かなり……物騒だ。それに、法にも触れる。飛行機のなかで意識を取り戻す彼女の姿を想像する。両手を縛られているのはわかっても、どこへ連れていかれようとしているのかはわからないだろう。けっして楽しい光景ではない。胸が痛む。

「ずいぶん込み入った計画ね」と、私は控えめに言う。「そのうえ、法的にも問題があるし、お金もかかるし」

マイケルは私の脚をさする。「ああ。じつは、話というのはそのことなんだ。フィクサーも私立探偵も弁護士も……依頼料を取って仕事を引き受けてるんだよな」

とつぜん話の先が見えてくる。「お金が必要なのね」

「すぐに返すよ。資金トラブルが解消したらすぐに」

「いくら？」

「百二十」

私は胸を撫で下ろす。「百二十ドル？　じゃあ、小切手帳を取ってくるわ」

マイケルがくすくす笑う。けっこう可愛い。「違うんだ、ダーリン。十二万ドルだ」

ふたたびカップを手にして紅茶を飲むが、舌を火傷しそうなほど熱い。それに、濃すぎるし、甘すぎる。心のなかの疑念がますます大きくなる。「マイケル。もう忘れたほうがいいわ。うまくいくかどうかわからないことにそんな大金を注ぎ込むのはどうかと思うの。そもそも、彼女はあなたからいくら盗んだの？　そこまでしなきゃいけないような額じゃないはずよ」

マイケルが私を見つめる。「ぼくは物事の道理の話をしてるんだ。あの女には、自分のしたことの報いを受けさせないと」

「でも、私たちを結びつけてくれたのも彼女よ。だから、水に流して前へ進んだほうがいいのかも」

「ぼくたちが止めなきゃ、あの女は、またべつの誰かをカモにするんだぞ。そんなことになったら、ぼくたちの責任だ」

「でも、そういうのは警察の仕事でしょ？」

マイケルは、いきなり立ち上がって部屋のなかを歩きまわる。「警察にも連絡したよ。けど、やつらは、共同口座を開設してるのなら自分たちにはなにもできないと言ったんだ。つまり、ぼくが悪いと。だから、ぼくが、いや、ぼくたちが彼女を捕まえて罪を償わせるしかないんだ」彼が火かき棒を手にとって消えかけた暖炉の火をつつくと、火花が散る。

「ヴァネッサ。きみが反対するなんて、信じられないよ。金はいくらでもあるのにいまだ。」「それが、そうじゃないのよ」

マイケルが笑う。「おかしなことを言うなよ」

「私は大真面目よ、マイケル。お金はそんなにないの。だから、出せないわ」

火かき棒をくるくるまわしながら突っ立っているマイケルの顔の陰を暖炉の火が照らす。

「すぐには出せないってことなんだな」

「お金自体がないってことよ」カップを置くと、手首に紅茶がかかって赤くなる。手首に唇を押しつけて痛みをやわらげる。「広い屋敷はあっても、お金はないの。父が亡くなったときは破産寸前の状態だったし、私の信託資金は底をつきかけてるし。リーブリング・グループの株も額面割れしてるわ。いまは、ストーンヘイヴンの維持費をまかなうだけで精いっぱいなの。あなたは、これだけの屋敷を維持していくのにいくらかかるか知らないでしょ？　年間数十万ドルかかるのよ。あなたの家族がお城を手放した理由を考えたことがある？」

マイケルが私を見つめる。「冗談だよな。ハハハ。ぼくをからかってるんだろ？」

「冗談なんかじゃないわ。もっと早く話しておくべきだったんだけど、なかなか切り出せなくて。ごめんなさい」

「いや、それで謎は解けたけど……」マイケルがその先を言わないので、なんの謎が解けたのか気にかかる。彼は、考えごとをしながら火かき棒を振りまわして床に傷をつける。私は、火かき棒の先が床に当たるたびにギクッとする。「わかった。でも屋敷はある。屋敷のなかにはお宝もある。両方合わせたら数百万ドルの値打ちがあるんじゃないか？　それとも、数千万ドルか？」

「たぶん」

「じゃあ、売ればいい」

マイケルは、ニーナ・ロスへの復讐のために屋敷を売れと言っているのだろうか？「いずれはね。でも、いま売るつもりはないわ。それも、こんなことのために」私はためらいながら考え込むが、ようやく——たしかに罪悪感は感じるものの、ほかに方法はないと思って——手を突き出す。「なんなら、指輪を売ってもいいんだけど」と、探りを入れるように言う。「いくらぐらいになると思う？　六桁にはなるでしょ？」

マイケルの顔を見るが、わかっているのだとしても、うまく隠している。それどころか、顔をしかめる。「祖母の指輪を売るわけにはいかないよ。わが家に代々伝わるものだから」

「じゃあ、高祖父が建てた屋敷を売るわけにもいかないわ。同じく、わが家に代々伝わるものだから」

「きみはここが好きなわけでもないのに！」

「そう簡単に割り切れる話じゃないのよ」

私は、マイケルが重い火かき棒を両手の上にのせているのを見て、以前に感じたことのあるかすかな恐怖を覚える。彼はなにを考えているのだろう？「とにかく、なんとかして現金を用意する必要があるんだよ、ヴァネッサ。いますぐに、というわけにはいかなくても」

「アイルランドに信託資金があるんだったわよね」と、水を向ける。「こうなったら、それを引き出すしかないと思うけど」

マイケルは、火かき棒を暖炉の前に投げ捨ててドアへ向かう。「外の空気が吸いたいんだ。ドライブに行ってくる」暗い声でそう言うと、彼は大股で部屋を出ていって、しばらくすると、玄関のドアが閉まる大きな音が聞こえる。チキンヌードルスープを買ってきてくれるのだろうか？　いや、たぶん買ってこないだろう。

カップを持ち上げて、また紅茶を飲む。が、紅茶が流れ込んだとたんに胃がよじれ、苦い胃液が込み上げてくる。私は、体が紅茶を拒絶して吐き出す寸前に、部屋の反対側に置いてあるゴミ箱の上へかがみ込む。型押しをした革のゴミ箱で、私が吐いた茶色い紅茶は、すぐに染み込んで革に染みをつくる。このゴミ箱は捨てるしかないと思ってうんざりしていると、ふたたび吐き気が込み上げてくる。

床の上に横たわって、冷たい木の床に顔を押しつける。〝しっかりしてくださいよ〟という、例の声が聞こえる。気がつくと、ニーナのマティーニに目薬を入れたときのことを、また思い出している。ツツジの茂みの上に吐いていたときの彼女のとまどいと心細さが手に取るようにわかる。もはや、自分のしたことに満足感は覚えない。自らの行ないは自らに返るというのはほんとうなのではないかとさえ思う。ニーナと私は、その際限のないループにはまり込んでしまって、たがいの尻尾を食いちぎろうと追いかけ合っているのではないかと。

しかし、私も彼女も追いかける相手を間違っているような気がする。

一日が過ぎ、さらにまた一日過ぎても、お金のことはもう話題に上らない。マイケルがニーナへの復讐を諦めて前へ進む決心をしたのだと思いたい。けれども、私は自分がこれまでになくマイケルに警戒していることに気づく。いろんなものに気安く手を触れながら屋敷のなかを歩きまわっているマイケルに。彼は屋敷の調度品を熱心に眺めていて、これまでは興味があるのだろうと思っただけなのに、いまでは、値踏みしているのではないかと疑ってしまう。

一度、応接間にあるルイ十四世時代のサイドボードの前にマイケルがスマートフォンを持って立っているのを見たが、彼がサイドボードの写真を撮っていたのは間違いない。それに、母の宝石でまだ残っているものを入れてある箱を取り出そうと思ってタンスを開けたときも（値打ちのあるものはなにもなく、母のお気に入りだったダイヤのイヤリングとか、石のはずれたテニスブレスレットとか、たんなる思い出の品が入っているだけなのだが）、箱が十センチほど左にずれていた。気のせいだろうか？

ただ、喧嘩をして以来、マイケルはことのほかやさしくて、毎朝、ベッドに紅茶を運んでくれる。（このあいだ吐いてからは用心深くなって、最初のひと口はすぐに飲み込まずに、目薬の味がしないかどうか確かめているが、もちろん、妙な苦みはない。）食事の後片づけも積極的に手伝ってくれるし、腰が痛いと言えばマッサージもしてくれる。それに、彼の言うことが正しいのは認めざるを得ない。誘拐計画のためであろうと生活費のためであろうと、お金が必要なのは確かだ。だったら、屋敷のアンティークをいくつか売るしかないのに、私はなぜかたくなに拒むのだろう？　もしかすると、はじめて喧嘩をして、間違っているのは私のほうかもしれないと思うのが怖いので、彼に腹を立てる理由をさがしているだけなのかもしれない。

となりで寝ているマイケルのいびきを聞いていると――私自身は、頭のなかの声が気になって眠れずにいると――またもや恐ろしい考えが浮かぶ。私がマイケルに惹かれたのは、彼がニーナのものだったからにすぎず、自分のものになったら興味をなくしてしまったのではないかという疑念だ。愛は、手に入らないと思ったときがもっとも輝いて見えるのかもしれない。とうてい手が届かないと思っていたダイヤモンドを手に入れて握りしめると、その輝きが失せて、ただの石ころになってしまうのだ。

いや、私はマイケルを愛している。もちろん、愛している！　そうでなければおかしい。愛してないのなら、なぜこんなことをしているのだろう？

けれども、私たちのあいだには壁ができてしまって、ひとつ屋根の下にいながら、べつべつに生活している。私はマイケルより先にベッドに入り、朝、目が覚めたときに彼がとなりにいないと、ほっとする。彼は朝から晩まで書斎にこもり、書斎から出てくるのは、食事のときと、たまに散歩に行くときだけだ。いったい、書斎でなにをしているのだろう？

どうも、本を書いているわけではなさそうだ。

気になって、今朝、彼が書いた文章を数行、グーグルで検索してみた。

ぼくが彼女を見つめると、猫のように愛らしい顔をした彼女が緑色の目をくるりとまわす。すると、ぼくの心のなかで言葉が（世界が）まわる。

目を閉じて、祈りながら検索結果を待つ。どうかどうかどうか、私の直感がはずれていますように。でも、はずれてはいなかった。検索結果の二件目に同じ文章が載っていたのだ。芸術学部の大学院に通うチェトナ・チザムという名前の学生が書いたレズビアンのラブストーリーで、「恋人たちのための実験小説」というタイトルのアンソロジーに収められている。マイケルは、人称代名詞や動詞をところどころ変えて、男性が男性の視点で書いた文章のように見せかけている。けれども、間違いなく同じ作品だ。

愚かだというのはわかっているが、それでも私はなにか理由を見つけようとする。彼は私に作品を見せたがらなかったし、感想も聞きたくないと言っていた。でも、私がなかなか諦めないので、私になにかを——なんでもいいので——見せて、追い払おうとしたのかもしれない。たぶん（希望的観測だが）、マイケルの作品のほうが出来はいいのでは？私はふと、マイケルが書いたというべつの作品の一節を思い出す。夫婦として迎えた最初の晩にベッドで諳んじてくれた詩の一節で、なかなかいい詩だと思ったのを覚えている。

　　ぼくたちはいつもふたりだ。この地であらたな暮らしをはじめるのは、きみとぼく
　　のふたりだけだ。

これはパブロ・ネルーダの『いつも』という題名の詩の一節で、検索をかけたらトップ

でヒットした。けっこう有名な詩で、私も高校か大学の授業で習ったはずだが、その場で気づかなかったのはばかだとしか言いようがない。

私は、ステーキとローストポテトの夕食を食べながら、執筆は進んでいるのかとマイケルに訊く。

「ああ、進んでるよ」マイケルはそう言って、ステーキに大量の塩を振りかける。「しごく順調に」

「完成するのはいつごろになりそう？」

「数年はかかると思う。急ぐと、いい作品は書けないんだ。サリンジャーだって、『ライ麦畑でつかまえて』を書くのに十年かかってるんだよ。自分をサリンジャー並みの作家だと思っているわけじゃないけど、もしかすると、そうかもしれないだろ？」マイケルは、笑いながらステーキを口に運ぶ。髪はうしろで束ねて小さなポニーテールにしているので、こめかみのあたりの生え際の後退があらわになっている。

私は、肉の表面に脂が泡のように浮いてくるのを眺めながら、自分のステーキを皿の端に押しやる。「じつは、結婚した日の夜にあなたが聞かせてくれた詩の一節を思い出してたの。『ぼくたちはいつもふたりだ。この地であらたな暮らしをはじめるのは、きみとぼくのふたりだけだ』という一節を」

マイケルはうれしそうに笑みを浮かべる。「いい詩だ。その詩を書いた男は天才だよ」

「ネルーダでしょ？　作者はネルーダでしょ？　あなたじゃないんでしょ？」

頭のなかのカードをめくって正しい一枚を引っぱり出そうとしているような、奇妙な表情がマイケルの顔をよぎる。「ネルーダ？　違うよ。ぼくが書いたんだ。そう言っただろ？　ネルーダはあまり好きじゃないし」

「大学の授業で習った気がするんだけど」

マイケルがステーキを嚙むと、顎に肉汁が垂れる。彼はナプキンで口を拭き、そのまましゃべる。「きみの記憶違いだよ」

「べつに、あなたが書いたんじゃなくてもかまわないの。ただ……ほんとうのことを教えて」

マイケルはナプキンを置いて、水色の目で射抜くように私を見る。私はなぜ、この目が澄んでいると――この目を見れば彼の気持ちがわかると――思ったのだろう？　いまは、彼の考えていることを覆い隠す壁になっている。「どうしたんだ、ベイビー？」と、マイケルがやさしい声で言う。「こんなことは言いたくないんだが……このあいだからきみの妄想をぶつけられて、こっちがおかしくなりそうだよ。最初はニーナのことで、つぎは車。そして、今度はこれだ。なんとかしたほうがいいんじゃないか？　精神科医に診てもらったほうが」

「精神科医？」

「ああ」マイケルは、馬をなだめるカウボーイのような態度を取る。「きみには家族歴があるからな。弟は統合失調症だし、お母さんも精神を病んでたんだろ？　よく考えたほうがいい。考えるべきだ」

私は、笑うべきか泣くべきかわからないままマイケルを見つめる。わかるわけがないではないか？　私に妄想の傾向があって、それが母と弟を襲った心の病いの徴候だとしたら、どうすればいいのだろう？　自分もおかしくなりかけているなんて、どうすればわかるのだろう？

「ううん」と、突っぱねる。「大丈夫だから」

寝室のバスルームに隠れて、タホシティーの警察署に電話をかける。受付の担当者が呼び出してくれた刑事は、疲れのにじむ声で用件を尋ねる。

「夫は詐欺師かもしれないんです」

刑事が笑う。「ご主人のことをそんなふうに言う奥さんは大勢いるんですよ。もう少し具体的に話してもらえませんか？」

「夫は正体を偽っているようなんです。作家だという話だったのに、たんに人が書いたものを自分の作品だと言ってるだけだとわかって。それに、家に代々伝わるものだと言って私にくれた指輪も偽物なんです」階段のほうから足音が聞こえてくる気がして、声を落とす。「夫は嘘をついてるんです。ほぼすべてのことで」

「ご主人は公的機関が発行している身分証明書をお持ちですか？」

私はしばらく考える。彼の運転免許証を見たことはないが、結婚するときに必要だったのでは？ それに、リノの郡区役所の当直から渡された結婚許可証には、もちろんマイケル・オブライアンと書いてあるはずだ。私は、テキーラの酔いがやわらいだあとのあの晩の記憶をたどって、彼が自分と私の運転免許証をまとめて渡していたのを思い出す。「はい。でも、運転免許証は偽造できますよね？」

自分がどんなふうに思われているか、よくわかる。だから、短い沈黙のあとで、同じ部屋にいる誰かに話しかけるような感じの、これまでより大きな、しかも明るい刑事の声が聞こえてくると落ち込む。「それはそうと、離婚を考えたことはないんですか？」

「とにかく調べてもらえませんか？ 調べて、私の思いすごしなのかどうか教えてほしいんです。調べるのが警察の仕事でしょ？」

刑事が咳払いをする。「申しわけないが、ご主人は法を犯したわけじゃなさそうなので。

気に入らないのなら、追い出せばいいんですよ」刑事が紙にペンを走らせている音が聞こえる。「すみませんが、名前を教えてもらえませんか？　状況がエスカレートして接近禁止命令を申し立てることになった場合に備えて、いまの話を記録しておきたいんです」

ヴァネッサ・リーブリングだと言おうとするが、気詰まりな沈黙が流れるのを――さらにひどい場合は押し殺した笑い声が聞こえるのを――想像する。〝またリーブリング家だ、人騒がせな連中だ〟と思われるのは目に見えている。だから、そのまま電話を切る。

オーソン・インスティテュートにいるベニーに電話をかける。薬による落ち込みから抜け出すことができたのか、ベニーは二週間前に会ったときより調子がよさそうだ。もしかすると、また薬を飲まずにこっそり捨てているのかもしれない。

「新婚生活はどう？」と、ベニーが訊く。「いや、答えなくていい。なにか、もっと楽しい話をしてくれよ」

「そうね。じつは、どうしてもあなたに訊きたいことがあるの。あまり楽しい話じゃないんだけど」

「いいよ」

「あなたはどうやって、つまりその、自分が精神的に病んでると気づいたの？」

「覚えてないよ。姉貴のほうがよく覚えてるはずだ。無理やり精神科の病院へ連れていかれたときも、おかしいのはまわりの連中で、自分はまったくおかしくないと思ってたから」

「じゃあ、私だって統合失調症なのに気づいてないってこともあるわけよね」

ベニーはしばらく黙り込んでからふたたび口を開いて、ここ数年間耳にしたことのない明瞭な声できっぱり言う。「姉貴は病気じゃないよ。ばかじゃないかと思うことはあるけど、病気じゃない」

「でも、私も気分の浮き沈みが激しいのよ、ベニー。しかも、年々ひどくなってきてるの。制御を失ったレーシングカーが走路を横滑りしているようなすさまじいスピードでさまざまな思いが頭のなかを駆けめぐって、それが何日も、何週間も、ときには何カ月も続くの。そのうえ、とつぜん衝突して炎上してしまったみたいに、自分の姿を鏡で見ることもできなくなるのよ」

ベニーはなにも言わない。「お袋と同じだな」

「そうなのね」

またもや長い沈黙が流れる。「お袋は躁鬱病だったんだ。双極性障害ってやつだよ。統合失調症だったわけじゃない。統合失調症のことはぼくもよく知ってるけど、姉貴は統合失調症じゃない。幻聴は聞こえないだろ？」

「ええ」

「それなら大丈夫だ。精神科医のところへ行ってちゃんとした薬をもらえば大丈夫だ。頼むから、ボートには乗らないでくれ。いいな？　ぼくのために」

「愛してるわ、ベニー。私は、あなたがいないと生きていけないの」

「もういい。さっき言ったことは取り消す。やっぱり姉貴はおかしいよ」


吐き気がぶり返して、起きているあいだはずっと、窒息するんじゃないかと思うほど喉の奥が締めつけられる。

私はこの男のことを——自分の夫のことを——まったく知らないのではないかという思いが日増しに強くなる。まるで、自分の家で人質に取られているような気がする。彼を怒らせないように、私はこの先も足音を忍ばせて彼のまわりを歩き続けて、孤独で不安な人生へ逆戻りするのをじっと眺めているつもりなのか？　それとも、彼が怒ってますますひどい状況になる危険を冒してでも、なんら確たる証拠もないまま彼に問い質すのか？

彼がすべての問いに答えを用意しているのは、もうわかっている。おそらく、私が彼に対してではなく自分の精神状態にはっきりと疑問を抱くようになるまで追い詰めるつもりでいるはずだ。

私の唯一の望みは、ベッドに潜り込んで、永遠にベッドのなかにいることだ。けれども、それはきわめて危険な気がする。すべてを諦めることになるからで、例の声が（あの女の声が）、〝しっかりしてくださいよ〟と、いまだに私を叱る。だから、毎朝きちんと起きてにこやかな笑みを浮かべ、彼からアイルランドの話を聞いて笑う。彼のために（私自身はまったく食欲がなくても）手の込んだフランス料理をつくり、キッチンの椅子に座っている彼の肩を揉む。夕方には、手をつないで桟橋まで散歩して、ボートハウスの近くにあるわが家のプライベートビーチに無言のまま腰を下ろす。ベッドで彼が求めてきたときは、目を閉じて肉体的な快感に身を浸しながら、快感に水を差す疑念を抑え込もうとする。この期に及んでもすべてがうまくいっているふりをすれば、奇跡が起きてうまくいくようになるかもしれないと思う。

しかし、奇跡などあてにならないのは、私もすでに知っている。奇跡は、母にも弟にも、それに、おそらく父にも訪れなかった。なのに、なぜ私には訪れると思うのだろう？

それと、もうひとつ気になることがある。はっきりとは聞き取れないものの、心のなかからささやき声が聞こえるのだ。ベニーと電話で話をした翌日になにげなくカレンダーを見たとたん、冷徹な現実に打ちのめされる。吐き気が続いているのも、やけに体がだるいのも、なぜか胸に張りを感じるのも、そのせいだ。

私は妊娠している。

もちろん、中絶することもできる。このような状況では、それが賢明な選択肢かもしれない。口実をつくって町を出て、さっさとすませてその日のうちに戻ってくることもできる。けれども、つぶらな瞳ですがるように私を見上げる赤ん坊の姿を想像すると、なんとしてでも守ってやりたくなる。中絶などできないのはわかっている。

眠れないので、大きないびきをかいているマイケルのとなりでじっとベッドに横たわっていると、クモがベルベットの天蓋にせっせと巣を張っている音や木の枝が窓を叩く音が聞こえる気がする。もし子どもが生まれれば、私は子どもの父親であるこの男と人生をともに歩むことになる。なのに、日が経つにつれて彼のことがますますわからなくなる。愛していたはずの彼はどんどん消えていき、最後まで残るのは、なかが空洞になったひとりの男の輪郭だけのような気がする。

あれこれ考えていると、追い出したほうがいいという心の声が聞こえてくる。ここは、彼の家ではなく私の家だ。でも、彼と向き合うのが、なぜこんなに怖いのだろう？　なぜ、殴られるのを恐れているかのように、無意識のうちにお腹に手を当てているのだろう？

彼はいったい何者なの？

婚前契約は交わしていない。私は妊娠している。彼は、私からすべてを奪うことができる。ストーンヘイヴンを奪うことも！

相談できる相手はいない。

が、はたと気づく。私の疑問に答えてくれる人物がひとりいることに。

自分の考えていることが信じられずに、真っ暗な部屋で声をあげて笑いたくなる。追い詰められれば、とんでもないことを考えつくものだ。思いもしなかったことが、ただひとつの救いの道になる場合もある。

もちろん、無駄骨に終わる可能性もある。彼女はほんとうにパリにいるのかもしれないし、ほかのどこかにいるのかもしれない。けれども、私は確信を持っている。そのときは気づいていなかったが、私がロサンゼルスの例の住所を覚えておいたのには理由があったのだ。表の壁が蔦に覆われたあの家に誰が住んでいるのか、最初からわかっていた。これからどこへ行けばいいのかもわかっている。

私はニーナ・ロスをさがしに行く。

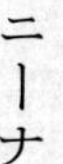
ニーナ

33

これまでは、あれこれ思い悩むことなくいつも熟睡していたのに、拘置所に入ったとたんに眠れなくなる。始終まわりに警戒していなければならないし、自業自得だと思うと心が乱れ、毎日、夢うつつの状態で夜を過ごしている。眠ってはいないが、目が覚めているわけでもない、中途半端な状態で。

私がいまいる郡の拘置所は騒音がすさまじい。コンクリートの建物に定員の倍近い女性を詰め込めば、こういうことになるのだ。日中に収容者がトランプをしたり本を読んだりする談話室のテーブルの脇にも二段ベッドが置いてあって、私はそこで寝ている。トイレは、しょっちゅう詰まったり逆流したりする。それに、シャワーを浴びるときも食事のときも、髪を切ってもらうときも医者に診てもらうときも電話をかけるときも、並んで順番を待たなければならない。建物のなかには、叫び声や祈りを唱える声や、泣き声や笑い声が昼夜を問わず響きわたっている。

ここでは、待つ以外になにもすることがない。

私は黄色い囚人服を着て、金網で囲って壁にかけてある時計の針がゆっくりと時を刻むのを眺めながら部屋のなかを歩きまわる。トレイの上をつるつる滑る皿に盛られた灰色のドロっとした食事を見ても食欲はそそられないが、昼食の時間は心待ちにしている。図書室のカートがまわってくるのも楽しみで、いつも、いちばん害のないロマンス小説を借りている。ついに待ちに待った消灯時間がくると、薄暗い部屋で二段ベッドの上段に体を横たえて、ほかの収容者のいびきや寝言を聞きながら眠気が訪れるのを待つ。

けれども、眠気は訪れない。

それに、私がほんとうに待っているのは、ここから救い出しに来てくれる誰かだ。

私の代理人は、白髪をちりちりにカールさせて整形外科医推奨の靴をはいた多忙をきわめる公選弁護人で、保釈審問がはじまる直前に一度だけ会う。彼女はテーブルをはさんで私の正面に座り、積み上げた書類のいちばん上のフォルダーを手に取ると、ドラッグストアで売っている紫色の老眼鏡をかけて書類に目を通す。

「あなたには重窃盗罪の容疑がか

けられてるわ」と、教えてくれる。「盗品のアンティークを詰め込んだ倉庫の貸借契約書にあなたの名前が書いてあったからよ。倉庫にあった二脚の椅子が、アレクセイ・ペトロフという人物から盗難届が提出されていた椅子だということもわかり、本人が写真による面通しであなたを特定したらしいの」

大富豪は警察に盗難届など出さないという私の持論が崩れ去る。「で、裁判はいつ開かれるんですか？」

「ああ、その話ね。焦らないほうがいいわ」弁護人はそう言ってため息をつく。「しばらくここにいなきゃいけないことになると思うから。審理待ちの案件が恐ろしいほどいっぱいあるのよ」

ようやく開かれた保釈審問で、判事は八万ドルの保釈金を設定する。どうせ払えないのだから、百万ドルでも同じことだ。法廷を見まわすが、知っている人は誰もいない。ラクランも私の母親も来ていない。たぶん、保釈審問が開かれていることさえ知らないのだろう。お金がないと電話をかけることもできないので、ふたりとはまだ連絡が取れずにいる。ただ、黄色いだぼだぼのつなぎを着て、髪もぼさぼさで、おまけに後悔に打ちのめされて落ち込んでいる姿をふたりに見られずにすんで、内心ほっとしている。

弁護人は励ますように私の背中を軽く叩くと、つぎのクライアントのもとへ急ぐ。自分を妊娠させた強姦魔を撃ち殺したティーンエイジャーのところへ。

私は、拘置所に戻って気長に待つ覚悟を決める。

一日、また一日と、時間はゆっくり過ぎていくが、相変わらず誰も訪ねてこない。ラクランはどこにいるのだろう？　保釈金を払って私をここから出してくれそうな知り合いは彼しかいない。おそらく、母はすでに彼の居場所を突き止め、なにがあったか話して、助けてやってくれと頼んでいるはずだ。しかし、一週間が過ぎ、さらにまた一週間が過ぎてもラクランは姿をあらわさず、いくら待っても来ないのではないかと、ようやく気づく。顔が割れるおそれもあるのに、警官のいるところへのこのこやって来るわけがない。もしかすると、ラクランは私が罪を逃れるために彼をおとしいれようとしているのではないかと思っているのかもしれない。

いや、もっと恐ろしい筋書きもある。私は、タホ湖をあとにしたときのラクランの静かな怒りを思い出す。彼は、なにもかも私のせいだと思っているようだった。それにしても、警察はなぜ私がロサンゼルスにいるのを知っていたのだろう？　私がロサンゼルスに戻って一時間と経たないうちに警察がやって来たのも偶然だとは思えない。誰かが密告したのだ。

私がロサンゼルスに戻ってきたのを知っているのは、母とラクランのふたりだけだ。（いや、私の車が家の前に駐まっているのをとなりのリサが見ていれば、三人だ。）私は、その三人のうちの誰が警察に通報したのか知っている。

もちろん、ラクランだ。私たちの関係は私に利用価値がなくなったとたんに終わって、彼は私にとって危険な存在になろうとしている。金庫が空っぽだとわかった瞬間に私の運命は決まった。彼は最初から私のことを相棒だとは思ってなかったんだわ。十二月の弱々しい陽光を浴びて光る有刺鉄線に囲まれた拘置所の運動場を歩きながら、ふとそう思う。でも、それはわかっていた。用済みになれば、彼がいつだって私を捨てるつもりでいたことは。これだけ続いたのは、ラッキーだったのかもしれない。

となると、ほかに誰が来てくれるだろう？　母か？　リサか？　エコーパークに店を構えたものの、開店休業状態になっているアンティークショップの家主か？　いや、店のなかにあるものはすでに、ひとつ残らず通りに放り出されているはずだ。誰からも見放され、外の世界から完全に遮断されてしまったような気がする。喧嘩をしたくてうずうずしている人たちの餌食にならないように、でこぼこしたビニールのマットレスの上で静かに体を横たえていると、自分がいかに孤独で、いかにちっぽけな存在か思い知らされる。

拘置所暮らしが三週間を過ぎたある日の面会時間に、ようやく呼び出しがかかる。私は、折りたたみ椅子と端の欠けたリノリウムのテーブルがずらりと並んで、壊れたおもちゃを詰め込んだ棚の横の壁にビーチの風景がけばけばしい色で描いてある面会室へ向かう。面会室には、収容者の子どもや孫やボーイフレンドが大勢来ている。タトゥーを入れた腕をむき出しにしている人もいれば、目いっぱい着飾った人もいる。私を訪ねてきた人物を見つけるのに、しばらく時間がかかる。母だ。襟ぐりと腰まわりがゆったりとした明るい緑色のワンピースを着て頭にシルクのスカーフを巻いた母は、この喧噪のなかで気持ちを落ち着かせようとするかのように、泣き腫らした赤い目で壁の一点を見つめている。

私に気づくと、母は小さな声をあげてふらふらと椅子から立ち上がり、巣から落ちたひな鳥が羽をばたつかせるように青白い両手を上下に振る。「ああ、ベイビー。ああ、私のベイビー」

看守は険しい目つきで私たちを見ている。抱き合うのは禁止されているからだ。私はテーブルをはさんで母の正面に座り、腕を伸ばして母の手を握る。

「どうしてもっと早く来てくれなかったの？」

母はすばやくまばたきをする。「どこにいるかわからなかったのよ！　どうやって調べればいいのかもわからなかったし、四人情報センターのホットラインに電話をかけても、誰も出ないで自動音声のメニューが流れてきただけだったの。ネットでも調べたけど、面会可能な収容者のリストにおまえの名前が載ったのは先週で、それから登録したので、こんなに……悪かったね」

「いいのよ、ママ」母の手は小さく、しかも痩せていて、強く握るのがためらわれる。私は、母が放射線治療を受けて、それで髪が抜けてしまったのだろうかと思いながらスカーフを巻いた頭を見る。顔は頰がこけてやつれているので、青い目がやけに目立つ。

「具合はどう？　放射線治療ははじまったの？」

母は、私のほうに向かって手のひらを広げる。〝ストップ〟のサインだ。「ハニー、あたしの話はいいの。すべてうまくいってるから。ホーソーン先生もすごく楽観的で」

「でも、治療費はどうするつもり？」

「ほんとうにあたしの話はいいのよ。それでなくても、おまえには心配しなきゃいけないことがいっぱいあるんだから。そもそも、こんなことになったのも、あたしの病気のせいでしょ？」母は、私の顎に手のひらを当てて強く押す。「ひどい顔をしてるわね」

「ママ」

潤んだ目から涙がこぼれ落ちそうになると、母は鼻をすすって袖の下から丸まったティッシュペーパーを取り出す。「おまえのこんな姿を見るのは耐えられないわ。すべて、あたしのせいよ。病気になったあたしのせいよ。まともな保険に入ってなかったあたしのせいよ。おまえがあたしの面倒を見にロサンゼルスへ戻ると言ったときに、反対すればよかったわ」

「ママのせいじゃないわ」

「あたしのせいよ。三年前に死ねばよかったんだ」

「ママ、やめて」私は母のほうへ身を乗り出す。「ねえ、ラクランから連絡があった？」

母がかぶりを振る。「電話をかけたけど、つながらなくて。とにかく、おまえたちふたりを引き合わせたのは大きな間違いだったわ。あの男が計画を立てたんでしょ？　なのにあの男は姿をくらまして、おまえひとりが罪を負うことになって、こんなところに入れられて」

母が私を見つめる。一緒にラクランの悪口を言うのを待っているのだろうが、人を責める気にはなれない。自分がなぜここにいるのかわかっているからだ。もっとひどいことをしているところを見つからずにすんだのは、小さな奇跡だ。ふと、ヴァネッサのことを考える。あの屋敷の金庫から百万ドルを盗んでいるのを見つかっていたら、どうなっていただろう？　おかしな話だが、金庫が空っぽでよかった。

「おまえをここから出してやれるだけのお金があればいいんだけど」と、母はしゃくり上げながら言う。「じつは、預金口座にまだ一万八千ドルほど残ってるの。それだけじゃ足りないのはわかってるけど、何本か電話をかければなんとかなるかも。週末にラスベガスへ行って、カードテーブルで腕試しをすれば……」母は、目を見開いて遠くに視線を向ける。私は、病いを押してカジノのバーで盗みを働く母や、ホテルのトイレの大理石の床の上に倒れて、誰にも気づかれずに息を引き取る母の姿を思い浮かべようとする。

「お願いだから、そんなことはしないで。自分のことは自分でなんとかするから。ここも、それほどひどいところじゃないし」と、嘘をつく。「貯金は治療費に使って。そっちのほうが大事だもの。ここを出たら、まともな仕事につくわ。約束する。地元のインテリアデコレーターが雇ってくれるかもしれないし。スターバックスで働いてもかまわないわ。どんな仕事でもするつもりよ。ふたりでなんとか乗り越えないと」

母は目頭を押さえ、うっかりしていると聞きのがしてしまいそうなほど小さな声で言う。「あたしには、こんなにいい娘を持つ資格なんてないのに」

「ママ」と、私はやさしく言う。「放射線治療が終わって元気になったら、ママもきちんとした仕事を見つけてね。私のためだと思って。デスクワークで、決まったお給料がもらえて、健康保険やいろんな手当がついていれば、なおいいわ」母はぽかんと口を開けて私を見る。「リサに相談して。彼女なら、きっと助けてくれるから」

面会時間の終わりを告げるベルが頭上で鳴り響く。まだベルが鳴りやんでもいないのに、立って壁際に並べと、看守が収容者に向かって怒鳴っている。母は怯えたような目で私を見る。「近いうちにまた来るわね」テーブルを離れようとする私にそう言って母が投げキスを送ると、手のひらにピンク色の筋がつく。「もう来ないで」と、私は言う。「ここで会うのはつらいから。ママは……元気になることだけ考えていればいいのよ。私のことを思ってくれているのなら、そうして。私がここにいるあいだに死んじゃだめよ。わかった？」

私は、泣いている母の顔が見えないように、背を向けて列に並ぶ。列に並んでいるほかの女性の汗とヘアオイルと洗顔石鹸のにおいに気づき、自分もきっと同じようなにおいを放っているのだと知る。目を閉じて、その人間臭いにおいを嗅ぎながら部屋に戻る。部屋ではどの収容者もじっと座って、自分が忘れ去られていないことを祈りながら自らの行く末に思いをめぐらす。

私も部屋に戻って待つが、そのうち、自分がなにを待っているのかわからなくなる。

拘置所暮らしでただひとつ不自由しないのは、考える時間だ。だから、私もどうしてこんなことになったのか、じっくり考える。これまでは外にばかり目を向けて、私の行く手をはばむ壁をつくった人物をさがそうとしていた。そして、すべてをリーブリング家のせいにしていた。私が持っていないものを持っている彼らを、そして、私を自分たちの世界から締め出した彼らを憎むのは簡単だった。目の前でぴしゃりと扉を閉ざされたためにすべてがうまくいかなくなったと思うのは。けれども、そうだと決めつけるのは日増しにむずかしくなってくる。

私を間違った方向に引きずって、憧れていたよりよい暮らしを与えてくれなかった母のせいにすることもできる。自分で自分の面倒を見ることもできなくなった母を恨むこともできる。結局、私が母の面倒を見る羽目になったのだから。

私を悪事に誘い込んでおきながら、お荷物になったら裏切ったラクランのせいにすることもできる。

社会や、政府や、行きすぎた資本主義のせいにすることもできる。格差を問題視するスレッドにタグ付けをして、最初から最近の投稿まですべてに目を通し、たまたま見つけた理由のせいにすることもできる。

おそらく、私がいまここにいるのはそれらのすべてが少しずつ関係しているからだろう。けれども、誰かに責任を押しつけようとすると、いつも同じ人物の顔が脳裏に浮かぶ。私自身の顔が。責任を追わなければならないのは私だ。誰かが人生のレールを敷いてくれるわけではないことに、ようやく気づく。人が私のために決断を下してくれるわけではない。外に目を向けてこんなことになった原因をさがすのではなく、自分を見つめたほうがいい。いま、こうして拘置所で社会の底辺に追いやられた人たちと一緒にいると——生まれついた境遇のせいで否応なく麻薬や売春や虐待へと追いやられ、幸せな思いなど一度も味わうことなく自暴自棄におちいった女性たちを見ていると——自分はなんて恵まれているのだろうと、はじめて気づく。私は大学を出ているし、病気もしていない。生活は不安定だったし、生き方の手本となるような人は身近にいなかったが、少なくとも、食べるものと住むところの心配はせずにすんだ。つねに母の愛情を感じることもできた。ここにいる女性の大半は、それすら望めずにいるのだ。

そう思うと、もはや人のせいにはできないと気づく。そして、自分が恥ずかしくなる。持てるものを充分に生かしてこなかったことや、ほかに道はないと勝手に思い込んでいたことが恥ずかしくなる。

ほかにも道はあったのに、自分でこの道を選んだのだ。これが私の進むべき道だと思って。それでこんなことになったのなら、悪いのは私だ。

もしここを出ることができたら、もう少しましな道を見つけようと心に誓う。

それからひと月が過ぎて、ふたたび面会時間に呼び出しがかかる。公選弁護人が公判の日時を知らせに来たのだろうと思って面会室に行くと、急に足が止まる。椅子に座って私を待っているのはヴァネッサ・リーブリングだ。ヴァネッサは顔色が悪く、目の下に隈をつくって、ひどくやつれているように見える。おまけに、ガリガリに痩せているのに、なぜかお腹と胸は膨らんでいて、ジーンズは腰まわりがきつそうだし、スウェットシャツは、張り出した胸からすとんと真下に垂れている。しかし、間違いなく彼女だ。なるべくまわりを見ないように、目にぐっと力を入れて、目立たないように、背を丸めて両手を太腿の上に置いている。

私は、彼女を見てドキッとするのと同時にうれしさが込み上げてきたことに驚く。それほど人恋しかったのだろうか？　私が向かいの椅子に座ると、彼女も私を見て驚いているような表情を浮かべる。

「ハーイ、ヴァネッサ」私は、そう言ってにっこり笑う。「会えてうれしいわ。ほんとうに」

「ニーナ」ヴァネッサは、すました顔で私の名前を呼ぶ。

私を本名で呼んだことに気づくまで、数秒かかる。けれども、彼女がここへ来たのは、私の正体を知っているからだ。なぜわかったのだろう？　ラクランが教えたのだろうか？

「私が誰なのか、知ってるんですね」と、確かめる。「誰があなたに教えたんですか？」

ヴァネッサはスウェットシャツの裾を手に巻きつける。「ベニーが気づいたの。私がインスタグラムにアップした写真を見て」

「さすが、ベニーね」で、ヴァネッサはどこまで知っているのだろう？　それに、私はどこまで彼女に話すつもりでいるのだろう？　自分がついた嘘の多さに驚きながら黙って椅子に座り、なにから話せばいいのか考える。

迷っていると、ヴァネッサの視線に気づく。「痩せたわね」

「食事がおいしくないので」

ヴァネッサは私の全身に視線を走らせて、しばらく洗っていない髪やごわごわしたジャンプスーツを見つめる。「黄色は似合わないわね」

私は思わず笑う。「どうしてここにいるとわかったんですか？」

「さがしたのよ。まずはあなたの家へ行ったんだけど、誰もいなくて。でも、となりの人に尋ねたら、ここにいると教えてくれたの」ヴァネッサは、そう言って自分の手に視線を落とす。「お母さんのことも教えてくれたわ。ずいぶん具合が悪いそうね。ほんとうに……お気の毒に」

私は椅子の背にもたれる。「それは本心ですか？　お気の毒？」

ヴァネッサが肩をすくめる。「正直に言うと、私はもう自分がなにをどんなふうに感じているのか、わからなくなってしまったの。私の母親を殺した女が癌になったのなら、天罰が下ったのだと思うのが普通でしょ？　でも、そんなふうには思うのはよくない気がして」

うれしさは、芽生えたときと同様にとつぜん消える。私たちは、こんな話をするために会っているのだろうか？　もちろん、そうだ。いまこそ、積年の恨みを吐き出すときだ。だから、私は覚悟を決めてわざと冷ややかな声で言う。「たしか、あなたのお母さんは自殺なさったんですよね」

「あなたの母親が私の母を自殺に追い込んだのよ。あなたの母親が私の父に脅迫状を送りつけてこなければ、母が自ら命を絶つことはなかったわ。母は、あの手紙のせいでおかしくなったの」

なるほど。こういう展開になるとは思っていなかった。母がストーンヘイヴンに手紙を送ったのなら、ジュディス・リーブリングがそれを見つけた可能性はある。けれども、そんな責任まで取るつもりはない。「それは確かなんですか？　私の母があらわれるまで、お母さんにはなんの問題もなかったんですか？」ヴァネッサは、まばたきをするだけで返事をしない。「恨むのなら、お父さんを恨めばいいんです。悪いのは、浮気をしたお父さんなんだから」

「父は餌食にされたの。あなたのお母さんが父をたぶらかしたのよ」

「あなたのお父さんはひどい男だったわ。私を見下して、あなたの弟と私を引き裂いたんですよ」

「父はベニーを守ろうとしたのよ。それに、あなたのことも。考えてもみてよ。統合失調症の弟と付き合ってうまくいったと思う？」

「彼はまだ発症してなかったわ」

いつでも立ち上がって部屋を出ていけるように、私たちは体を前に傾けながらテーブルをはさんで見つめ合った。ついにすべてを吐き出すと、急に妙な爽快感を覚えるが、ヴァネッサとのやりとりを振り返ると、自分がちっぽけで薄汚い人間に思えてくる。私たちはなぜ、当然のことのように親の代理戦争をしているのだろう？　親はすでに死ぬか、もうすぐ死のうとしているのに、こんなことをしてなにになるのだろう？

「それはそうと」私は、にらみつけるようにヴァネッサを見る。「いったい、なぜここへ来たんですか？　私の境遇を嘲笑うため？」

ヴァネッサは面会室をぐるっと見まわして、前歯が一本欠けた売春婦が座っているとなりのテーブルに目をやる。売春婦は、モアナのTシャツを着て髪をピッグテールにした幼い娘が祖母の膝の上でしくしく泣いているのを見て、懸命に涙をこらえている。ヴァネッサは、未知の人類を見るような目つきで三人を眺めている。

「ええ。ここであなたに会えばすっきりすると思ったのは確かよ。ついに報いを受けたんだから。でも、すっきりなんてしないわ」そう言って、私に向き直る。「あなたの家のとなりに住んでいるリサから、逮捕容疑は重窃盗罪だと聞いたんだけど」

「アンティークを盗んだんです。ロシアの大富豪から」

ヴァネッサが眉間にしわを寄せる。「ストーンヘイヴンでもそうするつもりだったの？　アンティークを盗むつもりだったの？」

私は肩をすくめる。「ここへ来た理由を教えてくれたら、私たちの計画を話すわ」

「私たち」ヴァネッサの顔が低脂肪牛乳のような色になる。「あなたとマイケルのことね。あなたたちは……グルだったの？」

ほんの一瞬、返事をためらう。彼を裏切るの？　でも、彼はすでに私を裏切ったのだから。「マイケルというのは、彼の本名じゃないんです。それだけ言えばわかるでしょ？」

ヴァネッサは黙ってうなずき、両手を膝の上からゆっくり持ち上げて、たがいを隔てているテーブルの上に置く。私は、そのときはじめて気がつく。彼女が左手に例のエメラルドの指輪をはめていることに。

「そんな」やっと状況を理解する。

「そういうことなの」ヴァネッサは、ボール紙のように硬い声で言う。「それと、もうひとついいことを教えてあげるわ。子どもができたの」

私はショックで言葉を失う。私もヴァネッサも、テーブルの上に置かれたヴァネッサの色白の手を見つめる。彼女が指にはめている、色褪せたリノリウムのテーブルには不釣り合いな輝きを放つ、私の母のものだった偽物の指輪を。どうしてこんなことになったのだろう？

「彼の本名は？」と、ようやくヴァネッサが訊く。「彼が偽名を使って私と結婚したのなら、結婚は無効になるはずでしょ？　もしかすると、違法ってことになるかもしれないわよね」

私は長いあいだ考え込む。私は彼の本名すら知らないのでは？　彼が巧みな嘘をつくのは何度も見てきたが、私にまで嘘をついているとは夢にも思っていなかった。

「ここから出してくれたら、一緒に突き止められるわ」

ラクランは、ウエストハリウッドにある大きなアパート群の一角に住んでいる。よく見かける、漆喰で塗り固めたベージュ色の殺風景な建物で、分厚い壁で隔てられているせいか、こういうところの住人は誰も隣人と話をしない。私がここへ来たのは、この数年間でほんの数回だ。いつもラクランが私の家に来ていて、それは、母をひとりにできないことへの配慮だと思い込んでいた。でも、ほんとうは秘密を守るためだったのかもしれない。

私は、逮捕されたときに着ていた服を——去年の十一月の朝にストーンヘイヴンをあとにしたときに着ていた服を——着ている。シャツにはまだあの日にスプレーした消臭剤の粉っぽいにおいが残っていて、パンツには、車のなかでこぼしたコーヒーの染みがついている。いまではシャツもパンツもぶかぶかで、借り物のような気がする。二ヵ月近く拘置所にいると太陽がやけにまぶしくて、泣きたくなるほど空気がおいしい。

万が一ということもあるので、ヴァネッサには彼女のSUVをラクランのアパートの手前に駐めさせて、あとは歩くことにする。ヴァネッサは、ラクランが夾竹桃の木の陰からとつぜん飛び出してくるとでも思っているのか、きょろきょろと左右を見ながら私の半歩うしろをついてくる。ヤシの木は風に吹かれてざわめき、むしり取った羽根のような形をした葉が先を丸めてそこかしこに落ちている。

「ところで、ラクランはあなたがどこにいると思ってるんですか?」と、ヴァネッサに訊く。

「彼には、弟に会いに行くと言ったの」

「ベニーの具合はどうなんですか？」

ヴァネッサは、アスファルトにこびりついて黒いこぶのようになってしまったチューインガムの残骸を踏まないように、足元を見つめながら歩道を歩いている。「浮きつ沈みつという感じかしら。しばらくは調子がよかったんだけど、また落ち込んでるの」そう言って、しばらく間を置く。ここしばらく。「あなたが戻ってきたと知ったからなんだけど。あなたに会いたがってたみたいなの。施設を抜け出して、あなたをさがしに行こうとしたのよ。ポートランドへ」

ヴァネッサの最後のひとことに非難の響きがこもっているのは明らかだが、私は気づいていないふりをする。ベニーのことを考えると、むなしい自己嫌悪に駆られて心が痛む。ベニーも可哀想に。「落ち着いたら、会いに行こうかしら」

ヴァネッサは、猜疑心をあらわに横目で私を見る。「本気で言ってるの？」

「もちろん」私に会いたがっている人がいるのだと思うと、気持ちがはずむ。なにかこの先に目標があれば、それを達成するために前を向いて歩いていける。十代のころに付き合っていた精神的に不安定なボーイフレンド以外に、ここ最近、誰かが私に会いたいと言ってくれたことがあっただろうか？

やがて、ひとつの建物のそばまで行くと、ヴァネッサに目配せして狭い砂利道と高い木製のフェンスに面した建物の裏側へまわる。フェンスの向こうには、何千万ドルもする豪邸がヤシの木に覆われた丘の斜面にぽつんぽつんと建つハリウッド・ヒルズが見える。アレクセイの家もあのあたりにあって、いまでも、リチャード・プリンスの絵のなかの看護師が血のついたマスクをつけて額縁の外のなにかを見つめているはずだ。ただし、その絵を見たのは前世だったような気がする。

ここのアパートはどこも小さなポーチがついていて、たいていは、自転車やプラスチック製の椅子や、枯れかけた鉢植えが置いてある。ヴァネッサを従えて建物の端のポーチに向かうが、表の窓は暗くて、人のいる気配はない。私が柵を楽々と飛び越えるのを見て、ヴァネッサが目を丸くする。

「早く」

「面倒なことになるんじゃない？」

私は、なかが見えないようにブラインドを下ろした近所のアパートの窓を見る。他人に部屋のなかを覗かれたくないと思っている人間は、自分たちも外を見ようとしない。「誰も見てないわ」

ヴァネッサも柵をよじ登り、息をはずませながら私の横に立って、「鍵は持ってるの?」と、声をひそめて訊く。

「そんなものは必要ないわ」私はスライディングドアの取っ手を持ち上げ、肩を押し当ててドアを揺らす。すると、錠がはずれて静かにドアが開く。

ヴァネッサは片手で口を押さえる。「どうしてそんなことができるの?」

私は肩をすくめる。「父が教えてくれたんです。母に追い出されるまで、父はしょっちゅう酔っぱらって鍵をなくしてたので」

ヴァネッサが眉をひそめる。「あなたのお父さんはなにをしてたの? 歯科医じゃなかったのね?」

「ええ。父は飲んだくれのギャンブラーで、しょっちゅう母に暴力をふるってたんです。七歳のときから会ってないんですよね。もう死んでしまったか、そうでなければ刑務所に入ってるのかも。まあ、それならいいんだけど」

ヴァネッサは、初対面の人を見るようにじっと私を見つめている。「ほんとうのことを話しているときのあなたは別人のようだわ。私はいまのあなたのほうが好きよ」

「おかしな話ですよね。私はアシュレイのほうが好きなんです。アシュレイはひねくれたところがまったくないし、性格もはるかにいいし」

「アシュレイは偽物だったんだから。もっと早くに気づくべきだったわ」ヴァネッサはそう言って、鼻で笑う。「彼女のように非の打ちどころのない人は現実の世界にいないもの。SNSの世界にはいるかもしれないけど、会ったことはないわ。実在の人物にしては、最初から出来すぎてたのよね」

私たちは、暗くてひんやりとしたラクランのアパートの居間に入ってブラインドを閉める。

ラクランのアパートは、独身男性の住まいらしく質素で殺風景だ。目に入るのは、革のソファと椅子と、大型テレビと、高価な酒を並べたリカーワゴンと、壁に貼ってある古い映画のポスターだけだ。そこが彼のアパートであることを示すものはなにもない。サイドボードの上に、額に入れた写真や置物はない。趣味や教養を探る手がかりとなる本棚もない。自分の影を消して透明人間になろうとしていたのかと思いたくなるほど無機質な部屋だ。

私たちは、しばらくその場にたたずんで目が暗がりに慣れるのを待つ。遠くで誰かが鳴らしている車のクラクションの音や、窓を開けたどこかの部屋からヒップホップの曲がかすかに聞こえてくる。私は、ゆっくり体を回転させて見覚えのある部屋を眺める。

「なにをさがしてるの？」と、ヴァネッサが訊く。

「シーッ」と言ってヴァネッサを黙らせ、目を閉じて部屋がなにか語りかけてくるのを待つ。けれども、床に敷きつめたカーペットが部屋のささやきを吸収してしまって、なにも聞こえない。アパートのなかを歩きまわるラクランの姿を想像するが、カーペットのせいで彼の足音も聞こえない。この部屋のどこかにほんとうの彼の姿が刻み込まれているはずだ。彼が巧みにつくりあげた幻影の裏に隠れた、彼の真の姿が。

壁際にサイドボードが置いてあるので、扉を開けて隈なく探る。なかには、古い電卓と、心理学の本が数冊と、携帯電話をぎっしり詰め込んだヒューゴ・ボスの靴の箱が入っている。携帯電話を何台か取り出して、電源を入れてみる。ほとんどは電源が入らないが、充電が残っているのが一台だけある。電源が入るのを待って、なかを覗く。写真は保存されていないし、メールやメッセージもすべて削除してあるが、通話履歴は残っていて、コロラドの番号へ何度も電話をかけているのがわかる。

その番号をタップして呼び出し音に耳をすます。ようやく電話に出た女性は息を切らしているうえに、かなり怒っている。

「ブライアン」と、女性が怒鳴る。「どっかの女が私のところに電話をかけてきて……」

「すみませんが、あなたは誰？」と訊く。

「ブライアンの元カノよ。そっちこそ誰なの？」

「あなたと同じよ。彼はあなたをどんな目にあわせたの？」

女性がすさまじい声で喚きだし、私は思わず電話を耳から遠ざける。「あの男はあたしのクレジットカードで合計四万三千ドルの支払いをして、勝手に私の名義でローンまで組んで、とつぜん姿を消したの！　あいつは、あたしをそういう目にあわせたのよ。デンバーに舞い戻ってきたらぶっ殺すとキャシーが言ってたと伝えて……ううん、ちょっと待って。あなたの住所を教えて。警察に連絡しないと」

私は電話を切る。

ヴァネッサは、怯えたように目を見開いて私を見つめている。「誰なの？」

「カモのひとりです」私は、うんざりしながら箱のなかの携帯電話に目をやる。ラクランは、何週間か姿を消しては、こっそりこういうことをしていたのだ。いったい何人の女を騙したのだろう？　二十人か？　三十人か？

ヴァネッサが髪を顔に垂らしながら携帯電話の入った箱を覗き込むのを見て、泣きだすのではないかと心配になる。「あなたは、彼がこんなことをしているのを知ってたの？」

「いいえ」私は箱に蓋をしてから、つま先で脇へ押しやる。「とにかく、手がかりになりそうなものをさがしましょう。あなたはキッチンよ。私は寝室をさがすから」

寝室はブラインドが閉めてあって暗いうえに、埃っぽい。ドレッサーの引き出しにはきれいにたたんだシャツやチノパンが、クローゼットにはデザイナースーツとぴかぴかに磨いた靴が入っている。引き出しの奥もクローゼットの棚も靴のなかも調べるが、手がかりになるようなものはない。ただし、私と一緒に盗んだのではなく、身につけているのも見たことがない高価な時計が詰まった木の箱には興味を惹かれる。ラクランは、ひとりでせっせと仕事に励んでいたらしい。なのになぜ私を誘ったのだろうという疑問が頭をもたげる。

キッチンからはヴァネッサがキャビネットのなかを引っかきまわしている音が聞こえてくるが、とつぜん、まな板かなにかが床に落ちる音がする。ヴァネッサは、マッキャンズのオートミールの箱を手に、おかしな表情を浮かべて寝室に入ってくる。「見て」箱のなかには、ゴムバンドで束ねた百ドル札の分厚い束が入っている。「キャビネットの下のへこんだところに押し込んであったの。引っぱったら、すぽっと出てきたわ」

私はオートミールの箱を見つめる。「どうしてキャビネットの下を覗いたんですか？」

「しょっちゅうテレビを観てるからよ。『クリミナル・マインド』やなんかを。これだけでも数千ドルはあるはずよ。同じような箱がほかに六つあるんだけど」

箱のなかの札束を見ると、急に怒りが込み上げてくる。これは母の治療費だ。箱を手に取り、オートミールのかけらがついた札束をポケットに入れようとする。が、途中でやめる。もうこんなことをしてはいけない。

札束の詰まった箱はヴァネッサに返す。「どうぞ。他人のものを盗むのはやめたの」

ヴァネッサは、放射能に汚染されているとでも思っているのか、箱をベッドの上に放り投げる。「私にマイケルのお金を盗めと言うの？」

「いいえ。これはもともと彼のお金じゃなかったんですよ。誰のお金なのかわからないんだから、取っておけばいいんです。保釈金も払ってくれたんだし。それに、彼はすでにあなたからいろんなものを奪っているはずだから、その穴埋めにしてください。彼になにか買ってやりました？」

「車を一台」

「あなたのクレジットカードを使えるようにしました？」ヴァネッサは黙ってうなずく。

「ああ。それならもう、あなたの銀行口座からお金を引き出す方法を思いついているはずです」

ヴァネッサはいまにも泣きだしそうな顔をしている。「彼が詐欺師だったなんて、信じられないわ。あなたたちは……まんまと騙したのね。私のことをばかだと思って」

「違います。あなたは、私たちが見せたかったものを見ただけなんですよ。私たちは、あなたのために特別な演出をしたんです。で、あなたはそれを真に受けた。だから、あなたはばかではなく楽天家なんです」私は、オートミールの箱を手に取ってヴァネッサに渡す。「どうぞ。あなたが見つけたんだから」

「いいえ、いらないわ」

「いらないのなら、チャリティーにでも寄付してください。そのままにしておいたら、彼が取りに来るはずだから」

ヴァネッサはふたたび箱を手にしてなかを覗き、箱を振ってから指を二本突っ込んでなにかを取り出す。小さな茶封筒だ。彼女はちらっと私を見てから封を開けて、折りたたんだ紙を引っぱり出す。かなり古くて紙がもろくなっているが、広げると、出生証明書だとわかる。名前が書いてあるところに折り線がついているので読みづらく、奇妙な真実に気づくまで数秒かかる。その出生証明書はマイケル・オブライアンのもので、マイロン・オブライアンとエリザベス・オブライアンの子どもとして一九八〇年にワシントン州のタコマで生まれたと書いてある。封筒には、マイケル・オブライアン名義の黄ばんだ社会保障番号カードと期限が切れたアメリカのパスポートも入っている。

マイケル・オブライアンというのは本名だったのだ。

ヴァネッサの顔から血の気が引く。「なんてことなの」

しばらくその出生証明書を見つめていると、ラクランがサンタバーバラのホテルのベッドで私のほうに向き直りながらあらたな偽名はマイケル・オブライアンにすると言ったときの記憶がよみがえる。私はアシュレイと名乗ることにためらいを感じていたのに、彼がマイケル・オブライアンという名前をなんの抵抗もなく使っていたのもうなずける。もともと大物を狙っていた彼は、あのときすでにヴァネッサに目をつけていたのだろうか？　どんな手を使うつもりだったのだろう？　さっさと結婚してすぐに別れるつもりだったのだろうか？　それとも、もっと恐ろしいことを考えていたのだろうか？

「アイルランドの出身だというのも嘘だったんだわ」と、私がつぶやく。

ヴァネッサは身を乗り出して出生証明書を見つめ、指紋がつくのを恐れているかのように、紙の端にそっと手を触れる。「彼はストーンヘイヴンで私の帰りを待ってるのよ。私が離婚を申し立てたら、私の財産の半分は彼のものになるわ」ヴァネッサの口調がやわらかくなる。「私は彼の子どもを身ごもってるの。中絶することも考えたけど、子どもは産むつもりよ。ただ……マイケルとはもう関わり合いたくないの。彼には、妊娠していることを知られる前にどこかへ行ってもらわないと困るわ。そうでないと、一生つきまとわれることになるかもしれないから」

「彼をストーンヘイヴンから追い出す必要があるわけですね」

ヴァネッサは、垂れ落ちてきた髪の奥から私を見つめる。「そう簡単には出ていかないわよね？」

罪悪感が私の良心に鋭い歯を突き刺す。私はマイケルをストーンヘイヴンへ連れていき、ヴァネッサのもとに残して立ち去ったのだ。「たぶん」

ヴァネッサは、ふらつきながらも背筋を伸ばして私を見る。「彼に屋敷を乗っ取らせるわけにはいかないわ」

「戻るんですか？　ストーンヘイヴンへ？」

ヴァネッサが肩をすくめる。「ほかにどこか行くところがある？　あそこは私の家よ」

「でも、ひとりで戻るのは危険です。ベニーと一緒に戻ればいいんじゃないですか？　ベニーと一緒に彼に立ち向かえば」

「いまのベニーがどんなふうか知らないからそんなことが言えるのよ。彼は役に立たないわ」

「そんな……ちょっと待ってください。とりあえず、一日か二日ホテルに泊まってじっくり考えたほうがいいわ。〝出ていって〟と迫るより、もっといい方法を」警察に通報するようすすめるべきだというのはわかっているが、通報すれば、警察はマイケルと私が一緒に登録した〈ジェットセット〉のプロフィールをいとも簡単に見つけて、私も共謀していたことを突き止めるはずだ。私はすでにいろんな問題をかかえている。だから、よけいなことは言わないでおく。

ヴァネッサは、爆発して手か足が一本か二本吹き飛ぶのを恐れているかのように、目いっぱい腕を伸ばして札束の入ったオートミールの箱を体から遠ざけながら、くるりと向きを変えてキッチンに戻る。

ヴァネッサの姿が見えなくなると、彼女にお金を渡したことを後悔する。なにを考えていたのだろう？　母の死刑執行令状にサインしたようなものだ。それに、残りの人生を刑務所で過ごすつもりなら話はべつだが、まともな刑事弁護士を雇うとなるとお金がかかる。正義感など、なんの役にも立たない。いまさら潔白な良心を示したところでなにも変わらない。

もう手遅れだ。けれども、おそらく彼はほかの場所にもお金を隠しているはずだ。床に膝をついてベッドの下を覗くが、埃しか見えないので、カーペットの上にあおむけに寝そべって考える。最後にここへ来たのは半年ほど前だ。仕事を終えたあとで（そこそこ有名なラップシンガーから、ダイヤをちりばめた数十万ドルの指輪を盗んだあとで）ラクランがビバリーヒルズへ食事に連れていってくれたのだが、飲みすぎてエコーパークまで帰ることができずに、ここへ来たのだ。二日酔いに苦しみながらラクランのベッドで目を覚ますと、バスルームからごそごそと動きまわる音とドアが閉まるカチッという音が聞こえてきたのを覚えている。寝室に戻ってきて私が目を覚ましているのに気づいたラクランは、ほほ笑みながらベッドに腰掛けたが、私は彼がそれまでの表情を消して笑みを浮かべるのを見逃さなかった。

ということは、バスルームだ。

バスルームのドアを開けて洗面台の上の明かりをつけると、まぶしくて思わずまばたきをする。バスルームには顔色が悪くて髪も乱れた女性がいて、じっと私を見つめている。それが鏡に映った自分だと気づくのに、かなり時間がかかる。洗練されて落ち着いた雰囲気に包まれていたニーナ・ロスは、拘置所にいるあいだにしぼんで消えてしまったのだ。いまこの体のなかにいるのは誰なのか、自分でもよくわからない。〝私はいまのあなたのほうが好きよ〟というヴァネッサの言葉を思い出して、ほんとうにそうなのだろうかと考える。

洗面台のキャビネットには、歯ブラシと解熱鎮痛薬のタイレノールと、神経刺激剤のデキストロアンフェタミンの小瓶が一本と、高そうなシェービングセットが入っているだけだ。洗面台の下の物入れにはトイレットペーパーとティッシュペーパーと、パイプクリーナーの特大ボトルが一本詰め込んである。奥になにか隠してあるかもしれないので、すべて取り出してタイル張りの床の上に並べるが、あとは、虫の死骸と、黄ばんだヒナギクの花模様のついた防湿シートだけだ。が、シートの端が丸まったり折れ曲がったりしているのは何度も奥へ押しやられたからではないかと思って物入れの床板を叩くと、下が空洞になっているのがわかる。合板の角に爪を差し込むと、パカッと床板がはずれる。床板の下には平たい箱が入っている。ドキドキしながら、箱の蓋を開けてなかを見る。あった。

ヴァネッサが私をエコーパークまで送ってくれるが、すでに夜のとばりが下りたロサンゼルスはラッシュアワーの真っ最中で、東へ向かうテールライトの川に呑み込まれる。ヴァネッサのSUVは柑橘系の消臭剤と革のにおいがする。革のシートはやわらかくて座り心地がよく、八週間もプラスチックや金属製の椅子に座っていたあとだけに、埋もれてしまいそうな気がする。車のなかは重苦しい沈黙に包まれている。どう思っているのか、ヴァネッサに訊く気にはなれない。どう思っていようと関係ない。

ヴァネッサは私の家の前で車を停めて、母が出てくるのではないかと思っているかのように、恐る恐る玄関のドアに目をやる。けれども家の明かりはついておらず、暗い窓がぽんやりと通りを見つめているだけだ。

私は、車のドアを開けようとして一瞬ためらう。「これからストーンヘイヴンへ帰るんですか？」

「〈シャトー・マーモント〉に部屋を取ったの」と、ヴァネッサが言う。「今日はもう遅いから。明日の朝帰るつもりよ」

私はゆっくりまばたきをする。ヴァネッサについて行くこともできる。自分が蒔いた種を刈り取るために、ヴァネッサを引き止める。それなら受け入れてもらえる可能性が高い。「帰らないほうがいいかも」代わりにヴァネッサを引き止める。ストーンヘイヴンに戻ることも。

ヴァネッサは、漂白した歯を暗がりのなかで光らせて私のほうを向く。私は、彼女の顔に苛立ちがあらわれているのを見て、一時的な休戦が終わったことを知る。「やめて。目をそむけたって、あなたたちのしたことが消えてなくなるわけじゃないんだから。そうでしょ？　私にアドバイスする資格があなたにある？」ヴァネッサの息遣いは荒くて熱い。

「あるわけないわ。あなたは何者なの？」

姿は見えないものの、ヴァネッサの父親の声が聞こえる。ヴァネッサは、〝きみは何者だ？〟と訊いたミスター・リーブリングの言葉を、人を見下すような口調で繰り返す。私は思わず苛立ちを覚える。

私は何者でもないわ。取るに足らない存在よ。でも、それはあなたも同じでしょ？

「もういいわ。自分で考えればいいんじゃない？　どう思われようと気にしないから」私はそう言ってドアの取っ手に手を伸ばす。

「あなたが気にしないのはわかってるわ。あなたは、これまでだって自分のことしか考えてなかったんだから」と、ヴァネッサはそっけない口調で言う。もしかすると嫌味がこめられていたのかもしれないが、私はすでに車を降りてヴァネッサ・リーブリングからもストーンヘイヴンからも遠ざかり、母のいる家に向かって歩きはじめていたので、そこまではわからない。

ヴァネッサの車のヘッドライトが玄関を照らしているあいだにサボテンの鉢の下から鍵を取り出すが、ドアに鍵を差し込もうとすると車が走り去り、あたりはふたたび暗闇に包まれる。

家のなかは以前のままだ。ただし、長いあいだ空き家になっていたような、埃っぽい澱んだ空気が漂っている。私は、母がつい最近までここにいた証拠をさがして誰もいない家のなかを歩きまわるが、流しに置きっぱなしにしてある皿はなく、コーヒーポットにもコーヒーは残っておらず、床に服が脱ぎ捨ててあるわけでもない。もしやと思って玄関のクローゼットを開けると、母の旅行鞄がない。あわてて表に戻って郵便受けを覗くと、少なくとも一週間分の郵便がたまっている。

どうしよう。母は入院しているのだ。

保釈されたときに看守がスマートフォンを返してくれたが、接続が切られている。私が拘置所にいるあいだ、母が通信料を払ってくれていなかったからだ。しかたなく固定電話でドクター・ホーソーンにかけて、留守電につながると、かけ直してほしいという、切羽詰まった口調の伝言を残す。

すると、三分後にドクター・ホーソーンから電話がかかってくる。背後から皿がぶつかる音も聞こえてくる。食事の最中だったらしい。「久しぶりですね、ニーナ」と、ドクター・ホーソーンが言う。私は、無表情を装うドクターの声に非難の響きを感じ取る。〝母親の具合が悪いのに、よく放っておけるね〟という非難の響きを。

「母の具合はどうなんですか？」

小さな子どもの甲高い声がかすかに聞こえるが、ドクターが「シーッ」と言うと、今度は部屋を歩きまわる足音が聞こえてくる。ドクターは、しばらく間を置いてから返事をする。「あなたのお母さんの具合？　いや、それは診てみないことにはなんとも言えません」

「母はなぜ入院したんですか？」

ドクター・ホーソーンがしばらく黙り込む。「入院？」

「入院したんですよね。すみません。二、三ヵ月留守にしていたので、状況が把握できてなくて。どういうことになったのか、母から聞いてないんです。放射線治療をはじめたんですか？　それと、その——私は必死に思い出そうとする——アドベクトリクスとかいう薬も飲んでるんですか？」もしそうなら、どうやって治療費を払っているのだろう？

控えめな咳払いと書類をめくる音が聞こえてくる。「お母さんは入院してないんですよ、ニーナ。少なくとも、私の知るかぎりでは。それに、アドベクトリクスも飲んでいない。ここ一年ほどは寛解状態を保っていて、過去数回の検査でも異常は見つかってないんです」

「寛解？」どこか遠くで反響しているその言葉の意味が、とつぜんわからなくなる。

「三月の定期検診でまたCTを撮ることになってますが、たぶん大丈夫だと思います。以前にも話したように、幹細胞移植の成功率は八十パーセントを超えてるんです。百パーセントの保証はできないが、あなたのお母さんは大丈夫だと思います。最近、お母さんと話をしましたか？」

私は受話器を落としそうになる。氷のかけらを飲み込んだときのように、冷たいものが喉から食道へと下りていく。ママは元気にしているのだ。電話の向こうで小さな男の子が

「ダディー」と叫ぶと、ドクター・ホーソーンが受話器を手でふさいで息子をやさしくなだめる。私は手を震わせながら電話を切る。

ママは元気にしているのだ。

ママは私に嘘をついていたのだ。

私はくるりと体を回転させて、クローゼットから母が姿をあらわすとでも思っているかのように薄暗い家のなかを見まわす。両手を叩きつけるように壁に預けてふらつく体を支える。そのとき、ダイニングルームの隅に置いてあるファイルキャビネットが目にとまる。母が治療記録をしまっているキャビネットが。駆け寄って、引き出しの取っ手をつかむ。なにかがつかえていてなかなか開かないが、キャビネットが揺れるほど強く引っぱると、ようやく引き出しが開く。

ピンクや黄色やブルーのフォルダーのなかに入っている書類や請求書をひとつひとつ見て、床に投げ捨てる。薄い紙に印刷された薬の説明書や検査結果や明細書はどれも、母の病状が重かったことを示している。しかし、それは私も知っている。幹細胞移植を受けて数週間入院していたときは、私もそばにいた。何時間もかかる抗癌剤の投与を受けていたときも付き添っていた。母のブラシにからまったブロンドの髪を取り除き、抗癌剤がぽとっぽとっと母の血管に入っていくあいだ、ずっと手を握っていた。母は癌に侵されて、死に直面していたのだ。

でも、いまはそうではない。

自分がなにをさがしているのかわからないままフォルダーのなかの書類に目を通していると、引き出しの奥にドクター・ホーソーンの手紙があるのに気づく。十月に書かれたもので、意味のわからない数字や医学用語のなかから〝寛解〟という文字が目に飛び込んでくる。その手紙の奥には、病院へ迎えに行った日に母が私の目の前で振った、絶望的なCT画像をはさんだフォルダーが入っている。その画像では、母の背骨や首や脳に見慣れた影が映っている。しかし、よく見ると、日付が鉛筆で書き換えてあるのがわかる。２０１７の７が８になっている。

母は私に古い画像を見せて、自分がまだ深刻な状態にあると思い込ませたのだ。

でも、なぜ？

画像を見つめていると、ドアに鍵を差し込む音がして、玄関の明かりがつく。急に部屋が明るくなったのに驚いて私が目をしばたたかせていると、バティックプリントのカットソーを着て白いパンツをはいた母が、片手に折りたたんだ陽よけの帽子を握りしめて姿をあらわす。母も私を見て驚いている。

「ニーナ！」母は帽子を床に落とし、私を抱きしめようと腕を広げて近づいてくる。「ああ、あたしのベイビー！ でも、どうやって保釈金を払ったの？」私は母の足取りがしっかりしていることと、陽に焼けて、頬のふくらみも戻りかけていることに気づいて苦々しい思いを抱く。これまでと違ってスカーフで隠していないので、ブロンドの髪も色が明るくなって艶々と輝いているのがわかる。私は思わずあとずさる。

「どこへ行ってたの？」

母は足を止め、以前は悲惨な状態になっていたのを思い出したかのように、さりげなく髪に手を触れる。一瞬、母の顔に狡猾そうな表情が浮かぶ。私はそれを見て気分が悪くなる。「砂漠よ」と、母が言う。母はまたうれしそうな甘い声を出し、わざとらしく腕を振る。「ドクターにすすめられたの。砂漠の乾燥した空気は体にいいって」

私は、心臓に針を突き刺されたような痛みを覚えるのと同時に、恐ろしい事実に気づく。私は母のカモなのだ。

「ママ。やめて」そう言って、CT画像を突きつける。「もう治ったのよね」

母の呼吸が速くなるにつれて、形のいい唇が伸びたり縮んだりする。「ハニー、おかしなことを言わないでよ。あたしが癌に侵されてるのを知ってるくせに」そう言いながらも、母は私が手にしている書類を見つめ、ゆっくりと視線を上げておずおずと目を覗き込む。

「癌は一年前に治ったのよね」私の声はがらがらにかすれて、うつろに響く。「検査結果を改ざんして、再発したように見せかけたのもわかってるの。わからないのは、私に嘘をついた理由よ」

母はカウチの端に寄り、支えがないとまっすぐ立っていられなくなったかのように片手をつく。そして、白いサンダルからのぞくシェルピンクのペディキュアを塗った足の爪に視線を落とす。「おまえがニューヨークへ戻ろうとしてたからよ。あたしをまたひとりぼっちにするつもりだったからよ」母は目に涙を浮かべ、くるっとカールさせて黒いマスカラを塗ったまつ毛をしばたたかせる。「あたしは不安で……」

「なにが不安だったの？」

「どうやってひとりで生きていけばいいのか、わからなかったの。生きる目標を見失ってしまって」母は、少女のようにか細い声で言う。私は、これまでさんざん聞かされてきた母の言い訳や詫びの言葉を思い出して、急に嫌気が差す。

「ほんとうのことを話して」

母はほんとうのことを話す。

私たちは、おたがいの顔を見ずにすむように暗いポーチに並んで座る。そして、母はついにほんとうのことを一から話しはじめる。ラクランとの出会いは、四年前に〈ホテル・ベルエアー〉でポーカーをしていたときに彼の時計を盗もうとして気づかれたのがきっかけだった。ラクランは母の手首をつかみ、目を見つめて、「あんたなら、もっとほかにできることがあるだろ？」と言ったらしい。

しかし、ラクランの助けがなければ母はなにもできなかった。すでに五十代が目前に迫っていて、バーでも男たちの目は母を素通りするようになっていた。彼らの目当てはもっと若くて可愛い女で、母も自分がやけになっていることに気づきはじめていた。ラクランは母が詐欺に手を染める決心をしたのを面白がって、母に仕事を手伝わせるようになった。目をつけた女たちへの取り持ち役として母を利用したのだ。簡単にクレジットカードを渡したり銀行の口座番号を教えたりする、愛に飢えた女たちを落とすために。（ラクランのアパートにあった携帯電話は、そういった女たちとの連絡に使っていたのだろう。）いずれにせよ、女性には同性の知り合いが太鼓判を押す男性を信用する傾向がある。

母が、家賃を払ってもまだ充分に残るお金を手にしたのは、はじめてだった。

しかし、母はほどなくして体調を崩す。そのうちよくなると思って放っておいたが、ついに倒れて、恐ろしい病名を告げられた。癌だと。自分で自分の面倒を見られなくなったら誰が面倒を見てくれるのかと、母は途方に暮れた。利用価値がなくなればラクランに見捨てられるのは目に見えていた。知らせれば私が帰ってくるのはわかっていたが、私に母の治療費を払うだけの経済力があるかどうかは疑問だった。母もばかではない。インテリアデコレーターのセカンドアシスタントがどのぐらいの給料をもらっているか、知っていたのだ。私も、たまに短い電話をかけるだけだったので、お金がないのは明らかだった。

そこで母は、私をラクランに紹介するという解決策を思いつく。器量も頭もよくて、なかなか抜け目のない娘は美術に通じていて、仕事で大富豪の家に出入りしている。うちの娘には大いに利用価値があるので、言葉巧みに引き込んで一人前の詐欺師に仕立て上げればいいとそそのかしたのだろう。ラクランは母の話に興味を惹かれて、面白いと思ったに違いない。病院ではじめて会ったときの感触もよかったのだろう。母はラクランに例の殺し文句を教えた。金に余裕のある者からだけ盗む。ほどほどにしておく。欲張らない。

そして、それは功を奏した。当然の成り行きだった。私には詐欺師の血が流れていたのだから。

「でも、詐欺師になるために生まれてきたわけじゃないわ」私は、湿気を含んだ夜気に顔をしかめながらドライブウェイの黒い砂利を見つめる。目を開けているのがつらい。「ママは私を自分のようにしたかったからラクランに引き合わせたのよね。私がママのようになれば自分を蔑(さげす)まずにすむと思って」

母は、丘のふもとを通る高速道路の車の音に掻き消されそうなほど小さな声で言う。

「あたしはおまえに、ここを離れて幸せな人生を送ってほしいと思ってたの。けど、それは叶わなかった。いったい、どうすればよかったの？　請求書はたまる一方だし、病気にもなった。だから、おまえに助けてほしかったのに、おまえにはあたしを助けるだけの稼ぎがなかったんだから」

母は治療費があんなにかかると思っていなかったし、自分が死に直面するとも、私が膨らむ一方の治療費をなんとか工面しようとして危ない仕事にまで手を出すようになるとも思っていなかった。私がラクランと男女の仲になるとも思っていなかったようで——

「けど、そうなるのも無理はないわ」母はそう言って、私に意味ありげな視線を向ける。本心で言っているのか、私がラクランとそういう関係になるのも織り込みずみだったのかはわからない。いずれにせよ、私と母との関係はより強まって、ほかの人間を遠ざけた。

「もちろん、このままじゃいけないと思ってたわ」母は、娘だけはなんとか抜け出させてやりたいと思っていた暮らしに私がいとも簡単に堕ちてしまったのを見て、不安を覚えていたようで、助けが不要になったら私を自由にすると心に誓ったらしい。いろんなことを経験して少しは世間のこともわかるようになった私を東海岸に戻らせて、ひとりで堅実に生きていくのを望んでいたのだ。ところが、十月に検査の結果が届いて寛解したのがわかを求めていた。自分の医療費もほぼ払い終えると、母は私を手放したくないと思っていることに気がついた。毎晩、ベッドに入ると、自分の血液のなかからついに癌が消えたのを喜びながら、〝さて、これからどうすればいいのだろう？〟と考えたという。私がいなくなれば、母はまた元の状態に戻ることになる。貯金もなく、職もなく、もはや詐欺でも稼げなくなってしまった状態に。

そこで、母はある計画を思いついた。その大仕事をやり遂げて蓄えができたら、私を自由にするつもりだった。

ストーンヘイヴンは母のアイデアだった。母は私と同様に、あれ以来ずっとリーブリング家を遠くから観察していたらしい。いざというときに煮えたぎらすために、苦々しい恨みを温め続けていたのだ。母は、ウィリアム・リーブリングの死を新聞で知り、ヴァネッサがストーンヘイヴンに戻ったことはネットで知った。この十二年のあいだ、母は札束の詰まった金庫や屋敷にある高価な絵画やアンティークの家具を思い浮かべながら屋敷に忍び込む方法を考えていたのだ。私も充分な準備をして、十二年間抱き続けてきたリーブリング家に対する恨みに火がつくのを待っていた。それに、ストーンヘイヴンのことは母より私のほうがはるかに詳しく知っていた。

「金庫には大金が入っているのを知っていたのね？」そう言ったとたん、母と一緒にコーヒーショップへ行ったときにベニーとヴァネッサに会ったのを思い出す。ふたりはたまたま金庫のなかのお金の話をしていたのだが、母は、聞いていないふりをしながらひとこと残らず覚えていたのだ。それにしても……「どうして私が暗証番号を覚えてるのを知ってたの？」

母は、ブロンドの髪を顎先で揺らしながらかぶりを振る。「それは知らなかったわ。けど、おまえは頭がいいから」そう言って、誇らしげな笑みを浮かべる。「おまえなら、なんとかできると思ったのよ。それに、おまえがだめでも、ラクランは金庫破りの名人だから」

母は種を蒔くだけでよかったのだ。癌が再発したと嘘をつき、また高額な治療費が必要になると嘆くだけで。あとは、ラクランに私の背中をひと押しさせるだけで事足りた。（私は母の話を聞いてはじめて、ハリウッドのスポーツバーで飲んでいたときにラクランがとつぜん、まるでいま思いついたかのように、〝タホ湖はどうだ？〟と、さりげなく口にしたのを思い出した。）そういうわけで、私たちはタホ湖へ向かった。

「でも、警察が私をさがしてたのよね。だから、私とラクランは街を離れたのよ。ブローカーのエフラムが逮捕されて、私たちを売ったから」

母は片足のサンダルを脱ぐと、つま先を両手ではさんでゆっくりさする。「警察なんて来てないのよ。あのときは。エフラムは故郷のエルサレムに戻ったという噂を耳にしたんで、ラクランとふたりで話をでっちあげたの。おまえが街を離れて、あたしが」――母は間を置いて、言いにくそうに声を落とす――「治るまで戻ってこないように」

「でも、私は逮捕されたのよ。ばかなことを言わないで。これから裁判にかけられるのよ。それは芝居の筋書きになかったのね」

ついに母が泣く。最初に嗚咽が聞こえ、となりにいる母を見ると、目尻のこまかいしわに涙がにじんでいるのがわかる。「こんなことになるとは思ってなかったのよ」母はか細い声で言う。「嘘じゃないわ。ラクランがあたしを騙したのよ。あたしたちふたりを裏切ったのよ」

おそらく、ストーンヘイヴンの金庫にお金が入っていれば、なにも問題はなかったのだろう。百万ドルを山分けし、〝じゃあ、また〟と声をかけて、おたがいに後腐れなく夕陽のなかへ姿を消すことができたはずだ。いや、もしかすると、ラクランは最初からべつの計画を立てていたのかもしれない。マイケル・オブライアン独自の計画を。けれども母は、私が手ぶらで、しかもひとりでロサンゼルスへ戻ってきたときに、なにかよからぬことが起きるのではないかと感づいていた。母が思っていたより早く、そのよからぬことが起きただけだ。ロサンゼルスに戻るとすぐにドアにノックの音が聞こえ、私は手錠をかけられて、気がつくと拘置所にいた。

警察も、自力では例の倉庫を見つけることができなかった。誰かが匿名のタレコミで倉庫の場所を教え、誰かがアレクセイ・ペトロフの名前を口にしたのをきっかけに、全容を解明したのだ。

そんなことができるのはラクラン以外にいない。

あまりに怒りが激しくてしゃべることもできず、椅子をうしろに倒してこけら張りの壁にもたれかかる。壁板のささくれがTシャツを突き抜けて肌に当たるが、そのまま動かずに、気がすむまで裏切りの痛みを味わう。

「わかってたはずよ。こうなることは予測できたはずよ。ママは彼の正体を知ってたんだから――彼が詐欺師だってことを。なのに、娘を託したわけ？」私は懸命に涙をこらえる。「ママは私が小さいころからずっと、〝ママを信じなさい、あたしたちはたがいを頼って生きていくしかないんだから〟と言ってたわよね。なのに、私をこんな目にあわせたのね」

母は返事をしないが、まるで内臓が激しく回転しているかのように体が震えているのがわかる。「チャンスがあれば、あの男を殺してやるわ」と、ようやく母が言う。「けど、どこへ行ったのかわからないのよ。電話をかけても、かけ直してこないし」

「彼なら、まだストーンヘイヴンにいるわ。ヴァネッサ・リーブリングと結婚したの。彼女の人生を台無しにするのは目に見えてるわ。そのうち離婚して、彼女の財産をすべて奪うつもりなんでしょうね」

「なるほど」母はそう言ってから、柄にもない声で「可哀想に」と付け足す。そのとき、一台の車が近づいてくるのが見える。私も母も、ヘッドライトを浴びて黙り込む。ふと目をやると、母が嘘をついたのがわかる。笑みを浮かべてはいるものの、口元がゆがんでいる。母は、ヴァネッサが可哀想だとは、これっぽっちも思っていない。

私はあわてて立ち上がり、朽ちかけたポーチの床の上でつまずく。

「私の車はどこ?」

母は涼しい顔をして私を見る。「売ったわ。おまえがこんなに早く出てくるとは思ってなかったから」

「私がタホ湖から乗ってきたラクランの車は?」

「あれも売った」母は、首をすくめて急に哀れな声を出す。「請求書がたまってたから……」

「いいかげんにしてよ」私は乱暴にドアを開けて家のなかに戻り、玄関を入ったすぐのところに置いてある母のホンダのキーと自分のハンドバッグをつかむ。

振り向くと、うしろに母が立っている。母は、私の手首をつかんで行く手を遮る。驚いたことに、母の力は元に戻っている。いや、もしかすると弱々しい演技をしていただけなのかもしれない。「どこへ行くの？」と、母が訊く。

「わからないわ。とにかく、ここにはいたくないの」

「あたしをひとりにしないで」居間の明かりが洩れてきているので、老け込んだ母の顔に恐怖の色が浮かんで、涙でにじんだマスカラが頬に流れてきているのがわかる。「あたしはこの先どうやって生きていけばいいの？」

私は、腕に置かれた母の手と、シェルピンクのマニキュアを塗った爪と、自ら秘密を明かす陽に焼けた肌を見つめる。この一週間、母は誰とどこへ行っていたのだろう？ 答えは訊かなくてもわかる。私が拘置所に入れられて、リーブリング家の金も手に入らないとわかった母は、また詐欺で稼ぐしかないと思ってカモを見つけたのだろう。いったい、砂漠でどんな手を使うつもりだったのだろう？ 考えるだけでうんざりするのと同時に、べつに答えを知りたいわけではないことに気づく。

「これまでどおりに生きていけばいいわ。ただし、うまくいかなくなっても、もう私は助けに来ないから」

ヴァネッサ

34

ストーンヘイヴンのドアを開けると、彼が私を待っている。笑みを浮かべ、目の色を引き立てる青いカシミアのセーターを着て（私がクリスマスにプレゼントしたセーターを着て！）、手にワイングラスを持って。玄関ホールに置いてある祖父のお気に入りだったデルフトの花瓶の横に立っている彼は、まるで自分の屋敷に客を迎え入れる主のようだ。

（ここは、彼の家じゃないのに！　ああ、私はなんてことをしてしまったのだろう？　パパ、ママ、キャスリーンおばあちゃま、ほんとうにごめんなさい。）

彼は私の夫、マイケル・オブライアンだ。

私が髪に積もった雪を払いのけながら重いキャリーケースを引きずっていると、彼が駆け寄ってきて運んでくれる。手にしていたクリスタルのワイングラスは私に押しつけて。

私は手を震わせながらグラスの柄をつかんで、無意識のうちにグラスのなかのワインを見つめる。

「シャトー・パプ・クレマンだ。ワインセラーで見つけたんだよ」彼は、私がとまどっているのに気づいて、わざわざ説明する。「さあ、まだキスをしてなかったよな」

彼が私の唇にキスをすると、彼の体のぬくもりが顔に貼りついた雪を解かして、冷たいしずくが涙のように頬をつたう。彼が背中に両腕をまわして私を抱き寄せると、セーターのやわらかい生地越しにおだやかな鼓動が伝わってくる。そして、私の下腹部からは厄介な疼きが込み上げてくる。体の奥のこのざわめきと興奮は、子宮のなかで育ちつつあるあらたな命が彼がそばにいることに気づいたからに違いない。こうして抱かれていると、不本意ながらも自分がすっかり気を許していることに気づき、このまますべてを――私たちふたりのすべてを――彼にゆだねることができたらどんなにいいかと思う。

ロサンゼルスからの長い道中はずっと、犯罪者に立ち向かう心の準備をしていた。降りしきる雪をものともせずに車を走らせながら、〝大丈夫！〟と叫んでいた。〝私ならできる！　私は強い！　私はヴァネッサ・リーブリングなんだから！〟と。なのに、いまはこうしてテディベアのように無害でやさしい夫の腕に抱かれている。これは――この男は！

――幻だと自分に言い聞かせる。けれども、幻にしては現実感がありすぎる。

そもそも、ヴァネッサ・リーブリングとは何者なのだろう？　とうの昔にその重みを失った名前の影に隠れているだけの、取るに足らない弱い人間だ。

私は彼から体を引き離す。「髪を切ったのね」

「気に入った？　きみが短いほうがいいと言っていたのを思い出したんだよ」彼がそう言って手で髪をくしゃくしゃにすると、カールした黒い髪が片方の目を覆う。髪に覆われた目に笑みが浮かんでいるのがわかると、そんな気はないのに欲情が込み上げてくる。彼のあとについてキッチンへ行くと、暖炉では火がパチパチと燃えていて、オーブンからはなにかを焼いているにおいが漂ってくる。チキンだろうか？　ポテトだろうか？　まさに、家庭のにおいだ。うれしくて、涙が出そうになる。固い決意は、ブーツについた雪とともに解けていく。

「どうかしたのか？」と、彼が訊く。

外では雪が激しく降り積もり、ストーンヘイヴンを静かなとばりで覆いつくしている。明日の朝までに一メートル近く積もるらしい。予報では、今シーズン最大の積雪になると言っている。どか雪(ダンプ)だ。（ダンプに〝愛しいもの〟という意味があるのは、皮肉な話だ！）いまここにいるのは、ほんとうに運がいい。ハイウェイパトロールが道路を完全に封鎖する直前に峠を越えることができたのだから。

暖炉が部屋を暖めて、窓は結露で曇っているが、私は寒くて震えている。

まだ切り出すつもりはなかったのに、手榴弾がうっかり手から滑り落ちるようにとつぜん言葉が口をついて出る。（早すぎる！　心の準備ができていないのに！）

「あなたは誰なの？」

彼はワイングラスを持つ手を下げて、怪訝そうに眉根を寄せる。「マイケル・オブライアンだけど？」

「それは名前にすぎないわ。あなたはいったい何者なの？」

彼は、とまどいをあらわに上唇を引きつらせながらも、ふたたび笑みを浮かべる。「それは、まやかしのクイーンに訊いてくれ」

一瞬、言葉を失う。私のこと？「どういう意味？」

「これまでのきみの仕事は嘘を紡ぐことだった。人前に出るときはきれいな仮面で醜い顔を隠し、幻の生活を見せびらかして金儲けをしてたんだ。それはまやかしじゃないのか？」

「べつに、それで誰かが傷つくわけじゃないわ！」（いや、傷つくだろうか？）

彼は肩をすくめてスツールに腰掛ける。コツンと小さな音を立ててグラスを大理石のカウンターに置き、くるくるまわしてカウンターの端まで滑らせる。「そう思いたければ思えばいい。ぼくとは意見が異なるだけだ。きみは架空の自分を演出して金を稼いでたんだ。非現実的な願望を掻き立てて五十万人のフォロワーにコンプレックスを植えつけ、トレンドに乗り遅れてはいけないと焦る彼女たちをセラピーなしには生きていけない状態におちいらせて。まさに、いかさまセールスマンだ。きみと同じようなことをしている連中は、みなそうだよ」

頭がぼうっとして、考えがまとまらない。彼は腹立たしいほど落ち着いている。私を混乱させようとしているのは明らかで、それには成功している。

どう言えばいいのだろう？　彼を怒らせたくはない。お金はそんなにないと私が打ち明けると、彼は苛立ちをあらわに暖炉の火かき棒を振りまわした。あのときの恐怖はいまだに忘れられない。キッチンには包丁があるし、重い鉄製のフライパンも暖炉の薪も、危険なものはたくさんある。争いたくはない。出ていってほしいだけだ。

もう一度、やり直す。

「じつは、このあいだから考えてたんだけど」（やさしく言ったほうがいい！　そう思って、やわらかい声でおずおずと切り出す。それほどむずかしくはない。）「私たち、うまくいくと思う？　つまり、夫婦としてってことだけど」

彼はカウンターの上のワイングラスをまわす。グラスは、倒れて割れるのではないかと不安になるほど大きく揺れる。駆け寄ってつかもうとすると、彼が指先でグラスの柄を押さえて揺れを止める。「えっ？　きみは幸せじゃないのか？」

「ちょっと不安になっただけよ」私はドアの上の時計に目をやる。まだ五時なのに、窓の外は真っ暗で、なにも見えない。湖も、降りしきる雪も見えない。屋敷の石の壁に吸収されて、風の音も聞こえない。キッチンは、コンロの種火の音さえ聞こえるほど静かだ。

「ただ、少し距離を置いたほうがいいんじゃないかと思って。とつぜん一緒に暮らすことになって、勢いで結婚しちゃったから、おたがいに、よく――」

彼が私の話を遮る。「ちょっと不安になっただけだと言ったけど、ぼくには、きみがつねに不安をかかえているように見えるんだ。違うか？　問題があるのはぼくとの関係ではなく、きみの頭のなかだよ」そう言いながら、指先で自分のこめかみを押さえる。「きみは、ぼくに出ていってほしいと思っているわけじゃない。自分が見捨てられることはないと思えないだけだ。だから、ぼくはどこへも行かない。だって、きみが後悔するのは目に見えてるから。ぼくたちの関係がきみの不安に振りまわされるのはごめんだ」彼は手のひらを上に向けてカウンターを滑らせて、私が手を重ねるのを待つ。「ぼくは、きみのことを思って言ってるんだよ、ヴァネッサ。ぼくがいなくなったら、きっとさびしい思いをするはずだ。すべてを投げ捨ててしまったことを後悔するはずだ。きみのことをほんとうにわかっているのは、この世にぼくしかいないんだから」

私は、その場に立ちつくして彼の言葉を噛みしめる。彼の言うとおりだ。彼は私のことをよくわかっている。最初からわかっていたのだ。これまでは、こんな欠点だらけの人間なのに（いや、だからこそ！）私を愛してくれているのだと思っていた。でもこれで、彼がわかっていたのは、私に欠点が――容易につけ込める弱みが――あることだったのだとはっきりする。だから、ますます自分が嫌いになる。彼は私を愛してなどいない。だって、私は人に愛されるような人間じゃないのだから。ただ、私を騙そうとしていただけだ。

なのに、彼はまだアイランドカウンターの向こうにいて、あの水色の目に心配げな表情を浮かべて私を見つめている。

ついに、カウンターの角をまわって私のそばへ来る。「ぼくはきみを幸せにしてやれるんだよ、ヴァネッサ。きみがその気になりさえすればいいんだ。ぼくを疑うのをやめさえすれば」私を引き寄せようとするかのように、パーカーのファスナーに手を伸ばす。これがもっとも楽な道かもしれないという思いが、ほんの一瞬頭をよぎる。このまま彼の胸にもたれかかればいいのだ。あとは、〝なすがままに〟だ！　仮面を脱ぎ捨てて、自分の弱みを認め、彼にすべてをゆだねればいい。彼は、私のお腹のなかで育ちつつある子どもの父親だ。ひとりで子どもを育てるよりふたりで育てたほうが楽ではないか？　なんとかして彼を変えれば、家族になれるのではないだろうか？　これからも、都合のいい嘘で自分を騙し続ければ。

奪い取られるのを待つのではなく、望むものをすべて彼に与えてもいい。そもそも、私にこんな屋敷が必要だろうか？　彼にくれてやれば、せいせいするのでは？

けれども、私は彼の胸を両手で押して突き放す。

つぎの瞬間、遠くから蝶番のきしみとドアが床をこするギーッという音が聞こえてくる。そして、キッチンのドアのひとつが開く。私たちは、いちばん奥にあるドアに目をやる。娯楽室へ通じる、めったに使うことのないドアに。

そこにニーナが立っている。彼女は寒さに頬を赤らめ、ジーンズの膝から下はずぶ濡れで、よれよれになったパーカーも雪が染み込んで黒っぽくなっている。そして、片手には娯楽室の壁に掛けてあった拳銃を握りしめている。銃口はこっちに向けられているが、私の立っている位置からでは、彼女がマイケルと私のどちらを狙っているのかわからない。

足がふらつき、膝が震え、〝ついにこれで終わりね〟と心のなかでつぶやく。

「無駄な時間を費やす必要はないわ」と、ニーナがマイケルに言う。「彼女は知ってるのよ。あなたのことをすべて知ってるの」

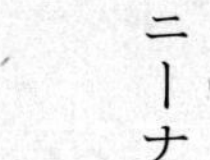

ニーナ

35

生まれながらの悪人などいない。人はみな、善人にも、悪人にも、そのどちらでもないごく普通の人間にもなれる可能性を秘めて生まれてくるのではないだろうか？　けれども、生まれたときからすべてが遺伝子に書き込まれているという誤解がその後の暮らしや環境を変えてしまう。人は悪事を働いて不当な見返りを得ることもある。たとえ欠点があっても、責められることはない。叶うはずのない夢を追い求め、それが叶わなければ悲嘆に暮れる。世の中に目を向けて自分の境遇を見定め、どんなにあがいても這い上がれないことを知る。

そして、知らぬまに悪人になってしまうのだ。

私はそんなふうに二十八年間の人生を過ごして、気がつくと、両手で握りしめた拳銃を見つめている。巻き戻しボタンはどこにあるのだろうと、ふと思う。振り出しに戻って一からやり直すことができたらどんな自分になっていたか、知りたいと思う。

キッチンの反対側には、ヴァネッサとラクランがたがいに五、六十センチの距離を置いて凍りついたように立っている。「おお！」とでも言おうとしたのか、ふたりとも口を同じ形に開けて。「彼女は知ってるのよ」と、私はラクランに言う。「あなたのことをすべて知ってるの」

ラクランは私からヴァネッサに視線を移し、ふたたび私を見る。彼が驚きを表情にあらわすのは、知り合って以来、たぶんこれがはじめてだ。「どこにいたんだ？」

「拘置所よ」

ラクランは、理解に苦しむふりをして眉間にしわを寄せる。「えっ？」

「お願いだから、驚いているふりをするのはやめて」

ラクランは、ひと呼吸置いてから声をあげて笑う。「わかった。フェアプレーでいくよ。いったい、どうやって出てきたんだ？」

「保釈金を払ったのよ、もちろん」

ラクランはまだわからないらしく、懸命に考えている。「お袋さんが払ってくれたのか？」

「違うわ」私は銃口をヴァネッサのほうへ向けるが、思っていたよりむずかしい。象嵌をほどこしてあるからか、重さが二キロ近くあるし、手に汗をかいているので滑るのだ。

「彼女が私をさがして、助け出してくれたの」

「えっ？」ラクランは、くるっとヴァネッサに向き直る。「まさか。そんなことをするとは思ってなかったよ」

ラクランがヴァネッサのことを言ったのか私のことを言ったのかはわからない。たぶん両方のことなのだろう。演技だとわかったうえでラクランのアイルランド訛りを聞くと、反吐が出る。

ラクランは――いや、彼はマイケルなんだと自分に言い聞かせる必要があるのだが――わざとらしくヴァネッサから一歩あとずさる。私は選択を迫られる。どっちを撃つべきかという選択を。と、そのとき、銃口がヴァネッサのほうに向いたままになっていることに彼が気づいて、安堵の表情を浮かべる。ヴァネッサは私たちふたりの標的だった。そもそも、私たちは資産家の娘であるヴァネッサを騙すために、ふたりでここへ来たのだ。彼の視線はヴァネッサと私のあいだを行き来して、最後はニヤついた笑みとともに私に向けられる。彼はまた私に乗り換えたようで、私もほっとして彼のもとへ戻ることにする。いまは、そこに望みをかけるしかない。

銃口の先にいるヴァネッサに目をやると、彼女は震えながらおずおずと私を見つめ返す。目にはクエスチョンマークが浮かんでいる。私は〝きみは何者だ？〟と言われたのを思い出し、積もり積もったリーブリング家に対する恨みをかき集めてヴァネッサをにらみつける。ヴァネッサは縮みあがり、緑色の目に涙と恐怖の色を浮かべて、床にくずおれそうになる。

マイケルに視線を戻すと、彼は用心深い笑みを浮かべる。偽りの、こわばった笑みを。こっちが手の内を明かすのを待っているのだ。

「彼女は知ってるのよ」と、私が繰り返す。「私たちがなにを企んでたのかも、あなたが彼女に見せているのはほんとうのあなたじゃないってことも」

マイケルはヴァネッサを見ようともしない。まるで、ヴァネッサなどそこにいないように振る舞っている。「わかった。話してくれ。なにを企んでるんだ、ニーナ？　なぜ、わざわざここに戻ってきたんだ？　さっさとメキシコにでも逃げればよかったのに」

「重窃盗罪で有罪になるかもしれないのに？　何年ぐらいになると思う？　いずれにしても、お金がいるのよね。優秀な刑事弁護士を雇うとなると、かなりかかるから。あなたのせいよ、ダーリン。感謝してるわ」

「そんなことを言うなよ」マイケルは歯をむき出しにして笑うが、顔は引きつっている。

「あんまり恨まないでくれよな。おれは、もっとデカいことがしたかったんだ。けど、あんたには欲がなかった。ほどほどにしておかないとヤバいとかなんとか言って、ビクビクしてたじゃないか。おれはそういうのに嫌気が差したんだ。あんたとおれは……もう一緒にやっていけないんじゃないか？」

ヴァネッサはドアの取っ手をつかもうとしているのか、手をうしろに伸ばしてゆっくりと半歩ずつあとずさっている。「そこに座って」私は彼女を怒鳴りつけて、部屋の反対側にあるテーブルに銃口を向ける。

ヴァネッサは、従順なペットのようにテーブルまで歩いていって椅子に座る。

「ひとつ提案があるの。彼女とふたりでなにを企んでいるのか知らないけど」――私はそう言ってヴァネッサを指し示す――「私も仲間に入れて。いやだと言うのなら警察へ行くわ。お返しに私があなたを差し出したら、警察も喜んで有罪答弁取引を持ちかけてくると思うの。私は雑魚(ざこ)だけど、あなたは大物だから」

「頼むよ、ニーナ」マイケルはカシミアのセーターに視線を落とし、胸のあたりに手を伸ばして見えない糸屑をつまむ。「もちろん、あんたも仲間に入れるよ。けど、とつぜん姿を消してすべてを台無しにしたのはそっちだろ？　おれはどうすればいいんだ？　たしかに彼女は知っている。それに、実を言うと、彼女はまったく金を持ってないんだ」

「お金はあるわ」と、ヴァネッサがおだやかに反論する。ポニーテールがほどけて髪が顔を隠しているので、表情を読み取ることはできない。両手を広げてテーブルの上に置き、自分を釘づけにしようとでもしているかのように力を入れてテーブルを押さえつけている。

マイケルは、ばかにしたように鼻を鳴らしながらヴァネッサのほうを向く。「デカい屋敷やアンティークがあっても金を持ってることにはならないんだよ」

「アンティークを売ればいいのよ」と、私がマイケルに言う。「ルートはなんとかなるはずよ」

ところが、ヴァネッサは大きくかぶりを振って垂れた髪の奥から私たちを見上げる。

「ううん、お金はあるの。現金がいっぱい。たぶん百万ドルはあると思うわ。それに、母の宝石も。母の宝石はそれ以上の価値があるはずよ。あなたたちがここから出ていってくれるのなら、すべてあげる」

マイケルが一瞬考え込む。「どこにあるんだ?」

「金庫のなかよ」

マイケルが両手を投げ出す。「とんだ大嘘つきだな、マイラブ」

「金庫は空っぽだったのよ」と、私が言う。「なかを見たの」

ヴァネッサは、指の関節が白くなるほど強くテーブルを押さえつけている。目は充血して潤んでいる。「書斎の金庫じゃなくて、ヨットの金庫のなかにあるの」

「で、そのヨットはどこに？」と、マイケルが訊く。

「母のヨットで、ドックに置いてあるわ。ボートハウスのドックに」

「なぜヨットに金庫があるんだ？」

「どんなヨットにでもあるのよ。ヨットに乗ったことがないの？」ヴァネッサはわずかに背筋を伸ばし、怒ったように肩を引く。「金庫がなかったら、サントロペをクルージングしているあいだ、貴重品はどこへしまっておくの？」

マイケルは、助けを求めてちらっと私を見る。「タホ湖とサントロペは違うわ」

「でも、わが家のヨットには金庫があるの。で、父はそこに貴重品を入れてたの。あなたたちのような人はヨットの金庫を狙うほど頭がよくないと思って」

ヴァネッサはまた父親と同じような声で話をする。人を見下すような冷たい声を聞くと、反射的に胃がよじれる。私はヴァネッサの顔を見つめて、嘘をついていないかどうか――目をそらしていないか、息が乱れていないかどうか――探るが、どうやら、ほんとうの話のようだ。彼女は、急に落ち着きと冷静さを取り戻して私を見つめ返す。

「貸金庫に入れておくほうがいいんじゃない？」と、私が訊く。

ヴァネッサはかぶりを振る。「父は銀行を信用してなかったの」

私はマイケルを見る。「ねえ――確かめに行く価値はあると思うけど。もし彼女の話がほんとうなら、アンティークより現金のほうが楽だから」

マイケルは、ボートが桟橋に係留されているのを期待しているかのように窓の外に目をやるが、もちろん、見えるのは闇に舞いしきる雪だけだ。「こんなときに行きたくないよな」

「雪が降ってるだけでしょ」と、ヴァネッサが言う。「いまから行って金庫のなかのお金を手にしたら出ていってくれる？　今夜のうちに」

マイケルが私を見る。私は肩をすくめる。それがいい。

「わかった」と、マイケルが言う。「行こう」

私たちは広い庭を横切って、暗い斜面を下る。雪は、ブーツのなかに入り込んで靴下をびしょ濡れにしてしまうほど積もっていて、私たちはよろめいたりつまずいたり沈み込んだりしながら、真っ白な雪の上に一本の筋を残して歩いていく。ヴァネッサが先頭に立ち、私は獣のように彼女の足跡を追いながら、一メートルほどうしろに続く。

外は寒くて気持ちがいい。寒いと、頭のなかに響きわたる声も静かになる。息をすると胸が痛むが、それは、まだ生きている証拠だ。

マイケルは私の横を歩いている。雪はかなり激しく降っているが、風はない。足を踏み出すたびに、降ったばかりの雪がその下に積もっている硬い雪に押しつけられる音が聞こえるほど、あたりは静かだ。

マイケルは、転ばないように私の腕をつかんでから体を寄せて耳打ちする。「言いたくないけど、それは弾が入ってないんだぞ」

銃を持って歩くのは至難の業。両手でバランスを取らないと転んでしまうので、銃は濡れてじっとりとしたジーンズのウエストに突っ込んである。「ううん、入ってるわ。調べたの」

マイケルが怪訝そうな顔をする。「なるほど。彼女は、いったいいつ弾を込めたのやら」マイケルは膝のあたりまである吹きだまりに足を突っ込んでしまって、毒づく。「なあ、ほんとうにヨットがあると思うか？　それとも、彼女はおれたちを罠にはめようとしてるんだろうか？」

「罠って、どんな？　ヴァネッサは子猫のように無邪気だし、向こうはひとりだけど、こっちはふたりよ。彼女になにができる？」

「おかしいと思ってるだけだ」と、マイケルがため息まじりに言う。「あの女は大嘘つきだよ。金はないと言ったんだから」

私も深い吹きだまりにはまって、ブーツが脱げる。雪のなかに手を突っ込んでブーツを取り出して、濡れた靴下の上にはく。「あなたはどうするつもりだったの？　教えてくれてもいいと思うけど」

マイケルが顔をしかめる。「当然、離婚するつもりだったんだよ。婚前契約を交わさずに結婚するのは、もっとも簡単な詐欺だ。しかも、合法的な！　カリフォルニアは夫婦共有財産制を採用してるだろ？　だから、彼女の財産のすべてを手に入れることはできなくても、離婚したら二、三百万ドルは手に入ると思ってたんだ。なのに、いざ結婚したら、屋敷の維持費もかかるし、自由になる金はないと言うんだよ。それで、離婚するにしても、いろいろ問題があることがわかって。おれがストーンヘイヴンの権利の一部を手にして出ていくのを彼女の弁護士が許すとは思えないし。だから、いい夫を演じて、おれにすべてを譲ると彼女に遺言を書き直させようと考えたんだ。すぐにというわけにはいかなくても、いずれ、頃合いを見計らって……」

「彼女を殺すつもりだったのね」思わず嫌悪感が声に出る。

マイケルが横目でちらっと私を見る。「おれを責めるなよ。そっちもそのつもりなんだろ？　そんな銃を振りまわしたりして。とにかく、彼女をこのままにしておくわけにはいかない。警察に駆け込むのは目に見えてるからな」

「それはわかってるわ」私がそう言っても、マイケルは私に人が殺せると思っていないのか、疑い深げにかぶりを振る。そこがこの計画の穴なのかもしれないと――この計画は、必要に迫られたら私が冷徹に人を殺せるかどうかにかかっているのかもしれないと――思うと、恐怖で体が震える。

マイケルは眉毛に雪が積もっているのに気づき、コートの袖で乱暴に顔を拭う。「まったく、よく降るよな」そう言いながらよろめくが、すぐに体を立て直す。「ついでに言っておくけど、ただ撃ち殺すってわけにもいかないんだぞ。自殺に見せかけないとまずいだろ？　けど、都合のいいことに、彼女の家族はみんな頭がおかしいんだよな。お袋さんは自殺してるし、弟は統合失調症だし。だから、誰も疑問に思わないはずだ」

「じゃあ、もう考えてるのね。どうやって始末するの？」

「マティーニに睡眠薬を入れて眠らせて、階段から吊るすという手もあった。それなら、首を吊って自殺したことになるからな。自分で首を吊るように仕向けたほうがいいと思ったこともあった。彼女の精神状態はすでに危うくなってたから」マイケルは、苛立ちをあらわに吹きだまりを越えて歩いていく。「けど、その手はもう使えないので、べつの手を考えないといけない。事故に見せかけるのがいいような気がするんだ。湖に落ちて溺れるというのはどうだ？」

すると、とつぜん目の前に真っ黒な湖が姿をあらわす。岸では、ヴァネッサが両手をポケットに突っ込んで私たちを待っている。彼女の青白い顔は暗闇に浮かぶ月のようで、髪に積もった雪はすでに解けて、顔のまわりに氷柱ができかけている。

「あそこよ」ヴァネッサは、数歩先にある石造りのボートハウスを指さす。木立のなかにたたずむボートハウスは、雪に覆われて私たちを待っている。

マイケルがボートハウスの前に積もった雪を足で払いのけて木製の扉を（力を入れすぎて扉に亀裂を走らせながら）開けると、私たちは雪から逃れてボートハウスのなかに足を踏み入れる。なかはけっこう広くて、じめっとしていて、まるで石造りの聖堂のようだ。足元では湖の水がちゃぷちゃぷと小さな音を立てていて、天井からは風の音が聞こえてくる。そして、暗闇のなかに巨大な影がそびえている。ヨットだ。冬のあいだドックに係留されているそのヨットの船縁には、銀色の文字で〝ジュディーバード〟と書いてある。

マイケルと私は、その異様な影を呆然と見上げる。とつぜん石の壁に反響するギシギシという不気味な音が聞こえ、私は思わず拳銃に手をやる。が、頭上のスポットライトがつくと、錆びついた船舶昇降機がヨットをゆっくり湖面に下ろしている音だとわかる。

ヴァネッサは、ボートハウスの入口でスイッチに手を置いたまま、船底が徐々に湖面に近づいていくのを見守っている。やがてヨットは湖に浮かんで、自ら立てた波に船体を揺らす。

「すごいな」と、マイケルがつぶやく。

私はふたたび拳銃を取り出すと、ヨットのそばを歩きまわるヴァネッサのほうに銃口を向ける。ヴァネッサは船尾を覆うキャンヴァス地のカバーを驚くほど手際よくはずすと、カバーをデッキの端に投げ上げて、頬についた汚れを拭いながら私たちを見る。

「乗る？」

全員、ヨットに乗り込む。

ジュディーバード号はそれほど大きいヨットではないものの、磨き抜かれた木材とクロームの船体がかつて威容を放っていたのは間違いない。しかし、長いあいだ放置されていたために傷みが激しく、アッパーデッキの革のシートはひび割れてなかの詰め物がむき出しになり、操舵室の外側の塗装には黄色い染みができている。舳先を囲むアルミ製の落下防止柵も錆びている。ローワーデッキには空気を抜いたオレンジ色の救命ボートが置いてあって、木のオールがあたりに散乱している。

ヨットをこんなところに置いて朽ちるにまかせている人がいるだろうか？　じつに退廃

的な贅沢だ。いつもの怒りの渦が心のなかに広がっていくのがわかる。怒りを利用するのよ。私は拳銃を高く持ち上げる。もう、手に汗はにじんでいない。

船尾に立っている私たちの目の前にドアがある。ヴァネッサがドアを開けると、ドアの下の暗がりへと伸びる階段がある。キャビンだ。キャビンからは、ひどいにおいが――カビのにおいや腐敗臭が――立ちのぼってくる。

「この下には、寝室がふたつと居間と厨房があるの」と、ヴァネッサが言う。「金庫があるのは右側の寝室よ。鏡台の上にあって、木の壁を押せば開くわ」

マイケルがヴァネッサを見る。「暗証番号は？」

「母の誕生日の092757よ」

マイケルが階段の下に目を凝らす。「真っ暗だけど、明かりはつくのか？」

「階段の下にスイッチがあるわ」

マイケルはさっと首をめぐらせて私を見る。「確かめてくるよ。あんたは彼女を見張っててくれ」

階段を一段下りると、マイケルはドアの上枠にぶつけないように頭を下げてスマートフォンを頭上にかざす。スマートフォンの青いほのかな光がキャビンの廊下を照らし出す。マイケルは、ひと呼吸置いて階段をもう一段下りる。私の心臓は早鐘を打つ。マイケルがさらにもう一段下りて完全にドアを抜けると、私は思いきり彼のお尻を蹴る。

マイケルは、前につんのめって階段の下まで転げ落ちる。投げ出されたスマートフォンのライトに照らされた、恐怖におののく彼の顔がちらっと見える。ヴァネッサはすかさず私の前に手を伸ばしてドアを閉め、取っ手にオールを通して開かないようにする。

ヴァネッサと私は無言でデッキに立って、見つめ合いながら耳をすます。

キャビンからうめき声が聞こえてくる。「ちくしょう!」と喚く声も聞こえてくる。が、声はくぐもっている。階段を駆け上がる足音も聞こえてきて——足首を捻挫したのか、いびつな足音だったが——そのあとすぐにドアを叩く音がする。「さっさと開けろ!」

アイルランド訛りは完全に消えている。

私はヴァネッサのほうを向く。彼女は荒い息をしながら両手を組み合わせて、血がにじむほど強く爪を突き立てている。「ドアは大丈夫かしら?」

「大丈夫だと思うけど」と、ヴァネッサは自信なさげに言う。

それでも私はほっとしながら拳銃を下ろして肩を揺すり、血行が戻るまで手を開いたり閉じたりする。「これでいいわ」と、ヴァネッサに声をかける。「行きましょう」

ヴァネッサが先ほどとはべつのスイッチを押すと、ボートハウスの奥のシャッターがうなりときしみを立てながら動きだす。が、半分ほど開いたところで、とつぜん止まる。外側に氷がついているか、長いあいだ使っていなかったせいで錆びているかのどちらかだ。ヴァネッサは、パニックにおちいったように目を見開く。〝ああ、どうすればいいの？〟と思っているのは明らかだが、シャッターはガタガタと揺れながらまた動きだす。ほどなく、湖が姿をあらわす。ただし、雪がかなり激しく降っているので一・五メートルほど先までしか見えない。

操舵席の引き出しからキーを取り出して差し込んでもエンジンはかからず、ヴァネッサはまたパニックにおちいりそうになるが、もう一度キーをまわすと、轟音とともにエンジンがかかる。ジュディーバード号は、力いっぱいリードを引っぱる犬のようにドックのなかでぶるぶると船体を揺らす。

マイケルの喚き声も、キャビンの壁を力まかせに叩く音も聞こえる。ドアの取っ手に通したオールがガタガタと揺れているのも聞こえるが、なんとか持ちこたえている。そのうちマイケルがキャビンの天井を叩きだしたので、私たちの足元のグラスファイバー製の床が揺れる。

「大丈夫ですか？」と、ヴァネッサに訊く。ヴァネッサは操舵席に座り、小さいころから毎晩そうしてきたかのように、雪の向こうに目を凝らす。

「ええ、大丈夫よ！　最高に気分がいいわ！」けれども、見ると、ヴァネッサは舵をきつく握りしめていて、手の甲の爪跡は、寒さのせいか痛々しい紫色に変色している。「そっちはどうなの？　あなたはやけに威勢がよかったけど、屋敷のキッチンに入ってきたときは、その場で吐いてしまうんじゃないかと思うほど怯えてたわよ」

「ええ、あのときはほんとうに吐きそうだったんです」冗談を言ったわけではないのに、ヴァネッサはけらけらと笑う。完全に現実と乖離（かいり）しているのか、それとも、いま起きていることを認めたくないだけなのか、私にはわからない。マイケルは、ヴァネッサが座っている椅子の真下で、もう一度天井を叩く。それも、かなり激しく。ヴァネッサは勢いよく眉を吊り上げるが、すぐに元に戻す。

ようやくヴァネッサがヨットを前進させる。彼女は自分がどこへ向かおうとしているのかわかっていますようにと、私はひたすら心のなかで祈る。目の前は真っ暗で、なにも見えないからだ。完全にドックを離れて湖に出ると、振り向いてストーンヘイヴンの明かりをさがす。が、雪のカーテンに遮られて岸は見えない。まるで、月にでもいるようだ。しばらく走ると、ヴァネッサがヨットを停める。岸からどのぐらい離れたのだろう？　八百メートルぐらいか？　よくはわからないが、このぐらいで充分だろう。ほんの数分走っただけで、デッキには雪が積もっている。キャビンにいるマイケルはついにおとなしくなったので、ヴァネッサがエンジンを切るとヨットが不気味な静寂に包まれる。船体は、波にもてあそばれて大きく揺れる。ヴァネッサが私を見る。どこからも音は聞こえてこない。まさに嵐の前の静けさだ。けれども、雪は激しく降りしきり、髪にもまつ毛にも積もる。ただし、かじかむ手についた雪は体温で解けていく。

私は、これからやるべきことを考える。

「警察に行くべきです」と、私は彼女に言った。「きっと彼を逮捕してくれるわ。もしかすると、もうどこかで逮捕状が出ているかも」

私は、〈シャトー・マーモント〉のヴァネッサの部屋でベッドに腰掛けた。私はひどく傷ついて、心に大きな穴があいていた。丸一日考えて、ようやくひとつの結論を出したのだ。やはり、蒔いた種は自分で刈り取らないといけないという結論を。ヴァネッサは私の助けが必要だと思っていなかったかもしれないが、私はどうしても彼女を助けたかった。傷つくことになっても、助けたかった。

ヴァネッサは、バスローブの襟を首に巻きつけて喉のくぼみを隠した。「警察には電話をしたの」と、ヴァネッサは言った。「笑われたわ」

「そうですか。でも、私がいますから。彼がなにをしたか、私が証言します」

ヴァネッサはまばたきをして私を見た。「そんなことをしたら、あなたも罪に問われることになるでしょ？　共犯者として」

「おそらく」私はうなずいて唾を呑み込んだ。それは——近々言い渡される刑期にさらに十年ほど加わることは——エコーパークから〈シャトー・マーモント〉へ行くまでの道中で受け入れる決心がついていた。潔く罪を認めて罰を受ける覚悟はできていた。そして、遅ればせながら正しいことをする決心も。なのに、ヴァネッサはじっくり考えもせずにかぶりを振った。

「だめよ。それはだめ。大がかりな裁判になったらマスコミが騒ぐから。考えてもみてよ。ヴァネッサ・リーブリングがハスラーに騙されたと書き立てるんじゃない？《ヴァニティ・フェア》にも《ニューヨークマガジン》にも、いろんな人のブログにも載るわ。ついでに家族にまつわる古い話を引っぱり出せば、みんな飛びつくでしょうね。そんなことになったら、私はおしまいよ。それに、ベニーも。お腹の子どもも、大きくなったら自分の父親がどんな人間だったのか知ることになるわ。娘にそんなことができるわけないでしょ？　自分にオブライアンの血が流れているなんて、娘に知らせるわけにはいかないのよ。娘はリーブリング家の一員なんだから」ヴァネッサは、反対する理由を知って私が困惑した表情を浮かべているのに気づいたのか、肩をすくめてわずかに背筋を伸ばした。「私にはもう名前しかないの」

「なるほど。じゃあ、一緒に行って彼と対決しましょう。二対一なら、自ら出ていくかも」

ヴァネッサはまたもやかぶりを振った。「おだやかに頼んだだけでは出ていきっこないって、あなたも言ったじゃないの。いざとなったら、手荒なことをするはずよ。大おじの剣を私に突きつけたのを、あなたにも見せてあげたかったわ」ヴァネッサは、肩を上下に揺さぶりながらまくしたてるように言った。「それに、たとえ出ていったとしても、私は一生彼に怯えて暮らさないといけないのよ。SNSも使えないわ。もし、彼とのあいだに子どもができたことを知ったらどうなると思う？ きっと、子どもに会わせろと言って戻ってくるわよ」彼女は、いとおしそうに片手を下腹に当てた。「それはあなたもわかっているはずよ。自分のほうが優位に立っていると思っているかぎり、彼はけっして諦めないわ」

ヴァネッサが身を寄せて、甘い息を吐きかけながらまばたきして私を見た。「なにか、思いきったことをしないといけないわ。もう私たちに手出しはできないってことをわからせないと。彼を震えあがらせるような作戦が必要よ」

部屋が沈黙に包まれた。窓から見える中庭のプールでは、ティーンエイジャーがワイングラスを石に叩きつけるような声をあげてはしゃいでいる。私は、部屋の入口のコンソールテーブルの上に置いた紙袋にちらっと目をやった。なかには書類が入っている。

「いい考えがあります」

私はふたたび拳銃を手に取って、ドアに銃口を向ける。ヴァネッサは静かにドアに近づき、オールをはずしてドアを開ける。ふたりとも、一歩うしろに下がってマイケルが飛び出してくるのを待つ。キャビンに凶器はないとヴァネッサは言ったが、凶器の代わりになるようなものはあるかもしれない。ランプとか、フォークとか、コーヒーテーブルとか。

ところが、マイケルは階段の最上段に座っていて、暗がりのなかから目をしばたたかせて私たちを見上げる。

そのまま立ち上がり、私が握りしめている拳銃から私の背後の湖に視線を移す。自分たちがいまどのあたりにいるのか突き止めようとしているのだろう。やがて、スニーカーをキュッキュッと鳴らしながら雪の積もったデッキに出てくる。

「で、つぎはなんだ？」と、マイケルが喚く。「目隠しをして船縁を歩かせるつもりか？」

ヴァネッサと私は顔を見合わせる。私は、前日の夜にホテルの部屋でヴァネッサがとなりに座って恐ろしいことを耳打ちしたのを思い出す。自分が立てた計画のおぞましさをやわらげるように、小さな声で。（資産家の娘でありながら、ヴァネッサは生まれつきのペテン師だったのだ。）〝まず、あなたは彼の味方だと思わせないといけないの。そうすれば、警戒心がゆるむから。彼を屋敷から連れ出してボートに乗せる方法は私が考えるわ。湖に出たら私たちのほうが有利だから、思いどおりになるはずよ。ただ、ひとつ問題があるのよね。私たちだって彼を殺せるんだと思わせないといけないのよ〟

「そんなことをするより撃ち殺したほうが簡単だと思うけど」と、私がマイケルに言う。

「どうかしてるよ」マイケルは体を震わせ、両手に息を吹きかけながらすがるようにヴァネッサを見る。「ぼくを追い出せばいいだけの話じゃないか。きみに危害を加えるつもりはない」

ヴァネッサがあとずさり、私はマイケルと彼女のあいだに立たされる。「あなたの言葉を信じることはできないわ」

「じゃあ、あんたと話をしよう」マイケルが私に視線を移す。「いいかげんにしろよ、ニーナ。これだけおれを脅せば充分だろ？　よくわかった。あんたの勝ちだ。ストーンヘイヴンに連れて帰ってくれたら、おれは姿を消す。おたがいに、この頭のいかれた女のことも、あの薄気味悪い屋敷のことも、きれいさっぱり忘れよう」

「嘘をつくのはやめて！」と、ヴァネッサが叫ぶ。ヴァネッサの荒い呼吸の音が聞こえ、熱い息が私の耳のうしろにかかる。過呼吸になりかけているのだ。お願い、しっかりして。マイケルはヴァネッサを無視して、ブンブンとうるさく飛びまわる蚊を追い払うように手を振る。

私が黙っているのを見て、まだ脈があると思ったのか――それに、拳銃を持っているのは私なので――マイケルはかすれた冷たい声でしゃべり続ける。「こんな女は必要ないだろ？　おれには隠し金があるんだ。あんたに半分やるよ」そこで、いったん言葉を切る。「それはそうと、どうしてこんな女の側につくんだ？　彼女はあんたを憎んでるんだぞ。あんたも彼女を憎んでるじゃないか！」そう言いながらじわじわと近づいてきて、鼻にかかった甘ったるい声で言う。（数えきれないほどの女を口説いて理性を失わせ、不安を植えつけてきた台詞を、とうとう私に向けたのだ。）「あんたはおれを愛してるんだろ？　おれもあんたを愛してるんだ」

催眠術にかかったようにぼうっとしていた私は、この台詞でようやく我に返る。「愛してる？　冗談じゃないわ。あなたは私を警察に売ったのよ。母と組んで私を騙しもしたわ。私は都合のいいカモにすぎなかったのよ」

マイケルが笑う。「わかった。降参するよ。けど、人を殺すのはそう簡単なことじゃない。あんたにおれが殺せるのか？」

「あなたはどうなの？」と訊き返す。

マイケルは返事をしない。風はしだいに勢いを増す。マイケルは息を白い煙のように自分のまわりに立ちのぼらせて、渦巻く雪の向こうから目を細めて私を見る。

ヴァネッサが私の腰にそっと手を当てる。〝続けて〟という合図だ。

「こっちは、その気になればあなたを殺せるわ」と、私が言う。「でも、ひとつ提案があるの。チャンバーズ・ランディングの桟橋で降ろすから、あなたは自力で町に戻って、道路の封鎖が解除されたらすぐに町を離れて。ストーンヘイヴンには二度と戻らず、ヴァネッサにも私にも連絡を取らないでね。それが守れないのなら、この書類のコピーを警察に送るわ」

ヴァネッサはすかさずパーカーの内側に手を入れて、内ポケットから紙袋を取り出す。手を突き出して、それを私たち三人のあいだに掲げると、ほかにいい考えが思い浮かばなかったかのように手を離す。紙袋はデッキに落ちて、私がマイケルのアパートのバスルームで見つけた書類があらわになる。

パスポートや運転免許証、銀行の書類、政府が発行するIDなど、十年以上前から彼が身分を偽るために使っていた書類が。ラクラン・オマリーのパスポートもある。しかしラクラン・ウォルシュやブライアン・ウォルシュ、それに、南アフリカのいくつかの国のスタンプを押したマイケル・ケリーのパスポートもある。イアン・バーク、イアン・ケリー、ブライアン・ホワイトの運転免許証にはどれも見慣れた同じ顔の写真が貼ってあるが、取得した州はそれぞれ違う。結婚証明書も二通ある。アリゾナ州とワシントン州で発行されたもので、知らない人物の名前が書いてある。二〇〇二年にテキサス大学が発行したブライアン・オマリーの学生証もあって、そこには、頭を丸刈りにしてぴったりとした袖なしのTシャツを着たマイケルの写真が貼ってある。

「ちくしょう」マイケルは、胸を大きく上下させながら身をかがめて書類を見る。

「まだあるのよ」私は、ジャケットのポケットから小型のボイスレコーダーを取り出す。「さっき、ボートハウスへ向かう途中であなたが言ったことをぜんぶ録音したの。ヴァネッサをどうするつもりか、私に話したことを。言うとおりにしないと、これも警察が手に入れることになるわ」

「脅迫か？」マイケルが目を上げて私を見る。「はじめて使う手だよな。お袋さんにやり方を教えてもらったのか？」マイケルは面白がっているような笑みを浮かべるが、唇がこわばっているのも、頭をフル回転させて反撃方法を考えているのもわかる。

書類のいちばん上にある、私たちがオートミールの箱のなかから見つけたマイケル・オブライアンのパスポートに雪が積もりかけている。マイケルは腕を伸ばしてそれを拾うと、雪を払って思案顔で写真を見つめる。自分の写真をなぜそんなにまじまじと見つめるのか、不思議でならない。

やがて、彼は私たちのほうへ向き直り、そのパスポートを船縁のほうへ放り投げる。私は反射的にそれを追う。マイケルはヘビのようにすばやく私に飛びかかる。私は、濡れたデッキの上でブーツを滑らせて倒れ込む。思わず拳銃から手を離し、立ち上がったときには、マイケルが拳銃を拾って私に銃口を向けている。

そして、躊躇なく引き金を引く。

雪は、吹きすさぶ風にあおられて大きな渦を巻いている。湖面の波は容赦なくヨットの船縁を叩く。拳銃がカチッと音を立てる。

なにも起きない。当然だ。弾は入っていない。わざわざ危険を冒す必要がどこにある？彼を殺す気など、最初からなかったのだから。

マイケルは、握りしめた拳銃をぽかんとした表情を浮かべて見下ろす。もう一度引き金を引いて、またカチッという音がすると、うろたえながら顔をゆがめて、さらにもう一度引き金を引く。

つぎの瞬間、ヴァネッサが救命ボートのオールでマイケルの側頭部を殴る。

「くたばれ！」と、ヴァネッサが叫ぶ。マイケルが気を失ってデッキに倒れ込むと、ヴァネッサはふたたびオールを振り下ろす。バキッというおぞましい音がしたのは、頭蓋骨にひびが入ったからに違いない。ヴァネッサは、「くたばれ、くたばれ！」と叫びながらマイケルの頭を殴り続ける。私はオールを奪い取って、声が出せないように両腕を彼女の胸に巻きつける。ヴァネッサは私の腕を振り払って逃れようとする。彼女はずぶ濡れで、最初は私も雪のせいだと思うが、そうではなく、汗をかいているのだとわかる。

マイケルの頭の下には血だまりができて、グラスファイバー製のデッキの上に積もった雪をピンク色に染めている。私たちは、永遠とも思える長いあいだ、その場に立ちつくす。そのうち、ヴァネッサの呼吸がおだやかになる。体の震えも収まって、すっかり落ち着くと、私はようやく彼女から腕を離す。彼女は、そばに寄ってマイケルを見つめる。マイケルは、見えない水色の目で彼女を見つめ返す。

「これでおしまいね」と、ヴァネッサがつぶやく。

私は船縁に走っていって吐く。

後始末はヴァネッサが引き受けてくれるが、私は彼女の手際のよさにショックを受ける。いったい、どこでそんな知識を得たのだろう？　彼女は、キャビンのクローゼットからバスローブを持ってきて硬直のはじまったマイケルの死体に巻きつけると、大きなポケットにヨットの分厚い操作説明書を押し込んで、船尾ではなく船縁から湖に投げ込む。そして、「モーターにからまると面倒だから」と、こともなげに言う。

白いシルクのバスローブを巻きつけたマイケルの死体は、包帯にくるまれたミイラのようにぷかぷかと湖に浮かび、湖面の上に出ている背中に雪が積もる。が、一分と経たないうちにバスローブに水が染み込んで、あっというまに沈んで見えなくなる。

私は、顔が雪で濡れても気にとめず、寒さに震えながら船縁に座ってマイケルが沈んでいくのを見守る。

ヴァネッサは、掃除用具入れから布と洗剤を取ってきてデッキの血痕を拭き取ると——グラスファイバーは汚れが落ちやすいので、カクテルをこぼしたぐらいの跡しかつかず——布は、血のついたオールやマイケルの偽造書類とともに湖に捨てる。そのあと、無言でエンジンをかけてヨットをゆっくり旋回させると、雪のなかを岸へ引き返す。

車でボートハウスをあとにするときに、もう一度湖に目をやると、真っ青な湖面にぬめっとした黒い物体が浮かんでいるのが見える。おそらく丸太だろう。それとも、謎の生物が湖底から浮き上がってきたのだろうか？　いや、溺死した男の遺体かもしれない。

が、すぐに見えなくなる。

私は湖から目をそらし、岸を眺めてストーンヘイヴンの明かりが見えてくるのを待つ。

エピローグ

一年三カ月後

ストーンヘイヴンに早くも春が訪れる。私たちは気温が十五度を超えるとすぐに部屋の窓を開け放し、新鮮な空気を入れてひと冬のあいだの澱んだ空気を追い出す。木陰にはまだ解けずに残っている雪もあるが、屋敷のそばの花壇ではクロッカスが太陽に向かって芽を伸ばしはじめている。これまでは地面にへばりついていた茶色い芝生もとつぜん芽吹いて、ある朝、目を覚ますと、明るい緑のカーペットに変わっていた。

私たち四人は透明な春の光に目をしばたたかせ、まだおたがいに気を遣いながら屋敷で静かに暮らしている。遠慮など微塵もなく叫んだり大きな声で笑ったり、泣いて不満を訴えたりしている人物がひとりいるが、彼女はまだ生まれて七カ月しか経っていない。彼女の名前はジュディスだが、みんなデイジーと呼んで溺愛している——デイジーの母親も、精神を病んだおじも、母親の友人の詐欺師も。亜麻色の髪とふっくらとしたピンク色の頬と、澄んだ水色の目をしたデイジーは、まさに人形のように愛らしい。彼女に見つめられると、たまにドキッとすることもあるが、目の色のことは誰も話題にしない。

私は、ストーンヘイヴンの各部屋をまわって調度品の目録づくりに取りかかっている——もちろん、今回は持ち主の許可を得て。絵画や椅子、銀のスプーン、陶磁器製の時計などをリストアップしてひとつひとつ写真を撮り、説明を添えたカタログをつくってフォルダーに入れていくという作業を進めているのだが、フォルダーはすでに四冊目になっている。ブルボン朝の紋章のついた花瓶の来歴や背景を調べているうちに紋章の形やアヤメの花の意匠に興味を惹かれ、昼食を食べるのも忘れて、気がついたときには五時間経っていたということもあった。

取りかかって半年になるが、いまは十六番目の部屋で作業をしている。ちなみに、ストーンヘイヴンには四十二の部屋がある。この作業が終わったらどうするか、ヴァネッサとはまだ話し合っていないが、考える時間は一年近くある。

目録づくりはヴァネッサの発案だった。彼女は、私の刑期が終わる二カ月前の面会日に刑務所を訪ねてきた。数週間後に予定日を控えていた彼女は、大きなお腹をかかえて窮屈そうに面会室のプラスチック製の椅子に座っていた。女性のなかには妊娠によって体型や体質が劇的に変わる人もいるが、ヴァネッサもそのひとりで、髪も肌も胸もお腹も、生命力に満ちあふれていた。ファッションのために食べたいものも食べずにダイエットに励んできた数年間の埋め合わせをしようとしているのかとさえ思った。

「あなたをアーキビストとして雇いたいの」ヴァネッサは、私の目を見ようとせずに言った。「お給料はそんなに払えないけど、部屋と食事と必要経費の面倒は見るわ」彼女は、爪をつまみながら、そう続けた。出産に備えてビタミン剤を飲んでいるからか、爪も血色がよかった。「ストーンヘイヴンの将来のことをあれこれ考えてるんだけど、できれば、母が支援していたカリフォルニアにあるメンタルヘルス協会に寄付したいと思って。特別なサポートが必要な子どもたちのための学校をつくる計画があるらしいのよね。つまり、ベニーのような子どもたちのための」ヴァネッサがぎこちない笑みを浮かべたのを見て、罪滅ぼしのつもりなのだとわかる。「いずれにしても、もう少し先のことだから、それまでに屋敷のアンティークを処分しようと思ってるの。だから、なにを売ってなにを残すか、それに、なにを寄付すればいいのかアドバイスしてくれる人が必要なのよ」そう言って、またしばらく間を置く。「屋敷の調度品にあなたほど興味を示した人は、この何十年ものあいだほかにいなかったわ」

最初は私も乗り気ではなかった。刑期を終えたら東海岸に戻って、前科があってもできるアート関係の仕事をさがすつもりでいた。西海岸からも、ここでのうしろ暗い過去からも離れて、一からやり直したかった。ヴァネッサが口止めのために私を買収しようとしている可能性もあった。でも、なにを口止めするのだ？　ほんとうのことが知れたら困るのは、おたがいさまだ。

考えてみると、魅力的な提案のように思えた。彼女と私のあいだには強い絆が生まれて、たとえ六千キロ以上離れたところへ行っても、その絆を断ち切ることはできない。堅実な暮らしを取り戻すには、ヴァネッサの提案を受け入れるのがいちばんのような気がした。それに、正直に白状すると、ストーンヘイヴンの調度品を調べることができるというのも魅力的だった。謎めいたあの屋敷のすべてをついに知ることができるのだから。

「銀のスプーンを盗んだりしないと確信してるんですか？　私は有罪判決を受けた詐欺師なんですよ」

ヴァネッサは驚いたような表情を浮かべてから、面会室の喧噪を突き破る甲高い声で笑った。「もう償いはすませたはずよ」

私は、有罪判決を受けた八カ月後にストーンヘイヴンに戻った。ヴァネッサが高額の依頼料を払って雇ってくれた弁護士のおかげで（実際に弁護士に払ったのは、マイケルのアパートのキッチンで見つけたお金だったと、あとで知ったのだが）、わずか一年二カ月の懲役刑ですんだ。起訴容疑は重窃盗罪だったが、重罪ではなく軽犯罪として扱われたからだ。模範囚だったために刑期が短縮されて、私はデイジーが生まれたひと月半後の十一月にストーンヘイヴンへ戻った。アシュレイとしてストーンヘイヴンに来てから、ちょうど一年が経っていた。

ベニーはすでにストーンヘイヴンで暮らしていて、ヴァネッサの育児を手伝っていた。オーソン・インスティテュートを出て一緒に暮らそうというヴァネッサの度重なる説得に応じたのだ。いわゆる自立生活の慣らし期間のようなもので、とりあえずうまくいっているようだったが、〝なにかあったらどうしよう？〟という不安はたえず屋敷のなかに漂っていた。けれども、ふたりともたがいに気を遣っていて、なにも問題は起きていなかった。ヴァネッサは、ベニーがきちんと薬を飲んでいるかどうか確かめたり、スケッチブックや絵を描くための高価なペンを買ってやったりしていた。（ほとんど、デイジーの絵ばかり描いていたのだが。）ベニーも姪のデイジーを可愛がって、『ぱたぱたバニー』や『ミスター・シリー』をうれしそうに何度も読んでやったり、十年以上のあいだ飽きもせずに虫が這うのを眺めて暮らしてきた忍耐強さでこつこつと絵を描いたりしていた。

ふたりとも幸せそうで、私はそれを見て、ほんとうによかったと思った。

ストーンヘイヴンに戻った日に、私はベニーと一緒に湖までてくてく歩き――屋敷守りのコテージの前を通ったときは、ふたりとも緊張して気まずい空気が流れたが――並んで岸に座って湖を横切るモーターボートを眺めた。十代のころと比べると、ベニーは動作も反応も鈍かったが、横目で私を見て笑ったり、恥ずかしそうに首を赤らめたりするのは昔のままだった。

「あなたがここにいるのを見て、びっくりしたわ」と、私はベニーに言った。「もう、ここには戻らないんだと思ってたから」

「戻るつもりはなかったんだけど、姉貴に分別を保たせるためには、彼女より分別のない人間がそばにいるのがいちばんだと思ったんだ」ベニーは岸に落ちていた平らな石を拾うと、ティーンエイジャーに戻ったかのように手首にスナップを利かせながら湖に向かって投げた。石が湖面を四回跳ねて沈んでいくのを見届けると、彼は私に向き直ってぎこちない笑みを浮かべた。「それに、きみがここに来ると姉貴が言ったから」

ベニーの笑みは悲哀と喪失感に満ちていたが、かすかな希望もにじんでいた。それを見たとたん、ヴァネッサが私をここに招いたほんとうの理由がわかった。私は、アンティークについてキュレーター並みのずば抜けた知識を持っているわけではない。それに、口止めのためでもない。私は弟を呼び戻すおとりだったのだ。家族の絆を取り戻すためだったのだ。

私にとっては、それが罪滅ぼしになるのかもしれない。もしそうなら、それでもかまわないと思った。

「もしかすると心配してるかもしれないけど、きみをどうにかしようとは思ってないから」と、ベニーが続けた。「妄想障害はないんだ。いや、あるけど、そういう妄想はしない。きみに救ってほしいとも思っていない。また友だちになれたらいいと思っているだけだよ。わかってくれるだろ？」

「ええ」私は、かつてベニーが描いた、炎の剣でドラゴンをやっつけるスーパーヒーローのニーナのことを思い出した。ニーナはその絵に託された思いを叶えたのかもしれない。だから、ドラゴンは湖の底に横たわっているのだ。いや、そうではなく、ドラゴンは私で、自分でそのドラゴンを殺したために、もはや、やっつけるものがなくなり、ついに剣を置いて、ありのままの自分に戻れたのかもしれない。

「すまなかった」ベニーは、あらたに拾った石をもてあそびながら詫びた。「あの日、親父がきみを侮辱したときに守ってやれなくて。ぼくの両親がきみにみじめな思いをさせたことも謝るよ。それに、今日まで謝れずにいたことも」

「やめて、ベニー。いいのよ。あなたはまだ高校生だったんだし。私のほうこそ謝らないといけないわ。母があなたの両親からお金を強請り取ろうとしたんだから」

「でも、それはきみのせいじゃない」

「たぶん。それでも、謝らないといけないことは私のほうが多いわ」私がそう言うと、ベニーがおかしな顔をした。彼はどこまで知っているのだろうと思ったのは、そのときがはじめてではなかった。〝あなたとマイケルがなにを企んでいたのか、ベニーは知らないのよね〟ヴァネッサは、私がここへ来る前にそう言った。〝マイケルはとつぜん姿を消して、私は疑ったことを謝りたかったからあなたのところへ行った。彼はそう思いたがっているから、そういうことにしておいて〟と。

私は、腕を伸ばしてベニーの手を握った。ベニーの手は、昔と同じように指が長くてやわらかかった。彼も、私にほほ笑みかけて手を握り返してきた。

私たちは、モーターボートを眺めながら長いあいだ静かに座っていた。これで、ようやく私も幸せになれるような気がした。

その思いはいまでも変わっていないが、夢を見ているあいだに寒気に襲われたり吐き気をもよおしたりして、汗まみれで目を覚ますことがある。ヨットの舳先に吹きつける雪の冷たさや、血と氷で濡れたデッキをブーツの底を滑らせながら歩いたときの感触や、湖に投げ込んだときのマイケルの体のひんやりとした重みがよみがえるのだ。あの晩のじっとりとした暗さも、雪が一瞬弱まって、はるか彼方のストーンヘイヴンの明かりが闇のなかに光る灯台のように見えたことも。

マイケルがいなくなったことを心配している人はおそらくいない。いったい、誰が心配するのだ？　それに、心配するとしても、誰のことを？　ラクラン・オマリーか？　ブライアン・ウォルシュか？　マイケル・ケリーかイアン・ケリーか、それとも、私が知らない名前の男のことか？　彼はできるだけ世間と関わりを持たないようにしていたので、それも、私たちが彼を殺したことに誰も気づかない理由のひとつだった。

知り合いのなかで心配している人がひとりいるとすれば、私の母だが、母とは、暗いポーチに座る彼女を残して家を出て以来、話をしていない。メールは一度だけ送って、家の賃貸契約を解消したので三十日以内に住むところを見つけてほしいと告げた。母は、〝あたしを許してくれる日がきっとくるわ〟と、すぐに返信してきた。〝いろいろあったけど、おまえもあたしも、ほかに頼れる人がいないんだから〟と。

けれども、いまはもう母の言うとおりだとは思っていない。詐欺師としての母のいちばんの大仕事は、私にそう思い込ませてきたことかもしれない。路上にダンボールを敷いて暮らしているのではないだろうか、治療の甲斐なく癌が再発したのではないだろうかと思うと罪悪感に苛まれることもあるが、たぶん大丈夫だろう。母はたくましい。かならず解決法を見つけるはずだ。ただし、どんな解決法なのかは知りたくない。

ヴァネッサがママ・インスタグラマーになった話はしただろうか？ 彼女は昨年一年間で五十万人のあらたなフォロワーを獲得して、それを機に、オーガニックコットンの子ども服を中心に据えたデイジー・ドゥーというブランドを立ち上げることにした。あらたなスポンサーもついて、屋敷のポーチはつねにスポンサーから送られてきたダンボール箱に占領されている。環境にやさしい紙おむつや、ノルウェーのメーカーから届いた熟練職人手づくりのベビーベッドや、ベビー用のスーパーフードが入ったダンボール箱に。カメラマン役を引き受けたベニーは屋敷のあちこちでヴァネッサとデイジーの幸せそうな写真を撮ってインスタグラムにアップして、ヴァネッサの熱狂的なファンに絶賛されている。ヴァネッサにとっては、デイジーの汚れたおむつも夜泣きも、インスタグラムにアップする絶好の材料になるのだ。〝苦楽をともに受け入れて、いまを楽しみながら子どもが望む母親になれるように頑張りましょう〟という、ありきたりのメッセージを伝える材料に。私は、たまたま先週気がついたのだが、ヴァネッサはデイジーの出自もファンに明かしていた。娘は精子バンクを利用して生まれた子どもだと。

もっとも大切な望みは、誰かが叶えてくれるのを待つのではなく自ら行動を起こして叶えるものだと気づいたからよ！　もう、誰かに求められるのを待つのはやめたの。自分が母親になりたいと思っているのはわかっていたから、母親になっただけ。母親になるのに夫は必要なかったわ。

この投稿には八万二千九十八個の〝いいね！〟がついて、六百九十八件のコメントが寄せられた。〝やるわね、あなたはママたちみんなの鏡、#たくましい、完全同意、すっごく素敵〟などというコメントが。

ヴァネッサのインスタグラムを見たところでは、私たちがデイジーの父親を殺して遺体を湖に捨てたなどとは、誰も思わないはずだ。けれども、ヴァネッサにとってはそれがいちばん大事なことなのだと思う。現実を忘れるために、自分の望みどおりの世界に身を置くことが。それを間違いだと言う資格が私にあるだろうか？　人は誰でも空想の世界をつくりあげて、そのなかで暮らしている。見たくないものは、壁を築いて見ないようにして。そんなことをするのは心を病んでいるからか、あるいは不埒(ふらち)な考えを持っているからかもしれないが、もしかすると、いま私たちが暮らしているこの世界は現実と夢と幻の境があいまいになっているからかもしれない。

それとも、ヴァネッサがなんのためらいもなく言うように、〝お金のため〟なのかも。

マイケルのことは、ある晩、ちょっぴり飲みすぎたときに一度だけ話に出た。私たちは、寝ているデイジーの様子をベビーモニターでチェックしながら読書室で飲んでいたのだが、とつぜんヴァネッサが手を伸ばして私の脚をつかんだ。（ちなみに、読書室にあった、あの地味な馬の絵は、なんとジョン・チャールトンの作品で、オークションに出品すると一万八千ドルで落札された。）

「ひどい男だったわ」と、ヴァネッサは平然と言った。「私たちが先に殺していなければ、あなたも私も殺されてたはずよ。そう思わない？　だから殺したの。殺すしかなかったから！」

私はヴァネッサの手を見た。母親らしく、爪は短く切っているが、きれいに形を整えてピカピカに磨いている。〝でも、拳銃に弾は入ってなかったのよ〟と言いたかった。〝ほかの方法をさがすべきだったのかも〟と。でも、そうは言わずに、「まったくないの……罪悪感は？」と訊いた。

「あるわ。もちろん！」暖炉の炎が映って、ヴァネッサの目は黄色く見えた。「でも、精神状態はすごくよくなったみたいなのよね。わかる？　以前より、なんと言えばいいのか……自信が持てるようになった気がするの。自分を信じていいんだと思えるようになったってことかしら。もしかすると、精神科医に飲めと言われた薬のせいかもしれないけど！」ヴァネッサは、私がストーンヘイヴンに戻ってきてからずっと影をひそめていた無謀で衝動的な彼女に戻ってけらけらと笑い、体を寄せて耳打ちする。「ときどき、彼の声が聞こえるの」びっくりして見つめると、私の脚から手を離す。「でも、ベニーが悩まされている幻聴とは違うのよ。それは間違いないわ！　姿は見えないんだけど、声だけがよみがえって、私の不安を掻き立てようとするのよね。無視してると、そのうち聞こえなくなるんだけど」

〝彼はどんなことを言うんですか？〟と訊きたかった。私も、ときどき彼の声が聞こえるからだ。怖い夢を見ていると急にあらわれて、わざとrの音を響かせた低い声で、〝あばずれ、売女、嘘つき、人殺し、取るに足らない女〟とささやくのだ。けれども、ヴァネッサの心の闇を覗く気にはなれなかった。自分の心のなかを覗くのでさえ恐ろしかったからだ。

昨日は、三階のゲストルームでの作業に取りかかった。部屋は埃とクモの巣だらけで、ざっと見たところ、めぼしい家具はなさそうだった。ところが、埃よけのシートを取り除くと、色鮮やかなマイセンの鳥がガラスの扉の向こうからまぶしそうにこっちを見つめているキャビネットが姿をあらわした。何羽か取り出して眺めていると、こんなにきれいな鳥を暗いところに置いておくのは可哀想だという思いが芽生えた。

私は鳥をぜんぶ子ども部屋へ持って下りて、デイジーのベッドのそばにある棚に並べた。そのなかからゴシキヒワを一羽手に取ると、スウィングチェアからデイジーを抱き上げて、デイジーが手を伸ばしても届かないように、少し遠ざけて彼女に見せた。

そのとき、たまたまヴァネッサが部屋に入ってきた。庭でデイジーと一緒に写真を撮るために、アップにした髪をふんわりまとめて授乳中の胸元がわずかにのぞくサンドレスを着たヴァネッサは、私たちを見て急に足を止めた。

「いいのよ。デイジーにそれで遊ばせてあげて」

「割れたら困るでしょ？　値打ちのあるものだから」

「そうだけど、かまわないわ」ヴァネッサは、唇を吊り上げてわざと笑みを浮かべようとした。「デイジーには、おどおどしながらここで暮らしてほしくないの。この子には、ここが美術館ではなく普通の家だと思ってほしいの」そう言うと、私の手から鳥を奪ってデイジーに渡した。デイジーはふっくらとした手でそれをつかんだ。

いつかヴァネッサと真の友人になれたらいいと思ったことも何度かあったが、私たちのあいだの溝はなかなか狭まりそうになかった。私とヴァネッサは、たとえ同じものを見ても、同じように見ることはないはずだ。子どものおもちゃか、美術品か、きれいな鳥の置物か、一族の形見か、なんの値打ちもないがらくたか、売れば高い値がつくものか……ものの見方は人それぞれだ。たとえ善意のつもりでも――あるいは、なにか悪巧みがあったとしても――人の考えを無理やり変えることはできない。

ヴァネッサを悩ます悪夢は、いまも、この先も私の悪夢と同じではないが、ひとつだけ共通する悪夢がある。いまのところは、そのおぞましさが私たちを結びつけている。おたがいに、その危うさに気づきながらも、それがふたりのあいだの溝に橋をかけている。

ヴァネッサは、サンドレスのスカートをふんわりと広げながら揺り椅子に座ってデイジーを抱いた。デイジーはゴシキヒワを両手でつかむと、そのくちばしを自分の小さな口のなかに入れて吸う真似をした。「見た？」ヴァネッサはうれしそうに笑った。「絶好のおしゃぶりよ！」

生えたばかりの小さな歯が陶磁器に当たる音と、赤ん坊のリズミカルな息の音が聞こえてきた。デイジーは、ドキッとするほど父親にそっくりな水色の目で鳥の頭越しに黙って私を見ている。私には、デイジーが〝あたしのものよ〟と思っているのがわかった。

ヴァネッサは、私がデイジーを見つめているのに気づいてにっこり笑った。

「ベニーはどこ？　これはいい写真になるわ」

謝辞

まずは、いつものようにエージェントのスーザン・ゴロムに永遠の感謝の気持ちを伝えたいと思います。この十三年間、彼女の知識と判断力が私に正気を保たせてくれました。あなたは私の心の砦です。

この作品はひとりの編集者のもとで書きはじめ、べつの編集者のもとで書き終えましたが、ふたりの編集者にお世話になったのはとても贅沢なことだと思っています。ジュリー・グラウ、私の四作をどれも高く評価してくれてありがとう。アンドレア・ウォーカー、あなたの洞察力と助言がなければ、こんなにすばらしい作品にはならなかったと思います。あなたほど的確な指摘をしてくれる編集者は、さがしてもなかなか見つからないでしょう。

私がランダムハウスのみなさんから受けた強力なサポートは、〝恵まれていた〟という言葉でなければ言いあらわしようがありません。アヴィデ・バシラド、ジェス・ボネット、マリア・ブラックル、リー・マーチャント、ミシェル・ジャスミン、ソフィー・ヴァーシュボー、ジーナ・セントレロ、バーバラ・フィロン、そして、エマ・カルーソに心からお礼を述べたいと思います。もちろん、私のために力を尽くしてくれた営業担当のみなさんにも。

詐欺やアンティークがらみの国際的な窃盗事件など、犯罪の世界の実情についての知識を授けてくださったすぐれた犯罪ドキュメンタリー作家のレイチェル・モンローとワシントン大学のジャック・スミス教授、そして、医学的な知識を授けてくださったドクター・エド・アブラトフスキーにも感謝しています。

ケシュニ・カシヤップは、すぐれた作家であるのと同時にすぐれた読者です。あなたがこの作品の原稿を読んで寄せてくれた感想は、大いに役に立ちました。

誰とも交流せずにひとりで創作活動に打ち込むのはむずかしく、私は作家仲間のおかげで気力と集中力を途切らすことなく執筆を続けることができました。カリーナ・チョカノ、エリカ・ロスチャイルド、ジョッシュ・ゼトゥマー、アリッサ・リポネン、アナベル・グルウィッチ、ジーン・ダースト、ジョン・ゲイリーをはじめ、スーツ8のみなさんに職場で毎日会えたのは幸せでした。近いうちに、ポップコーンやラクロワのスパークリングウォーターをいっぱい持っていきます。

私は、励ましてくれたり一緒にワインを飲んでくれたりする友人がいなければ生きていけない人間です。あえて名前は挙げませんが、自分がそのひとりだということも、私があなたたちを愛していることも、みんなわかってくれていると思います。

パム、ディック、ジョーディー。あなたたちは、作家が望み得る最高のPRチーム、いえ、ファミリーです。〈バーンズ・アンド・ノーブル〉では私の本を目立つように並び替えてくれたうえに、〈ケプラーズ〉では店頭に立って本を売ってくれて、ほんとうにありがとう。スーパースターになったような気分です。

この二十年間、私の執筆活動の試金石役を務めてくれた夫のグレッグへ。あなたは私に言葉で言いつくせないほどの影響を与えてくれました。私が執筆を続けてこられたのは、あなたが私を信じて支え続けたくれたおかげです。私の作品を読んだことがないのに、自分たちの母親は史上最高の作家だと思ってくれているオーデンとテオへ。あなたたちは夢にも思っていないかもしれないけれど、この作品の執筆に関しては、あなたたちにも最初から最後までさまざまな方法でずいぶん助けてもらいました。

最後になりましたが、この作品を執筆している最中に見つけたブックスタグラムの利用者にも心から感謝しています。あなたたちは、SNSのすばらしさを毎日私に再認識させてくれました。あなたたちの読書愛と作家への熱い思いにはいまでも励まされ、大いに元気をもらっています。私が作品を書くのは、あなたたちのような読者がいるからです。

訳者あとがき

発売直後の二〇二〇年四月に米アマゾンのベストブックに選ばれた騙しと裏切りと復讐のサスペンス、『インフルエンサーの原罪』(原題 *Pretty Things*)をお届けする。

物語は、若いふたりの女性、ニーナとヴァネッサによって語られる。ニーナはシングルマザーに育てられ、貧しい少女時代を送りながらも学生ローンを利用して大学に進学。ニューヨークで美術関係の仕事につくことを夢見ていたが、思うようにいかず、母親のいるロサンゼルスに戻ってきた。しかし、ロサンゼルスでも望みどおりの仕事は見つからず、母親の知り合いに誘われて詐欺に手を染めるようになる。じつは、ニーナの母親も詐欺師だったのだ。

一方、ヴァネッサはサンフランシスコの資産家の娘で、プリンストン大学を退学したのちにインスタグラムの〝インフルエンサー〟になり、スポンサーの依頼を受けて世界中を飛びまわっていた。ニーナは、そんなヴァネッサの華やかな投稿を見て、詐欺の標的に選ぶ。かくして、これまでまったく違う世界で暮らしていたニーナとヴァネッサの人生が交錯し、カリフォルニア州とネバダ州の境にあるタホ湖を舞台に壮絶な駆け引きが繰り広げられることになるのだが……。

同じ物でもべつの角度から見ると違って見えるように、ニーナとヴァネッサ、それぞれの語りは読者にあらたな気づきを与えてくれるが、それと同時に不安と恐怖を掻き立てもする。原題の *Pretty Things* は〝素敵なもの〟という意味で、多くのフォロワーを獲得しているヴァネッサのインスタグラムは、たしかに素敵なものにあふれている。ブランド物の素敵な服に素敵なバッグ、素敵な住まい、旅先の素敵なホテル、それに、素敵なボーイフレンド。けれども、彼女の華やかな写真の陰には悲劇と苦悩が秘められていた。

いまやＳＮＳは欠かすことのできないコミュニケーションツールだが、その手軽さや便利さとは裏腹に、弊害も多い。なにげない投稿が誤解を生んでトラブルに発展したり、情報が悪用されて犯罪の被害にあうこともある。自分の投稿に対する反応に振り回されてストレスを感じたり、依存症状態におちいる危険も潜んでいる。〝いいね！〟やフォロワー数には麻薬にも似た快感があるからだ。人は誰しも、認められたい、よく思われたいという願望を持っている。その願望を満たすために、わざわざインスタ映えする場所へ行って写真を撮ったり、〝素敵〟に見えるように写真を加工したりする。さらには自分自身に加工を加えて、あらたな人間をつくりあげることもできる。それぞれの思惑に合致した人間や、欠点などひとつもない、自らが理想とする素敵な人間を、いとも簡単に。しかし、これこそまさに神に抗う所業で、SNSの普及とともにわれわれが負うことになったあらたな原罪にほかならない。主人公にその原罪と向き合わせようとしているのも、予測不能な展開と衝撃的な結末とともに本書の魅力のひとつと言えるだろう。

本書はまた、人生につまずいたニーナとヴァネッサの自分さがしの物語でもある。いわゆる〝親ガチャ〟にはずれたニーナが恵まれた環境で育ったヴァネッサに嫉妬と憎しみを抱きながらも、他人や社会のせいにしたところで仕方がないと悟ってなんとか人生を立て直そうとする姿は〝素敵〟に見えるし、「望みは誰かが叶えてくれるのを待つのではなく自ら行動を起こして叶えるものだ」と気づいたヴァネッサにも、たとえ彼女の行動が暴走しようとエールを送りたくなる。著者のジャネル・ブラウンは、最初からこまかく展開を決めて執筆に取りかかるのではなく「登場人物がそれぞれにストーリーをつくりあげてくれる」とインタビューで語っているが、読者を巧みに欺く彼女の見事な手管には名うての詐欺師もきっと舌を巻くはずだ。

ジャネル・ブラウンはサンフランシスコ生まれで、カリフォルニア大学バークレー校を卒業し、ジャーナリスト、エッセイストとして《ニューヨーク・タイムズ》、《ロサンゼルス・タイムズ》、《ヴォーグ》、《エル》などで記事を執筆したのちに小説を書きはじめた。本書は彼女の四作目に当たる。

尚、本書はすでにアマゾン・スタジオによるシリーズ・ドラマ化が決定している。ニコール・キッドマンが出演と製作を兼任し、『ハンドメイズ・テイル／侍女の物語』でメガホンを取ったリード・モラーノが監督を務め、ジャネル・ブラウン自身が脚本を担当するという。ニコール・キッドマンがどの役を演じるのかはおおむね想像がつくものの、もしかすると意外な〝裏切り〟が待ち受けているやもしれず、とにかく彼女がどのような映像を紡ぎ出すのか、ドラマの完成も楽しみにしたい。

二〇二三年六月

訳者略歴　青山学院大学文学部英米文学科卒，英米文学翻訳家　訳書『死への旅』クリスティー，『虚栄』パーカー，『私のイサベル』ノウレベック，『もし今夜ぼくが死んだら、』ゲイリン，『黄金の檻』レックバリ（以上早川書房刊）他多数

HM=Hayakawa Mystery
SF=Science Fiction
JA=Japanese Author
NV=Novel
NF=Nonfiction
FT=Fantasy

インフルエンサーの原罪（げんざい）
〔下〕

〈HM⑸⑻-2〉

二〇二三年七月　二十日　印刷
二〇二三年七月二十五日　発行

（定価はカバーに表示してあります）

著者　ジャネル・ブラウン
訳者　奥村章子（おくむら あきこ）
発行者　早川　浩
発行所　株式会社　早川書房
郵便番号　一〇一 - 〇〇四六
東京都千代田区神田多町二ノ二
電話　〇三 - 三二五二 - 三一一一
振替　〇〇一六〇 - 三 - 四七七九九
https://www.hayakawa-online.co.jp

乱丁・落丁本は小社制作部宛お送り下さい。
送料小社負担にてお取りかえいたします。

印刷・株式会社亨有堂印刷所　製本・株式会社フォーネット社
Printed and bound in Japan
ISBN978-4-15-185602-0 C0197

本書は活字が大きく読みやすい〈トールサイズ〉です。